サイモン・フェキシマルの秘密事件簿

KJ・チャールズ
鷺谷祐実〈訳〉

The Secret Casebook of Simon Feximal

by KJ.Charles
translated by Yumi Outani

Monochrome Romance

目次

THE SECRET CASEBOOK OF SIMON FEXIMAL

Japanese translation published by arrangement with KJ Charles c/o Taryn FagernessAgency through The English Agency (Japan) Ltd.

THE SECRET CASEBOOK OF SIMON FEXIMAL

サイモン・フェキシマルの秘密事件簿

KJ・チャールズ

訳：鶯谷祐実　絵：文善やよひ

献辞

素晴らしいアーティスト、リドミラ・ツァペヴァへ
そして やさしく寛大な実在のビアトリス・ファンへ

第一章　コールドウェル家の亡霊

編集者への伝言

親愛なるヘンリー

過去二十年に亘《わた》って僕はサイモン・フェキシマルの友人、助手、そして記録係として『サイモン・フェキシマルの事件簿』を発表することで、この稀代の神秘学者《オカルティスト》の名声を広めてきた。

君からは過去に何度も僕とサイモンの最初の出会い、知り合った時の顚末を聞かせて欲しいと頼まれていた。僕はこれまでいつだってその頼みを断ってきた。なぜならそれはありのままに語るには個人的過ぎる出来事であり、事実を曲げて伝えるにはあまりに大切な思い出だからだ。しかし、物語はすべからく語られるべきであることを、僕は誰よりも知っている。

というわけで、ヘンリー、これがサイモン・フェキシマルと僕が出会った時の正確かつ完全な経緯だ。僕の死後、弁護士経由で君の許へ届くように手配をして、遺《のこ》していく。

君の予想とはだいぶ異なっていることを保証するよ。

ロバート・コールドウェル
一九一四年九月

友人たちはそろって合意してくれるが、僕という男は割と気楽な性格で、怒りっぽくもなければ怖がりでもない。そんなわけで、コールドウェル・プレースに滞在するようになった時には、おそらく狐か猫であろうと思われる夜に響く鳴き声を気にかけることはなかった（他に誰もいない僕の寝室の中で聞こえていたのだが）。あるいは近隣の人たちの夜の睦言《むつごと》だと思われるくぐもった呻き声も、さほど問題にしなかった（屋敷はぽつんと建っていて、一マイル四方に隣家はなかったが）。

とはいえ、壁が血を流し始めた時には少し行き過ぎだと感じた。

ゴースト・ハンターのサイモン・フェキシマルはコールドウェル・プレースの重厚な玄関ホールに立っていた。亡くなった伯父から受け継いだ屋敷は荒廃していて、一緒に遺された財産だけではとても修復できない状態にあった。フェキシマル氏は室内を観察していた。僕は彼を観察していた。

観察に値する男だった。背丈は中より少し高いくらいだが、とても広い肩幅と直立の姿勢で、ボクサーのような佇《たたず》まいだった。その顔はどちらかというと司祭のようだったが、信仰する宗教は現代のものではないように思われた。鎌だとか、儀礼用の短剣だとかを持っていそうな類だ。厳めしく、笑顔のない、宗教者のような風貌、そう僕は思った。かぎ鼻に、深くくぼんだ暗い両目の上に太い眉、青みがかった灰色の髪の毛。ただ、顔を見ると僕自身の二五歳よりいくつも年上には見えなかった。

周りを見ながら向き直ったフェキシマル氏は両眉をひそめていた。

「コールドウェル・プレースに住んで長いのか、コールドウェルさん?」その声は甘美な深いバリトンだった。僕はその響きに震えそうになるのを堪えた。

「まだ六週間も経たない」応えて言った。「三ヵ月ほど前に伯父から相続したんです。今まで何年も空き家のままだったのは、この家に悪い評判があったからなんです。僕はそんな噂はくだらない迷信だと思ったし、ここを売らないといけないので、ひとつ十九世紀的な常識を持ち込んでやろうと思ってやってきた」二人そろって、壁に走る鈍い赤茶色の筋を見つめた。赤い血が流れ出て、渇いた痕だ。「でも今は、間違っていたことを認める」

フェキシマルは頷いた。これまでに同じような物語の同じような始まりを何度も聞いてきたことは間違いない。「肖像画を見てもいいか?」

僕はゴースト・ハンターを青の客間に案内し、そこにあるロウソクとランプをすべて灯した。夜が訪れて、暗い影を作らずとも雰囲気は十分に陰気だと思ったからだ。フェキシマル氏は部屋の中央に立ち、ゆっくりと体を回しながら部屋を確認した。僕はまたしてもその姿を見つめる機会を得て、力強い太ももとたくましい背中に目を見張った。幽霊狩りはどうやら抜群に健康な肉体を作るらしい。

より魅力には欠けるものの、部屋自体にも眺める価値はあった。七十年前のスタイルの家具が配置され、ほこり避けのカバーが外され表面の汚れを掃ってあるものの、硬い背もたれの椅子はやはり色が褪せ、古めかしかった。寄木の床に敷物はなくむき出しだった。金箔の重い縁取りの、表面に染みのついた大きな鏡が一方の壁を支配していた。フェキシマルはそこに特に注目している様子だった。反対側の壁には数枚の家族の肖像が掛かっていた。この部屋に見に来たのはそのうちの一枚――その姿がこの屋敷の至る所に現れた人物のものだ。物陰に刻まれ、蜘蛛の糸に編まれ、とうとう血で壁に描かれることになった人物。何かの手がかりであることは間違いないように思えた。

「コールドウェル卿、ランドルフ」肖像画に向かって歩きながら僕は言った。フェキシマルが隣にやってきた。その体からは、どこかで嗅いだような不思議なスパイスの匂いがした。「二世紀ほど前の僕の先祖だ」

「君の聞いている話とは?」鋭い濃い色の目に厳しい表情を浮かべて、フェキシマルは肖像画を見つめていた。肖像の中の男はかすかな笑みを浮かべて視線を返していた。ハンサムな男で、目の色は僕と似たような緑だったが、僕よりずっと自信に満ちた貴族的な物腰で、過ぎし日の紳士たちの身だしなみだったカールした白い毛のかつらを被っていた。

「真実かどうかは保証できない」僕は話し始めた。「家族に伝わる話で、歴史書に書かれるような内容ではない。僕が聞いているのは、このランドルフは懲りない類の変人だったということ」

「その意味は？」

「男が好きだった」僕はちらりと相手に視線を向けた。フェキシマルはショックを受けたようにも、嫌悪を感じたようにも、そして驚いたようにさえ見えなかった。「相手は誰彼構わず、だったようで、馬丁《ばてい》の少年から執事、借地人から隣人まで、無節操だったらしい」

フェキシマルは改めて肖像画を見た。その視線は何か値踏みをしているようだった。

不思議なことに、僕のような指向の男には同じ指向の男を嗅ぎ分ける勘のようなものが備わっていることが多い。特段の合図や、ヒント、意味ありげに触れたりすることなしに、ただ、わかるのだ。僕にはその勘が備わっている。そのおかげで何度となく、襲われたり逮捕されたりすることを免れてきたし、今そのかすかな感覚が呼び起こされたことで、この厳格で、秘密めいた、力強いフェキシマル氏と僕との間には共通点があるのかもしれないと思い至った。

呪われた屋敷にゴースト・ハンターと二人きりという状況で、その点を追及しようと思ったわけではなかったが。とはいえ、だ。

フェキシマルの注意は依然肖像画に向けられていた。「どんな男だったか聞いているか？嫌がる相手に無理強いするようなことはあったのか？」

「僕の聞いた限りでは、それはない」その点ではほっとしていた。「乱暴な男ではなかったと伝わっている。単に性的指向のはっきりした男で、好みが幅広く積極的だった、ということだ」

フェキシマルの口元がわずかに動いた。笑ったらどんな顔になるのだろう、と僕は思った。笑うことがあるとしたら。

「残酷な死に方をしたそうだ」僕は続けた。「誰かとベッドにいる時に――男性だ――銃で撃たれた。犯人は捕まらず、裁かれもしなかった。おそらくスキャンダルを避けたのだろう。捨てられた恋人だったのか、これから捨てることになる恋人だったのか、本人の妻だったかもしれないし、隣人の妻だったかも……」

フェキシマルが片手を上げた。「言いたいことはわかった。きちんと埋葬されたのか？」

「急ぎ仕事だったと思う。その、最中で殺されたのだし、当時の法律は今よりも厳しかった」

「同情しているように聞こえるな」

「もちろんだ。気の毒に、殺されたんだぞ」

「俺の顧客のほとんどは、悲鳴が聞こえてくるようになった時点で同情する能力を無くしてしまうことが多い」

僕は肩をすくめた。亡くなったコールドウェル卿には同志としての感情があったが、それを認めるのは危険なように思えた。「僕が彼にここにいて欲しくないのと同じくらい、彼もここにいたくないんじゃないかと思うよ」

　フェキシマルの暗い色の目が明らかに賛同した様子で僕を見た。「その通りだ。彼を解放する方法を見つけることができれば、それは彼のためにも君のためにもなる」フェキシマルは再び肖像画を見た。「もう一度聞かせてくれ。具体的に起こっているのは――？」

「壁が血を流す。もう何度も起きた。夜の悲鳴。その他の音」

「どんな音だ？」

「呻き声。たくさんの呻き声」

「苦しみの声？」

「えっと、正確にはそうではないな」顔が赤くなるのがわかった。

「ではどういう声だ？」フェキシマルが訊いた。

「快楽の」

「男性の快楽の声？」

「その通りだ」そう応えて、僕がどれだけ男性の快楽の声についてよく知っているか疑われるのではないかという思いがよぎった。

　フェキシマルにその様子はなく、別方向を向いて部屋を観察していた。「なるほど」

「フェキシマルさん、何とかできると思うか？」僕は訊ねた。「僕にはあなたがどうやって何をするのかは知らない。あなたにはアレ――彼――を追い出すことができるのか？」

ゴースト・ハンターはそこで僕の方に体を向けた。太い眉の下の目つきは険しかった。その重々しい視線でじっくりと見つめられる対象になって、僕は体に明確な震えを覚えた。「何かを追い出すという話ではないんだ、コールドウェルさん。ここで悪が為され、苦痛が負わされ、未だに閉じていない円環が開いた。物語が終わった時にこそ、その方法はさておき、呪いは解ける」

「僕は新聞記者だ」思わず口走った。なぜなら相手の低く威厳のある声と咎めるような態度が僕の中に不適切な感覚を呼び起こしていたからだ。「物語についてはよく知っている。話には終わりがあるべきだ。終わりのない物語は読者にとって納得がいかないものだ」

「主役にとってはさらに悪い」ゴースト・ハンターはじっと僕を見た。そこにさらに体を熱くするつながりを僕は感じた。その昏《くら》い目には、何らかの気づき、僕を一人の男として認識した形跡すらなかったか？　はっきりとはわからなかった。「だから俺は終わりを見つけて、呪いを終わらせよう。それは俺一人でやる仕事なので、君には家を出てここから離れていてもらいたい」

それは至極残念だった。新聞記者としての僕は好奇心の塊で、ゴースト・ハンターの活躍を間近で見られるのを楽しみにしていたのだ。男としての僕は、神経の隅々にまで濃いビロードのようにまとわりつくその低い声をもっと聞いていたかった。

「あなたを一人で置いていくのは気が引ける」僕は言った。「呪いがなくても居心地のいい場所ではない上に、霊の主張は日に日に強くなって、怒りを増しているように思う。僕だったら一人でここにいたくない。あなたの身が心配だ。僕では助けにならないか？　そもそもこの幽霊は僕の一族の責任なんだし」

「一人で仕事をするのに慣れている」

「とはいっても、誰かと一緒にいる方がいいこともあるんじゃないか？」

　するとフェキシマルは僕に向かって、ほんのかすかに、慣れないことをしているかのように、笑いかけた。厳しい顔に浮かんだその表情は思いがけず温かだった。「ありがとう、コールドウェルさん。身を案じてもらえるのは珍しいことだ。しかしこれは俺の職業で、守りたい秘密もある」

　譲るつもりがほぼないことが伝わってきたので、僕はその意志に従うことにした。実際、悲鳴で眠りから起こされて壁からぼこぼこ血が流れ出るのを見る経験はとても楽しめたものではなかったし、今夜古い屋敷の中は不安になるほど寒かった。確かに別の場所へ行くのが得策だろう。

「わかった、あなたがそこまで言うのなら。あなたのために火を強くしてから行くよ」そう言いながら暖炉の方を見て、僕は瞬きをした。炎は既に赤く燃え盛っていた。室内の凍ったような空気にも拘わらず、煌々《こうこう》と。「おかしいな、ずいぶんとよく燃えている。どうしてここはこんなに寒いんだろうか」

フェキシマルが不意に体の向きを変えた。同時に、火が消えた。今まで赤赤と燃えていたというのに、次の瞬間、黒く冷たい、ぬくもりを失った炭の塊が、蒸気を上げることもなく横たわっていた。

状況が信じられず、僕は目を離せなかった。フェキシマルが緊迫した口調で言った。「いくんだ、コールドウェル。今すぐ。走って去れ」

正直に認める、僕はその場を脱兎のごとく扉に向かって走り、ハンドルを強く引いた。何度も。さらに何度も。

「鍵がかかっている」僕は言った。孤立して建つ屋敷の中には他に誰もいなかった。扉が開かなくなることは今までなかった。でも、どうあっても開かない。

フェキシマルがつかつかとやってきた。ハンドルを引く。

「開かない」同意して言った。「ただし、ここに鍵穴はないがな」

その通りだった。にも拘わらず、扉は間違いなく閉じていて、動く気配はなかった。暖炉の炎は消えていて、取り乱して部屋を見回すと、暗闇の中の小さな防波堤たるロウソクの炎が、一つまた一つと眼前で消えていった。

僕は小さな悲鳴を上げたかもしれない。

フェキシマルは持参した黒いグラッドストーン・バッグを探っていた。中から砂と渇いた植物らしきものが詰まったずんぐりとした広口のガラス瓶を取り出した。

「ここに来い。止まって。そのままで」僕は鏡から数フィートのところで言われるがままに立ち止まり、恐れ困惑したまま、ゴースト・ハンターが僕の足元に燭台を一基置いて、素早い動きで、僕の周りに円を描くように瓶の中身を垂らしていくのを見つめた。白い砂の中に針やローズマリーの欠片が混じっているのが見えた。

「これで君は安全なはずだ。どんなことがあっても、その円の中から出たり、線を壊したりするな。じっとして、恐れずにいろ。何を見ても」再度、かすかな笑顔を見せた。「俺を信じろ。君を守る」

僕は素直に頷いた。「でも、君の方は？」

「俺は慣れている」そういうとフェキシマルは上着を脱いだ。

こんなどうしようもない状況の中でも、僕は見ずにはいられなかった。砂の環の内側のものを除くと、まだ灯っているロウソクは数本だけで、サイモン・フェキシマルが服を脱ぐのを見ている間に、それらもかき消されていった。飾りのない濃い色のウェストコートを脱ぎ、ネクタイを投げ去り、白いシャツのボタンを外した。

僕は息を呑んだ。「何をしている？」

答えはなかった。その必要もなかった。シャツを脱ぎ去ると、自《おの》ずと答えがわかったからだ。

その体は文字で覆われていた。黒と赤のインクで書かれ、両方の手首からたくましい腕を通り、広く力強い両肩から胸にかけて。僕に理解のできる言語ではなかったが、間違いなく文字が書かれていて……それは今も書かれ続けていた。

僕は口をあんぐりと開けた。蜘蛛の巣状になったり、円環状になったりする部分もあればギザギザな部分もあるそれらの線は、静かにメッセージを伝えようとするかのように、皮膚の上に刻まれ続けていた。

「いったい――」僕はそれ以上言えなかった。

「物語が自らを書いているんだ」平静な声だった。「俺はそのページの役割だ」

「あ……」

「シーっ」言い添えた声はやさしげだった。「心配するな」

言う方は簡単だ。

上半身裸の男は、両手を顔の前で奇妙な、まるで祈っているかのような形にあわせて立っていた。暗い部屋の中で一分かそこら静止している間、僕は文字が下半身のどこまで書かれているのかを想像せずにはいられなかった。その力強い太ももや尻、さらに禁断の域に何が書かれているのか。

男は知らない言語で何か一文をささやくと、鏡に向かって歩き、その中を見つめた。僕も視線を追うと、見えたものに思わず罵り言葉が口をついて出た。

鏡の中では、サイモン・フェキシマルの体に書かれていたのは英語だった。怒ったような巨大な大文字で、それは肉体に書かれたものとは似ても似つかなかった。〝殺された〟鏡に映った大文字は訴え、何度も何度も素早く書かれては皮膚の中にしみこんでいった。〝不当だ。ジェームス。ジェームス。計画。憎い。未完成。まだ終わってない。ジェームス。私生児〟

「彼には私生児《バスタード》がいたのか？」かたずを呑んで訊ねた。

「これはおそらく――悪口の感情表現だろう」フェキシマルがあえぎながら言い、僕はその顔が苦痛に歪んでいるのを見て取った。「怒って――いる」

そこで悲鳴が始まった。あまりに大きく突然だったので、僕はその場で兎のように飛び上がった。かん高い悲鳴はさらに大きくなり、その音が僕たちを渦巻のように囲んだ。フェキシマルは何事かを唱えながら、その力に抗《あらが》うように頭を下げた。僕は円陣の中で何も感じることはなかった。悲鳴の下に、例の呻き声も聞こえてきて、さらに恐ろしい笑い声が響いた。快楽と苦痛と狂気とが混じりあったあの音ほど気味の悪いものを、僕は聞いたことがない。

フェキシマルはかなり努力をしている様子で真っすぐ立っていた。肌の上の文字は依然として激しく、意味不明のこんがらがった糸のようだった。鏡の中の文字ははっきりと読むことができ、古いスタイルの書き文字で現れた文章に、僕はあっけにとられた。〝ファックしろモノをしゃぶれ穴を広げて受け入れろ〟

時と場所が違っていれば、僕はこうした文章表現は嫌いではないが、それが男の皮膚の上に書かれているとなると話は別だ。ひわいな言葉から視線を外すと、反対側の壁にかかった肖像画が映っているのが目に入った。

僕の先祖、コールドウェル卿ランドルフが、僕に笑いかけていた。描かれたかすかな微笑みではなく、大きな、好色な笑い。鏡の中の肖像画を見つめていると、ランドルフは唇を舐めた。「フェキシマル！」指さしながら叫ぶと、肖像画は応えるように片手を上げて僕の方を指した。怯えきった僕は後退りし、動いた踵が円陣を壊した。

あっという間に嵐に飲み込まれた。不思議な風が体の周りに吹いていた。悲鳴は十倍の大きさになり、まるでのこぎり状の葉の植物が当たっているかのように、神経と皮膚にこすりつけられた。奇妙な力にもてあそばれ、耳元と頭の中で叫び声が響いた。僕は恐怖のあまり悲鳴を上げたが、フェキシマルの力強い両腕が僕を引き寄せ、体の陰で守るように抱えられ、この世ならぬノイズの中、耳元で叫ぶ声が聞こえた。「静かに、ロバート。大丈夫だ。俺が君の面倒を見る」

そして、すべてが止まった。

二人で暗い部屋の中に立ち、僕はゴースト・ハンターの体の前で動かないようにしっかりと抱えられ、その胸が僕の背中に押しつけられていた。超自然的な寒さは去っていた。静けさが耳の中で鳴り響いた。

「君がやったのか？」僕は囁いた。

「違う」フェキシマルが低い声で言った。

すると、またしても笑い声が聞こえた。今度はクスクスと、面白がるような笑い。と共に、今回は密やかに、呻き声が聞こえ始めた。小さなため息や肉体的快楽のよがり声。フェキシマルは裸のたくましい片腕を僕の首に回し、もう片方の腕は僕の腰の回りで乱暴なほど体を密着させていた。僕は吐き気がするほど純粋な恐怖を感じているのにも拘わらず、自分でも驚くべきことに下着の中のモノが硬くなっていくのを認識した。

狂気の沙汰だ、僕は思ったが、まるで心と体が別々になったかのようだった。僕は恐怖に震え、混乱し、命あるいは魂の危険を感じて逃げ出したいと思っていたのに、召喚された僕の分身は、どうしても応じたいと願っているかのようだった。

激しい呻きや唸り声を、僕は耳で聞くというよりも、感じた。見たこともない恋人たちの顔や体が次々と頭に浮かんだ。僕の肌はそこには存在しない指の感触に発情した。恐怖と昂《たかぶ》り、どちらとも言えない感覚の中で僕は叫び声を上げ、サイモン・フェキシマルが大声で何か言うのを聞いた。

苦労して経験を積んだ今となれば、その声が唱えていたのはサーマー儀式の第三行であることがわかる。フェキシマルが同志のゴースト・ハンター、カーナッキと共に苦労して調べ上げたものだ。その時の僕にわかったのは、喉から発せられる低い声で唱えられる不思議な言葉が異教の銅鑼《どら》の音のように響き、先ほどロウソクの火が消えたのと同じように、感覚の集中砲火がふっとやんだことだ。

空気を求めて僕は裸の胸にもたれかかった。相変わらず後ろからきつく抱きしめられたままだ。両脚が震えていたが、僕の分身はテントのポールのように硬かった。

自分の尻に押しつけられた硬く長いものを感じて、フェキシマルも同じ状態であることがわかった。

「アレが何を求めているのか、分かった気がする」僕は囁いた。

「俺もだ」その声は緊張していた。「力が強過ぎて……制御するには君を守りながらではできない。もう少しなら堪えられる。君は窓に走るんだ。破壊して、外へ出ろ。そうでないと……」

「そうでないと、何？」

息が熱く僕の耳にかかった。「クソ、君にもアレが何を欲しているかわかっているはずだ。はっきりと感じる。古くて、とても力が強く、もう入り込んでいる。霊が生者を操るのは簡単だ。もしその者たちが……」ゴースト・ハンターは言いよどんだ。

「同じ欲望を共有していたら？」僕は訊ねた。

僕をその体に強く押しつけたまま、男は圧倒的な静けさの中で立ち尽くしていた。そして小さく囁いた。とてもやさしく、とても低い声で。「俺たちを襲いに来る。君は本当に逃げるべきだ」

僕は途方に暮れて、恐ろしさに震えていた。彼に触って欲しい、そしてそれ以上のこともして欲しい。呻き声が再び聞こえ、大きくなりつつあった。こんな狂気の館に人を一人で置いてはいけない。

「邪悪なものなのか？　アレが求めていることは？」僕は息を切らしながら言った。

「いや。ただ怒っていて……裏切られた気持ちでいる。孤独。欲求不満。欲しがっているのは、欲求の充足だ」

「それは僕も同じ」僕はもたれて頭を彼の肩に乗せた。窮屈なズボンに閉じ込められた僕の分身は上に外に、飛び出たがっていた。

「ロバート……君はまだ逃げられる」かすれ声だった。

「いやだ」

「手加減はできないぞ」その声には明らかな警告と、さらに明らかな欲望が含まれていた。

「お願いだ。サイモン。お願い」

フェキシマル――サイモン――は大きく震えるように一呼吸した。そして僕の腰にあった片手を下方へとずらし、昂りの上をこすると同時に自身の腰に僕を引き寄せ、自らの硬さに押しつけた。もう片方の腕は前から両肩に回され、喉に押しつけられた前腕の力が強まった。

僕はそこで、呪われた家の中で、囚われの身で固定され、片腕で首を押さえられたままもう片方の手でズボンのボタンを外された。

分身が解放され、僕は大きな呻き声をあげた。サイモンは満足げに小さく息を吐き、それを手に取り、先端を親指でこすり、既にそこに染みていた湿り気を広げた。僕があからさまに誘うように腰を押しつけると、ズボンと下着が一気に引き下ろされ、垂れたシャツの裾が横へ払われた。

「跪《ひざまず》け」そう命令されて、僕は膝をつこうとしたが、喉の前にかけられた前腕が邪魔になり、バランスをとるか退けようとして僕はその腕を摑んだが、一瞬サイモンの腕にひっかかるような形で宙ぶらりんになった。

この雄牛のように強い男が、僕をファックしようとしている。

僕が情けない悲鳴を上げると、力が緩んで膝をつくことができた。彼の眼前に、従順に。周りを見回したり、鏡の中を見たりすることはしなかった。筋骨たくましい肉体に今どんな文字が浮かんでいるのか、見るのが怖かった。

サイモンは僕の首を離すことなく、長い手を鞄に伸ばした。中を探って小さな瓶を取り出すと、片手で蓋を開けた。嗅いだことのない香水、アランビアンナイトを連想させるような香りがした。

それを自らのモノに擦り付けて準備をしているのだ。

僕はさらに前屈みになって手を床につこうとしたが、それは許されなかった。サイモンの指が僕の尻の割れ目の間を滑り、膝で両脚を開かされ、自由な方の手が僕の腰の位置を変えると、僕の入り口に男根が突き入れられた。

大きな声が出た。初めてではなかったし、これまで何人もの男を尻に迎え入れていたが、

これほど下準備がないのは初めてだった。さらに一突き、僕は痛みに唇を噛んだ。深過ぎもなく速過ぎもしなかったが、両目を閉じた。

サイモンは再度突き、今度は僕の尻も侵入に備えて受け入れた。僕は唸りながら息を吸っては吐いた。呼吸をする度に灼けるような痛みは薄れていった。一突きごとにより深い侵入が続き、やがて僕は小さな快楽の声を上げた。亡霊の呻き声に呼応するように。

サイモンは僕の腰にあてていた片腕で僕の体を両腕ごと包み込むようにすると、僕が手を動かせないように手首を握った。そしてまた一突きすると、今度はそのまますっぽりと、太い砲身が僕を押し広げ、腰が押しつけられているのを感じるくらいいっぱいに入り込んだ。僕は彼の両腕で首と胴体を押さえつけられ、その硬い男根の全体を受け入れ、まるでクリスマスのガチョウのように詰め込まれて、身動きできないでいた。

僕は大きく唸り声をあげた。返事をするように、サイモンはゆっくりと注意深く砲身を抜いて、先端のみを残して体を引き、僕は空っぽになったかのように感じた。

それから、本気でファックが始まった。

僕はゴリアテのような巨人ではないが、決して弱い男ではない。これまで誰か別の男の意志に服従するような欲求、ましてや力で意のままにされたいという欲求を覚えたことは一度もない。僕にとって肉体的な快楽とは、若者として他のどんなこととも同じ調子で臨むべきものだった。つまり、楽しいゲームとして。

これはゲームではなかった。僕はサイモンの囚われ人だった。両脚を大きく開かされ、腕は押さえられ、ファックされるがままになって、できることと言えば唸ったり呻いたりすることだけ。僕は完璧に隷属させられ、相手の意志のほしいままにされたが、僕の分身は人生の中でこれ以上ないくらい硬くなっていた。有無を言わさずに使われることに、昏く、言葉にできない悦びを覚え、快感を叫び声にした時、何か別の感覚に襲われた。

口の中に触れる舌。勃《た》った乳首をひねられる感覚。僕のモノを掴む手。

サイモンではなかった。他の誰でもない。他の人間からは何マイルも離れている。何者でもない。実際、両目を開いて見つめると、暗く空っぽの部屋しか見えなかった。

再び両目を閉じると、再度昂りに何かが触れる感触があった。それは間違いなく、別の誰かの勃起したモノだった。見えない手が二つの男根を包みこんだ。

「幽霊だ」僕はあえぎながら言った。「僕を触っている」

サイモンは何も言わなかった。ただ僕の体を少し持ち上げて角度を変え、僕の中に押し入ると、男が全身に快感を覚えるあの場所を突いた。僕はもっとと叫び、サイモンは応えて、堪えられないと思うくらい何度も、何度も、がっしりとした男根を深く押し入れ、同時に幽霊のそれが僕のモノと密着してびくびく震えた。

僕の尻に埋まったままサイモンが絶頂を迎え、荒々しい唸り声と共に精を放った。僕はその一秒後に達し、解放と共に叫び声を上げた。そして誓って言うが、その時別の何か、冷たく銀のような何かが僕の腹にぶちまけられると、亡霊の呻き声は消えていった。

サイモンがほんの少し力を緩めると、僕は体を持たせかけた。力を完全に緩めていたら、床に倒れ落ちていただろう。震えが止まらなかった。サイモンは頭を僕の上にもたせ、激しい動悸で胸を上下させていた。

目を開けると、暖炉の火は煌々と燃え盛り、ロウソクの火は明るく灯り、鏡の中のコールドウェル卿ランドルフは、ただの肖像画に過ぎなかった。


あの夜の残りの詳細は省くことにする。サイモンは細心の注意をもって僕を介抱し、それに僕はいたく感激した。僕が立って歩けるようになると屋敷の残りの部屋を見回って何か呪いが残されていないかを確認し、最後には当然のごとく使用に耐えそうな寝室の一つにたどり着いた。喜ばしいことに、コールドウェル・プレースでその後聞こえた沈黙を破る呻きや叫びは僕自身のものだったとつけ加えておこう。

亡霊が再び現れることはなく、物語はあのとんでもない夜に終わった。サイモンは二世紀に亘る〝coitus interruptus《性交中断》〟の事件と呼んだ。確かに、同情を禁じ得ない。

第二章　幻の蝶

編集者への伝言

親愛なるヘンリー、

『サイモン・フェキシマルの秘密事件簿』と呼ぶようになった本を、僕はこれ以上書くつもりはなかった（存在もしない本をでっち上げる、それが売文家の習性！）。僕たちがどうやって出会ったかの顚末を描き、それはそれで完結した。なのに、サイモンと僕とで体験した物語は他にもまだまだたくさんあって、それらが語られることなく消えていくのはあまりにも惜しい。

出会ったのは一八九四年だった。二十年以上に亘《わた》って僕らは恋人であり、親友であり、苦々しい敵同士にもなった。仕事の相棒であり、共に罪を犯し、様々な意味での同志であった。二人で分かち合った秘密はあまりにも暗く、読者の弱い心臓に配慮して修正してくれと君から何度も懇願された『サイモン・フェキシマルの事件簿』でさえ、僕にとっては軽い娯楽作品のように思える。二十年に亘って、僕たちはお互いのすべてだったが、世間から見れば僕は有名なゴースト・ハンターの友人かつ伝記作家で、その行いの目撃者でしかなかった。サイモンの物語を書きながら、僕は自分自身の存在を消し去ってきた。それがどんな気分だか、ヘンリー、君に想像できるだろうか。

僕は決めた。秘密事件簿を書き、僕たちの人生の真実を記録する――サイモン・フェキシマル一人ではなく、ロバートとサイモン、二人について。書かれる物語をどうするかは君の手にゆだねよう。

君の友人、ロバート・コールドウェル

一九一四年十月

サイモン・フェキシマルとの最初にして唯一の邂逅《かいこう》から二週間ほど経った時分だった。彼は僕の受け継いだ家から好色な幽霊を追い払い、奇妙な力と秘密の知識であふれた隠された世界の存在を僕に開眼させ、僕の尻を二度犯した。翌日になると彼は感謝の頷きとこれきりだと思わせる挨拶を残して去っていった。その厳しく暗い色の目に後悔した様子はなかった。僕は再会の約束を提案してみようかとも思ったが、その無表情な顔を見て、怖気《おじけ》づいた。

珍しいことではなかった。男性と時を過ごすことを好む僕らの類の多くは、コトを終えたら一目散《いちもくさん》にその場を去ることを願う。譬《たと》えより多くを望んでいても、自尊心を失わないでいる方法は、笑顔で肩をすくめることだ。そして、異教の司祭のような奇妙な佇《たたず》まいのサイモン・フェキシマル、肌の上を神秘的な文字が踊るその男は、しつこくされるのを嫌いそうだった。

僕は残念に思ったが、驚きはしなかった。僕自身の容姿——中くらいの背丈、緑の目とどうということのない茶色い髪——は、決して悪くはないが何も特長はなかった。僕の新聞記者という職業は、守りたい秘密のある男には嫌悪すべきものだろう。

僕の人柄に興味がなく、職業を嫌うことは理解できた。それよりも困惑したのは、今回の仕事の報酬の請求だった。

ゴースト・ハンターは請求書を送ってこなかった。訪問に対する対価は事前に合意しており、実際に仕事をしてから最終的な請求をもらうことになっていた。当然ながらあの時の高揚した気分と翌日のぎこちなさから、請求書を送るように依頼するのを僕はすっかり失念していた。そして、それは送られてこなかった。

僕はビジネスライクな書きつけで、いくら支払えばいいかを訊ねる手紙を送った。返事は来なかった。再度手紙を送ると、返事が届いた。

率直に認めるが、その封書を開ける時の僕はすっかりドキドキしていた。もしかして私信だろうか。また会おうという提案かもしれない。

そんな提案はなかった。力強い筆致で数行、今回は無料だという内容だった。

信じられない思いでメモを読むと、次第に大きな怒りがこみあげてきた。つまり、フェキシマルは僕と寝たことをその報酬と捉えているのか。僕が体を捧げたことで支払いは終わったと考えているのか、それよりもひどい解釈は、仕事の報酬を無料にすることが僕への支払いだと言っているのか。どちらかは知らないが、そんなことはどうでもいい。高圧的な野郎め、僕はあの目を呪いながら、なけなしの二十ギニーを、侮辱された気持ちが伝わるようしたためたメモと共に送りつけ、もう二度と会うこともないんだし、と踏ん切りをつけたつもりでいた。

次にフェキシマルに会ったのはその十日後だった。

「ウィンチェスターに行ってくれ」ラウニーさんが言った。当時のクロニクル紙の編集長で、パイプの柄をボロボロになるまでしゃぶり続ける癖を持つ小柄な男だった。「不思議な事件が起きている。死人が二人、自然死ではない。十五分過ぎに列車が出る」

紙きれを渡された僕は事務所を押し出されるように出発した。ろくに指示も与えられず任務に駆り出されるのには慣れていたので、僕は資料をほとんど見ることもなく、むしろ不可能とも思われた予定の列車に乗ることだけに集中した。地下鉄へ走り、鉄道駅に着くまでやきもきしながら過ごし、切符を入手して、怒った車掌の怒鳴り声が耳に響く中、まさに発車せんとする列車の二等客車に飛び乗った。

客車には他に誰もおらず、僕は自分の席に収まると、ようやく一息ついて初めて書類に目を通した。ウィンチェスターの地方新聞の記事が二つと現地の医師の証言だった。読み進むにつれて興味が湧くと共におぞましさがこみ上げた。

五日ほど前、若い女性とその家庭教師が森の中を散歩していて、不思議なものを発見したという。その物体は遠目からは明るい色の紙の重なり合い、長さ六フィート（約一八二センチ）高さ二フィート（約六一センチ）ほどの盛り土の上に細かく切られた紙が大量に重なっているように見えた。二人がその奇妙な物体に近づくと、驚くべきことにそれは紙ではなく大量の蝶であること、それも英国では見かけることのない様々な色合いの、珍しい種類が混じった大群であることがわかった。蝶はいずれも既に死んでいるか、もしくは弱々しく羽根を動かして死にかけており、二人の女性はさらによく見ようと近づいていった。すると美しい死骸の大群が一気に地面に滑り落ち、事態は単なる不思議な発見から恐ろしいものへと変化した。

ただ単に蝶の大群がいたというだけではない――そもそも、うすら寒い英国の十月に蝶が群れていることを単にとは言えないのだが。多数の明るい色の羽根は、死体を隠していたのだ。

それはトーマス・ジャニー、オールド・トムと呼ばれていた浮浪者で、ウィンチェスターの森を根城としていた。酒飲みの放浪者として警察にも知られており、酔うと言葉遣いが悪くはなったが、二十年もの間誰からも本気で嫌われるようなことはなかった。そのトムが死んでいた。うっ血した顔、しわだらけで乾いた皮膚。そして口、喉の奥、肺の中にまで詰まっていたのは、蝶だ。

おぞましい発見だったが、いかに不思議な状況であろうとも、浮浪者一人の死が世間に与える影響は小さかった。報道に拍車をかけたのは二つ目の死だ。

亡くなったのは地元の教員、ヒューバート・ロード。心身共にボロボロだった放浪者と比べると対極の、頑強な肉体の持ち主だった。若く、二十代の健康な彼は、一風変わった趣味であるクロスカントリー・ランで森に出かけ、戻ってこなかった。夫の身を案じた若妻が警察に通報すると、ほどなくして顔を恐怖と嫌悪に歪ませ、喉には蝶が詰まった遺体として発見されたのだ。

一体蝶たちはどこからやってきたのか？　どうやって二つの大群が発生したのか？　なぜ人を殺すのか？

地元の新聞記者の記事は、僕のようなロンドンで取材しているプロフェッショナルからすると冗漫で自分の文章に浸り過ぎているのが欠点だったが、いくつか重要な手がかりを含んでいた。中でも目を引いたのはメリデュー博士という、その世界ではよく知られているらしいアマチュアの鱗翅《りんし》類研究者へのインタビューだった。ウィンチェスター唯一の〝蝶専門家〟として警察に見解を求められたといい、見つかった蝶の中には南米以外で生息しているのが一度も確認されたことがないものも含まれ、いずれも英国の厳しい気候を生き延びることのできない種類だと証言した。また、それらの異なった珍しい種類の蝶は一緒に群れたりすることはないので、同じ場所で繁殖をさせたり、人を殺すように仕向けたりすることなど、不可能だとも。

それなのに蝶は繁殖し、群れを成し、二人の男が死んだのだ。

僕は赤レンガのくねくね道に沿って立つウィカム・アームズという感じのいい宿に部屋をとった。ロンドンに比べると、聖堂を擁する小さな街は利便がよく、カルバー通りのメリデュー博士の自宅住所も徒歩ですぐのところだと知って喜んだ。僕が最初にしたのはなるべく早急の面会を申し入れる書きつけを博士に送ることだった。次に、混みあった宿の食堂に下り、ランチの席を従業員に依頼しようと考えた。

食堂に足を踏み入れるとそこにサイモン・フェキシマルがいた。

僕の真正面、二人がけのテーブルに一人で座り、食事をしながら新聞に没頭している様子を見て、僕はぴたりと立ち止まり、認識の衝撃で口をぽかんと開け、歓迎ならざるとも抑えられない、体の中で何かが震えるような感覚が走る中、姿を見つめた。最初に会った時の劇的な状況と僕の記憶がその魅力を増幅していると自分自身に言い聞かせてきたが、覚えている通りの威圧的な存在感だった。紡がれた鋼鉄のような髪、あのかぎ鼻、突き入れられていた時にしがみついたあのたくましい肩……。

女主人が礼儀正しくも急かすような音で僕を前進させたので、フェキシマルが顔を上げた。

「ロバート？」こともなげに言った。「ここで何をしている？」

「あら、二人はお知り合い！」女主人は叫び、ほっとした様子で僕を空《あ》いている向かいの席に誘導した。「だったら相席も気にならないわね。メニューはステーキとエール・パイです、お客さん。料理を持ってきますからどうぞ座って」

そこで立ち去ってもよかった。歓迎しているとはとても言えない態度は傷ついたプライドに痛手だったし、本当のところ、傷ついていたのは僕のプライド以上のものだった。あの夜フェキシマルが二度目の時に見せた温かさ、気持ちのこもった囁き、やさしく触れた手。にもかかわらず、切り捨てるように去っていったこと——すべてが嘘だったかのように。交わした約束が守られなかったかのように。残酷な仕打ち。

提示された席を断り他の場所へ食事を摂りにいくこともできたが、二つのことが僕をその場に押しとどめた。一つ目は、彼は間違いなく僕と同じ理由、説明のつかない蝶の群れの件でここにいるのだろうということで、僕は何としてもこのネタをものにしたかった。もしゴースト・ハンターのサイモン・フェキシマルがこの謎に関する何かを知っているのであれば、クロニクル紙でコラム三列分、見出し文付きで書いてやる。

二つ目は、歓迎しているとはとても言えない口調だったものの、僕をロバートと呼んだことだ。

僕は席についた。フェキシマルはあの表情の読めない深くくぼんだ目で僕を見つめ、待っていた。僕はナプキンを整えた。彼が硬いパイ生地にフォークの脇を押しつけると、生地が砕けてバラバラになった。

このまま一時間黙って座っているつもりがなければ、どちらかが口火を切らなければいけない。当然それは僕であるべきらしかった。

「ここには蝶の件で？」

「君もそのようだな」その声がどんなに低いのか、僕は忘れていた。胸の中に響いてくるようだった。

「クロニクル紙の任務だ」僕は言った。「訊いてもよければ、君は誰か個人に頼まれたのか、あるいは警察に？　それとも自分の判断でここに来たのか？」

応える代わりにじろりとこちらを見た。その居心地の悪そうな様子が習慣的な秘密主義がゆえなのか、僕たちの過去の関係からきているのか、どちらかはわからなかった。その時女主人が料理の乗った皿を僕のところへ運んできて、フェキシマルは答えを避けるようにパイを一口ほおばった。

その程度で質問をするのが仕事の人間をごまかせると思うな。「何か面白い発見はあったか？」僕は訊ねた。

フェキシマルは少し迷惑そうな様子で食べ物を飲み込んだ。「コールドウェルさん、どこまで俺を絞り上げるつもりだ？」

意図を持って発せられたわけではないのは明らかだったが、その言葉は二重の意味を伴って空中に漂った。発言の内容に気がついた相手が少し顔を赤くしたのが見え、僕の返し方は明らかで、言わなくてもいいくらいだった。それでも言った。「お互い様ですよ、フェキシマルさん」

フェキシマルはフォークを置いた。「君は怒っている」

「いいえ」自動的に応えたが、すぐに言い直した。「いや、違う、その通りだ」

「君を侮辱するつもりはなかった」

「奉仕の見返りに料金をとらなかったのに？」

フェキシマルはパンに手を伸ばすと、力強い指で引きちぎり、僕の方を見ずに言った。「それは違う。俺にとってあの夜のことは――仕事として捉えていない。個人的なこととして覚えておきたかった」

「え」顔が熱くなるのがわかった。僕は彼の行動に対して最悪の解釈をしていたのだ。最良の方に捉えるなんて想像も及ばなかった。「そう。僕はてっきり……」

「君がどう思ったのかは理解したよ」厳しい口元がほんの少し緩んだ。「君がなぜ新聞記者なのかがよくわかる。自己表現の才能がある」

送った手紙のことを考えて、僕は今や真っ赤になっていることを自覚した。「君に謝らないといけない……」

「その必要はない。君が誤解したのなら、それは俺のせいだ」少しの間、何か言い添えるのかと思ったが、やがて皿に視線を移し、ちぎったパンの欠片をたっぷりのグレービーソースの上にパラパラと落とした。彼が食事を再開したので、僕もそれに倣った。今や何を言っていいのかわからず、体の中には震えて爆発しそうな高揚感を覚えていた。もし僕にもう興味がないのなら、誤解をしたまま悩んでいても放っておいただろう。もしかして、やり直すことができるのかも？

格別言う必要もないが、僕はゆめゆめ期待はしていなかった。ほんの数時間を共に過ごしただけの仲で、そのうち笑った顔を見たのは片手で数えられるくらいの回数だ。最初の邂逅の再現以上のことがあるとは思っていなかった――今回は超自然的介入はなしにしてもらいたいが――なぜなら、この強く孤独な男が肉体的な欲求を満たす以外に僕を求めることがあるなどという幻想は抱いていなかったからだ。

でも、求めてくるのなら、是非とも応じよう。あの激しい一夜の思い出、力強い腕に囚われ泣き叫ぶ僕にのしかかって快楽を享受するその姿を思うだけで、ここ数日僕は何度も自らを慰めていた。想像しただけでまた半ば硬直してきたので、僕は椅子の上でもぞもぞと動いた。

幸運なことに、その思考は郵便少年がテーブルに届けに来た僕宛の書きつけによって中断された。開いて中身を見ると、ほんの一時間前に書きつけを送ったメリデュー博士からの伝言で、その短い数行に僕は絶句した。

「何か問題か？」フェキシマルが訊いた。僕の呪わしいまでに感情が表に出やすい顔を見ていた。

「断られた」書きつけをテーブルに落とした。「メリデュー博士、地元の鱗翅学者が、面会を断ってきた。どうやら記者をあまりよく思っていないらしい。困った」

「会う必要があるのか？」

「問答無用で。この事件の記事を書くのならば、重要な情報源だ。他の専門家を見つけるにはずいぶん遠くまで探しにいかなければならない。僕に蝶の専門知識があると偽ることはできないし」

「俺もだ」フェキシマルは少し眉をしかめて僕を見ていた。「どうしてこの話を書きたいんだ？」

それは他の誰かから発せられたのならまったく不要な質問だったろう。ものを書くのは僕の仕事だ。しかしフェキシマルもまた、話を書く。というか、誰のものともわからない手がその肌の上に異国の文字を刻むのだ。〝物語は自らを書く〟そう言っていた。〝俺はそのページの役割だ〟

「男が二人死んだ」僕は言った。「その理由が知りたい」

「知りたいのか、それとも書きたいのか？」

「両方だ。僕の仕事は情報に光をあてることだ」僕は記者としての理想を、ありったけの矜持をもって話していた。「真実を世界に知らしめること」

二十年前のことだ。とても若かった。

　フェキシマルは僕を笑うことはなかった。そうしてもおかしくはなかったのだが。僕の顔を少しの間、ほとんど無表情で見つめていた。「そうか。しかし話すべきではない真実はどうだ？」

「無知よりも知識がある方が、常によいはずだ」

「いや」僕を直視しながら言った。「それは違う」

　その目の昏《くら》さに、首の後ろの毛が逆立つのを感じた。今さらながら、その目がどんなものを見てきたのかを想像すべきだったと感じた。何を忘れたいと思っているのか。

「違う」再度、少し柔らかに言った。「しかし……俺の不器用の詫びとして、一つ提案をしたら、他意のない謝罪として受け入れてくれるか？」

「謝罪の必要なんてない。誤解したのは僕だ」僕が提案を押し返したかのように、彼の表情が閉じていくのを見て、僕はあわててつけ加えた。「でも君から何らかの提案があるのなら、喜んで受け入れる」

　彼の両目に光が浮かんだ――僕の言葉が二重の意味にとれたのならば、完全に意図したことだ――そして、その後の返事は僕が最も聞きたかった二つのうちの一つだった。

「メリデュー博士とはあと三十分ほどで会うことになっている。もし君が一緒に来たいのであれば、断られたコールドウェルとしてではなく俺の同僚として、君の鋭い観察眼を借りられれば、俺もありがたい」

僕ははずむような感謝をもって提案を受け入れた。落胆の気持ちはほとんどなかった。どうせ同じ宿に泊まっているんだ。他のことは後で考えればいい。

メリデュー博士の小さな家は細い道の角、広い空き地の端に建っていた。サイモンと僕は――苗字で呼んで距離感を表現するのはもう諦めることにした――若い女中に案内された。女中は僕たちを伴って廊下の先の大きな重い扉の前に着くと、ノックをしてそそくさと立ち去った。

室内から返事はなかった。サイモンの方を一目見てから、僕は再度ノックをした。今回は何かガサガサと音がして、鍵穴を回す小さな音の後に、扉が内側に引かれた。僕たちの前にいたのは一見五十代に見える男で、学者風の前屈み気味の姿勢で、ワイヤー縁の眼鏡をかけていた。痩せて見えたが、弱っているというわけではないように思えた。それどころか、跳ねるように扉から一歩下がった様子から、活力にあふれているように見えた。

「フェキシマルさん?」か細い声で、二人に交互に視線を送りながら男は言った。「二人で来るとは思わなかった」

サイモンは手を差し出した。「こんにちは、メリデュー博士。こちらは俺の同僚で、ミスター・ロバート」

次に差し出した僕の手を、鱗翅学者は手のひらを押しつけ指を数本するっと触るだけのおざなりさで握り返した。あふれる活力は挨拶には適用されないらしい。

男は僕たちを部屋に招き入れると、扉を閉じて鍵を回した。「フェキシマルさん、あなたは警察本部長の名前で面会を申し込んだ。そうでなければ、会うことはなかった。私は忙しいので、無意味な迷信や価値のない好奇心に費やす時間はない」

「それでは単刀直入に」サイモンは相手の明らかな無礼にまったく動じていない様子だった。

「蝶が人を襲う理由は？」

「ありえない」博士は作業ベンチの横にあった背の高いスツールに座ったが、僕たちに腰かけるようにとは言わなかった。無表情のまま、サイモンは立っていた。僕は室内を見回した。

そこは博士の研究室だった。ごちゃごちゃした空間で、鉄製のストーブのせいでとても暑かった。小さな格子窓から外の光が入ってきていた。壁にはガラスのケースが、飾られているのではなくただ並んで掛けられていて、中には蝶が一体ずつピンで刺さっていた。

何百とあった。青みを帯びた玉虫色の巨大なもの、あらゆる色とパターンの小さなもの、子供時代に見たような単純な模様のものから、奇妙な形の羽根を広げ、巻きひげを垂らしている大きなものまで。広げてピンを刺された死んだ蝶の標本が部屋のあらゆる壁に掛かり、それぞれ横に繭《まゆ》が添えられ、細かい文字の説明ラベルが付されていた。

部屋の三面に沿って長い作業用ベンチが配され、学者にとっての様々な必須道具が積み上げられていた。毒ビン、容器、保存用の溶液、ピン、崩れ落ちそうな本と紙の束。古い食事の残りが溶け固まって汚れた皿が散らばっていた。僕の肘の横には黄色っぽい粉がこびりついたボウルとすりこぎと共に大きな臼が置かれていて、その横には少なくとも一フィート（約三一センチ）はある地元新聞の束が重ねられていた。床はきれいに清掃されていたが、ベンチの下、博士のスツールの足に半分敷かれて、一匹の蝶の死骸が転がっていた。よくうろちょろしているモンシロチョウのようだ。

「男たちは何か他の理由で死んだと言うのか？」サイモンが訊いていた。

博士は舌打ちをした。「違う。私が言っているのは、蝶は殺人など犯さないということだ。嚙んだり刺したりするような種類は存在しない。気の毒な二人を攻撃したわけではない。栄養補給を求めただけだ」

「栄養補給？」僕は繰り返した。そのよくある言葉に含まれた意味に漠然とした恐怖を覚えながら。「どんな類の？」

「液体だ」メリデュー博士の目が光った。両手は骨ばった太ももに広げて置かれ、その姿勢には奇妙に自分を抑えているような様子があった。「蝶は砂糖や塩の溶解液を飲む。砂糖水、花の蜜、汗……」博士は僕を直視した。「人の涙」

「蝶の群れが二人の体液を求めたと言うのか？」サイモンは訊ねた。

「今は冬だ。他にどこで餌を求める？　片や汚れた毛穴から酒まみれの汗を流す男と、もう一

人は全力で走って汗だくの男――――動くご馳走だっただろうとも」

「すると蝶たちはただ渇きを癒すためだけに攻撃したと――――」

「単純きわまりない話だ」メリデュー博士は結論づけた。「さぞビックリしたことだろう。男たちは叫び声を上げた。腹を減らした蝶たちは口の中と喉により水分を認めて、それを求めた」

僕は背を向けた。鮮やか過ぎるほどに想像できた。色とりどりの紙のような羽根の静かな群れが襲い、小さな肢が口の中を這い廻り、数百万もの虫の吻が耳や目や鼻の孔を探り、ただ息をする度に虫たちがさらに奥に入ってくる感触……。

「ロバート？」サイモンが鋭く訊ねた。

僕は首を横に振り、気にするなと手で合図し、気を取り直すべく努力をした。「どうか続けて」

「これですべてだ」メリデュー博士は言った。「この状況下では、死は完全に自然なものと言える」

「それでは状況をどう考える？」サイモンは訊いた。「蝶はどこから来た？」

博士の薄い手の指が太ももの上で少し曲げられた。「何とも言えない。異常な気流か。アメリカでは嵐が昆虫の群れをはるか遠くまで運び去るという話を読んだ。他に説明のしようがない。英国で誰かがあれほど大量の蝶を飼育していたら私の耳にも入っただろうし、あれだけ様々な種類の蝶を育てるには巨大かつ温暖な施設が必要だ。そんな施設を私は持っていない」ユーモアのこもらない笑みを浮かべ、次の質問を予期して追加した。「私は蝶を育てない。標本は死んだものを買う」

「新聞記事によると、世界中の種類が見つかったそうですね」僕が横から言った。「どこからの風が彼らを運んできたんでしょう？」

「それは私にはわからない」博士のやつれ顔はよく見る表情、質問に疲れた男のそれに変わりつつあった。多少気分をよくさせないことには、まもなく立ち去るように言われるだろう。

「素晴らしいコレクションですね」僕は言った。「国中でも最も特筆すべきものの一つだと聞きました」

「個人収蔵では特に」メリデュー博士は謙遜しようと努めていたが、成功はしていなかった。

「私のライフワークは世に知られた種類すべての標本を集めることです。完成したら、ケンジントンの博物館に献上するつもりです。メリデュー所蔵コレクションとして」

「寛大なお考えだ」僕は温かみをこめて言った。「完成するまであとどのくらい？」

「もうかなり多くを集めた。これは私の人生そのものなんですよ、ロバートさん」博士は何かを表現しようと片手を上げたが、すぐに叩きつけるように太ももに戻した。「収集に何年も費やした。世界でも最も稀で貴重な蝶がここにはあるんです。私が所有しているんです。もうすぐすべて揃えられる」

「そうなんでしょうね。最も貴重な蝶は何ですか？」趣味の話を続けさせるためだけにした質問だったが、博士の表情はその質問が意図的であるかのように硬くなった。

「コバルト・サターン」男は突如、怒り出す寸前であるかのように言った。「フィリピンのとある島のとある谷でしか見つからない。何度も標本を探そうとした。メッセージを送った。愛好家に懇願した。適正価格よりもはるかに高い金額を申し出た。何度も、何度もやってみたんだ……」男は歯を食いしばっていた。「絶対に私のものにしてやる。絶対に」

「あなたの努力はきっと報われることでしょう」僕は保証した。「その種類はどうしてそこまで特殊なんですか？　特に美しいんでしょうか？」

「美しい？」メリデュー博士は僕がうすらバカであるかのように体を向け、声を荒げた。「特殊だと？　稀少なんだよ。それ以上の何があるって言うんだ？」


サイモンと僕は一緒に家を後にした。息苦しいほどの暑さを逃れることができて、僕は安堵を隠しきれなかった。

「なんとも奇妙な男だ」僕は言った。

サイモンは頷いた。「不思議な野望だな、狩りを楽しむわけでも手に入れた生き物の美しさを愛でるわけでもなく、収集するだけというのは」

「奇妙だ」僕は同意した。「さらに、死んだ標本を購入していると言っていたが、作業ベンチには虫を殺すための毒ビンがすぐにでも使えるように用意されていた」

サイモンは僕の方へ向き直ると、滅多にない笑顔の片鱗を見せた。「まさに鋭い観察眼だな、ロバート。君が一緒でよかった」僕はそのちょっとした誉め言葉にすっかり浮足立ったのを悟られないように努めて前を向いた。「しかし、メリデュー博士が言っていたように、あれだけの数の蝶を飼育するには広大な土地と設備が必要だ。警察の捜査でそれが見つからないとは思えないのだが。ふむ」

「これからどこへ？」僕は訊ねた。

サイモンの皮肉めいた視線は、彼の仕事に同行しようとする僕のあからさまな作戦はわかっているぞ、と言っているようだった。「死体を見る必要がある。あまり気分のいいものではない」

僕はその言葉を信じ、警告も受け取った。「では僕は警察に取材にいこうかと思う。今夜、互いに報告しあうのは？」

「楽しみにしている」

警察の巡査部長は蝶の収集家よりも歓迎してくれた。地方警察官の多くは本物のロンドンの新聞記者に取材されることを光栄に思うので、最大の問題はどこで話を打ち切らせるかだ。今回の警官もまさにそのタイプだったが、蝶の事件については厄介かつハタ迷惑だと感じているようだった。

「確かに妙なことです、はい」彼は言った。「とても妙だ。しかし、妙なことは俺の管轄じゃない。本部長がこのために人を呼び寄せたんだ、ミスター・フェキシマルという人物で、あんたも名前は知っているだろう。妙なことはその人の領域だ。俺の仕事は法律が破られた場合で、それだけでもう手いっぱいなんだ」

僕が同情するような応答をすると、警官は抱えている事件について語り始めた。ロンドンで数多くの犯罪を取材したが、僕から見るとここでは不満を言えるほどのことは起きないようだった。窃盗がいくつか、ありがちな酔っ払い事件と妻への暴力、聖堂で古い墓をあばいて冒瀆《ぼうとく》した破壊行為。警官からは蝶の殺人に関する知見も、他の情報もほとんどなく、ただ墓あばきの件は僕の興味をひき、語り続ける男に相槌を打ちながらそれがどんな意味を持つのかを考えた。

死体置き場でのサイモンの用事がどんなものであるにせよ、それが終わっているとは思えなかった。聖堂までさほど距離はなかった。見ておくに越したことはないし、巡査部長が言っているように派手な墓荒しだったのであれば、地元の事件として記事に色を添えられる。あるいはそれだけで別の記事にできるかもしれない。僕の報酬は文字数で決められていたから、重要なことだ。

ウィンチェスター聖堂に向かった僕は、まもなく肌寒い石造りの建物の中にいた。並外れて美しい建造物で、頭上にそびえるアーチ型の屋根と長く伸びた柱は石化した森のようで、僕は半ば圧倒されてその中を歩き回った。石の床の上を自分の足音が響いた。

堂守に情報を求めた。あまり気の進まない表情をしていたが、巡査部長の名前を出して手に一シリングを掴ませると、墓の場所へと案内された。カーテンが閉じられ、一時的に一般客から隠されていた。

「ここです、サー」堂守が言った。「ピーター・デ・ロッシュの墓です。ひどいことです」

斜め仰向けの体勢で石に刻まれた中世の彫像は、かつては美しかったのだろうが、時の経過、あるいは触れていった信者の手によってなのか、その目鼻立ちは消え去り、あばた面で鼻のない皮膚病患者のように見えた。彫像の下では墓の側面が割り壊されて、ギザギザの穴から黒い内側がさらされていた。体を屈めて中を覗いてみて、思わず後退った。

冷たかった。暗い内側から漏れ出てくる凍ったような空気を感じることができた。そして中は暗く、単に光がないというだけではなく、中を見ようとする者を食らってやろうと待ち構えているような、飢えた、力を持つ暗闇だった。割れた石の端を見ると、影が落ちているだけだったかもしれないが、何かそれ以上のものに思えた。暗闇が石を侵食しているかのように。ゆっくりと光の方へ、じわじわと広がって。

石に空いた穴は人の手が入るくらいの大きさだった。どんなに金を積まれても、そこに手を突っ込むつもりはなかった。

その場を離れたくなって立ち上がった。「一体何が起きたんだ？」

「誰かが墓を暴いたんです」堂守は諦めたように肩をすくめて言った。「かなてこを使って。なぜなんだか。宝でも見つかると思ったのかもしれないが……」

「これほど古い墓にか？」

「私の知る限り、これまで開かれたことはありませんでした、サー。かといって、主教の墓に宝があるなんて思います？」

「この人はどなた？」僕は訊ねた。

「ピーター・デ・ロッシュです、サー。ジョン王とヘンリー三世の時代のウィンチェスターの主教でした。伝わっている話では、いい人だったそうです」堂守は主教の功績をいくつか、あれを創設したこれを支持した等々の例を挙げ、僕が興味を失っていく様子を見て、こう言った。「それから面白い地元の言い伝えが一つありまして、サー、魅力的な話で。お聞きになりたいですか？」僕が肯定するのを待たずに続けた。「こういう話です。ある日のこと、ピーターが教区民と別れて狩りに出たところ、出会ったんです――誰にだと思います？」

何かしら答えを期待されているようだった。「ジョン王？」

「アーサー王です。円卓の騎士の、サー」

「なるほど」このおとぎ話はどのくらい続くのだろう、と思った。

「アーサー王は主教を丘の下の大きな館での夕食に誘ったそうです。二人は美味しく食事をして、酒を酌み交わし色々な話をして、素敵な夕べになったそうです。そして別れの時、ピーターはアーサー王に会ったなどと誰に言っても信じてもらえないだろうと嘆き、起きたことの証をもらえないか頼んだのだそうです。するとアーサー王はピーターに拳を閉じて開いてみろと言って、その通りにしたら、蝶が一匹、手のひらから舞い出たんです」

「な――」

「蝶です、サー。それ以来、ピーター主教が拳を開く度に、奇跡が起きるようになった。たくさんの人々が祝福を授けてもらいに訪ねてくるようになった。というわけで、彼は蝶の主教として知られるようになったんです」突然自分の話の意味に気がついたかのように、堂守は一息ついた。「おかしな話ですが、サー、考えてみれば、ニュースをご存じかどうかは知りませんが――」

それ以上話を聞くことはしなかった。僕は暗い巨大な聖堂のホールを、聖なる場所で許される最大の速度で歩き、扉を出ると同時に走り出した。

サイモンと僕は壊れた墓を見つめて立っていた。ちょうど死体置き場から出てきたところで落ち合えたのは幸運だった。そうでなければ、感じていた緊急性からすると、僕は中に探しに入っていただろうからだ。数世紀前の遺物の前に立っている今、僕は自分の思い込みが過ぎたのではないかと迷い始めていた。

サイモンは腰を屈めて、バランスをとるために片手を墓に置き、もう片方の手を暗い穴の近くに掲げていた。

「意味はあると思うか？」僕は訊ねた。

「わからない」

「穴は中に手を入れられるほど大きい。何が盗まれたのだと思う？」

「わからない」サイモンの顔は集中していた。何事かを小さく唱えて、突然、あの待ち構えている恐ろしい穴に指先を差し入れた。その顔からあまりにも速く血の気が引いていったので、僕は彼が倒れるのではないかと思った。素早く引き抜いた手に異常はなかったので、僕は心底ほっとした。

「何？　何があった？」

「寒い」体が少し傾き、墓石を握る手の関節が白くなった。

「大丈夫か？」

サイモンの口がわずかに動いた。今や辺りはすっかり暗くなり、消え入りそうなランプのほのかな灯りが長い影を落としていた。サイモンの落ちくぼんだ目は黒い淵のようになり、その肌はただ青白いだけではなく色を失ったかのようだった。

「サイモン？」腕に触れると彼の体を襲う大きな震えが感じられた。「サイモン！」

伸ばした片手が僕の上着を掴み、体ごと引き下ろされた。冷たい敷石に乱暴に膝が打ちつけられた。僕の頭の後ろを強く摑んだサイモンは顔を近づけ、一瞬、よりによって聖堂の中でキスをしようとしているのかと疑ったが、そうではなかった。何かを言おうとして、僕の頭の横に顔を押しつけて口を耳に近づけ、唇を肌の上に感じるくらい近づいたが、声はようやく聞こえるくらいの弱々しさだった。吐く息が恐ろしいほど冷たかった。

「助けて——くれ。ここから——出して」

進むべき距離はほんの数百ヤードだけだったので、神に感謝した。僕にはサイモンほどの力はなかったが、ほどほど頑丈ではあった。腕を肩にかけ、足元がおぼつかない相手を、何とか引きずって歩いた。見ていた人は酔っ払いだと思っただろう。

宿に着く頃には、サイモンの重さで僕はよれよれになっていた。階段を押すように上らせ、嫌悪の表情を浮かべた女主人の横を通り、僕の部屋へ入った。ベッドの上に倒れ込んだ彼は突如動き出し、シャツをひきちぎらんばかりに引っ張った。

「サイモン？」途方に暮れて訊ねた。

「これを取ってくれ」

破いてしまいそうな勢いで着ている上着を引っ張っていたので、僕も加勢した。服を脱がせようと思い描いていた状況とはだいぶ違っていたが――シャツを緩めると、見えたものに怖気づいた。肌の上の書き文字は暴れまわっていて、以前見た時よりもずっと激しく、インクが突き刺さるように、大きなギザギザの文字列が胸を上下していた。顔は灰色だった。

「鏡」かすれた声で言った。

壁から姿見を剝ぎ取ると近くへ持ってきて、僕にも中身が見えるように身をよじった。

前回、鏡の中の文字は、下世話な内容ではあったが、明解な英語だった。今回はまったく意味が取れなかった。よく金銀で彩られた中世の手書き文書に見られるような長方形の文字で、まったく読めた代物ではなかった。

「読めない」僕は言った。

「俺もだ」額に汗粒が浮かんでいた。「話そうとしている。古過ぎる。俺には無理だ。理解できない。やめろ！」

僕はパニック寸前だった。「サイモン？　僕にできることは？」

サイモンは胸に爪を突き立ててあがき、引っ掻いた筋が赤く痕を残した。自分の皮膚を剝がそうとしているかのように。それでも暴れる文字に影響はなく、むしろさらに激しくなった。

「やめろ！」鏡を放して、サイモンの両手をとった。強い、僕よりもはるかに強い力で抵抗されたが、僕が手を放さなかったので、そのまま膝の上に引き寄せられ、今日《こんにち》に至るまでどちらがどうしてそうなったのかはわからないが、いつのまにか唇と歯を必死でぶつけあうようにキスをしていた。僕は背を下に押し倒され、ベッドの上でたくましい筋肉の重量の下敷きとなり、手首を押さえつけられていた。

もはやキスと呼べるものではなかった。舌を口の中に押し入れられ、僕はそこで降参の呻き声を上げた。サイモンは片手で僕の両手首を押さえたまま、もう片方の手が腰に動き、自分の衣類を剝がした。僕にまたがって上にずれると、僕の顔の前で膝をつき、そのまま、一言も言わずに硬いイチモツを僕の腫れて濡れた口に押し込んだ。

窒息しそうになった。イキそうになった。

未だによくわからないのだが、そうやってサイモンに乱暴に扱われることがどうしてこんなに快感なのか。僕には存分な自尊心がある。誰かに悪しざまに肉体を使われたことなどないし、そんなことをされそうになったら激しく嫌悪することは間違いない。とはいえ、他の誰からも、闇の中をさ迷っているかのごとく激しく求められ、僕の体が救済への最後の繫がりであるかのように扱われたことも、それまでになかった。

だいぶ経ってから、僕はもっと知ることになる。神よ、僕はあまりに多くのことを知り、サイモンの言っていた言葉の真実、永遠に光にさらされるべきではない事実があることを知るようになる。しかし、当時でさえ、その時の彼が内側から死にかけていたこと、僕の中に生命を見つけたこと、それは理解していたように思う。

というわけでサイモンは僕の口を、必死かつ乱暴に犯し、僕は彼の下であがき呻き、痛いほどの昂《たかぶ》りを感じつつも自分ではまったく動くことができず、サイモンが深く激しく僕の喉の中で達し、手首を押さえている両手の力が弱まった時、僕は手をふりほどいて自分のズボンのボタンを必死で外した。二こすりもせずに激しい絶頂を迎えた時、僕の歓喜の声は口の中のサイモンのモノに遮られ、くぐもった呻きでしかなかった。

サイモンは僕から自分を引き剝がし、激しく息をしながら横たわった。

僕はベッドから体半分ほどはみ出ていた。どすんと音をたてて床に滑り降りた。

「ロバート」サイモンは疲れ切っているようだった。「俺は……」言葉を終えようとしなかった。

「大丈夫？　聖堂で何があった？」

「物語だ」胸を指し示した。今や書き文字は落ち着き、まだ動いていたが、先ほどの気が狂ったように飛び跳ねる文字ではなく、緩やかなファウンテンペンで書かれているように見えた。

「物語が古過ぎた。ねじ曲がり、腐っていた。俺には読めなかったが、読まれたがっていた。怒っていて、鎮まらなかった。俺の精神を埋め尽くしかけたが、君が……君が代わりに俺を埋めてくれた。ロバート、すまない、君に苦痛を、こんな目にあわせるつもりはなかった――」

「いま僕が苦痛に思うことがあるとしたら、君が謝ることだ。とても気を悪くするよ」

「君に強要した」暗い声だった。

「それは違う。むしろ僕がもっと積極的になるべきだった」これにはサイモンがびっくりしたような反応をした。僕は片手を彼の太ももに乗せた。「手助けができて、光栄の至り」

少しの間があって、サイモンが笑い出した。あまり笑いという行為に慣れていない男の、なぜ自分が笑っているのかがよくわかっていないような笑いだった。僕がベッドの上に戻り体を傾けて腫れあがった唇でキスをすると、引き寄せられ、そのまま抱きしめられた。彼の胸の皮膚を指でなぞった。そこには硬い毛の感触とぬくもりしかなかった。

「君はとても特別だ」サイモンが言った。「常に冷静で。うろたえることはないのか？」

「さっきの僕は冷静だったとは言えない」僕は指摘した。「とっても楽しんだよ。そうだな、時としてうろたえることはあるけど、我を失うまではいかないな。体調は戻った？」

「おかげさまで」腕の力が強まった。

「墓の中には何が？」

「質問だらけだな、ロバート」非難しているわけではなかったが、すべての答えを教えてくれるつもりがないことは明らかだった。「墓が暴かれた。それは正されないといけない」

僕は堂守が発言した時点から心に焼きついていた疑問を口にした。「言い伝えは本当だと思うか？　何もない手から蝶を出す？　アーサー王？　というのが、つまり、メリデュー博士は手を握ることをしなかった。握手をした時、まったく手を閉じなかった。話をしている時は手のひらを開いたまま脚に乗せて、押しつけて、動かさないようにしていたようだった。君の前で手を握ることを避けていたのでは？　彼が蝶を作り出しているのか？」

サイモンは起き上がって服を整え始めた。僕は興奮してすっかりダメにしてしまった前シャツの替えを取り出した。「おそらくそうだろう」サイモンは言った。「メリデューは……どこかおかしかった。あの場の空気は何かが変だった。君はあそこで何か感じたか？」

「僕が？」

「君も感じたように思う」

「蝶による死の描写は恐ろしかったが、それだけだ。とても鮮明にイメージが湧いた」

「いつも冷静な君に、だ」笑っていなかったが、声は温かだった。

「しかしメリデューは一体どうやって？」

「わからない。だが何かを墓から盗んだことは明らかだ。墓の主はそれを求め、返してもらいたがっている」サイモンは立ち上がった。「俺の経験上、贈り物を盗むのは非常に危険な行為だ」


僕たちは博士の家の前に立ち、飽きることなく五分ほどノックをし続けると、ようやく本人が扉を開けた。顔を上気させて、肩に蝶が停まっていた。アカタテハ、この季節にはとうに死に絶えているはずの種類が、羽根をひらひらと開いたり閉じたりしていた。

メリデューは扉を閉じようと試みた。サイモンが強く押し返した。反対側の年嵩《としかさ》の男の弱々しさを考えると非常に強く押し、結局は二人がかりで、肩で扉を押してようやく開けることができた。メリデューは小さな悲鳴を上げて一歩下がった。僕たちは屋内に入った。

蝶は玄関ホールの至る所にいて、羽根を伸ばして壁に停まり、天井を這いずり、足元をゆっくりと動いていた。いくつかは僕にも識別できる種類、モンシロチョウやヒメアカタテハだった。その他のものは標本で見るような奇妙な色や形をしていた。すべて生きていた。

「この侵入行為の意味は何かね？」博士が詰問した。

「手を握って開いてみろ」サイモンが言った。

「そのようなことはしない」

「やってみせろ。そうすれば俺たちは去る」

博士はサイモンを睨みつけ、僕の方を見た。やせこけた拳を見せると、手のひらを上にして開いた。

巨大な白黒の蝶がゆっくりと羽根を開いて紙のようにふわふわと飛び立った。

サイモンは頷き、ためらうことなく一歩前に進み、博士の横を通って研究室の扉を開け放った。

何千もの蝶がそこかしこに飛び、這い、いくつもの大きな塊になって停まっていた。ボロボロに崩れて足元に捨てられているものも大量にあった。僕は唇をぎゅっと閉じてハンカチを摑んだ。

「墓から何を奪った？」サイモンが訊いた。

「ほほう、頭がいいな」博士の薄い色の目には狂信的な光があった。「君のためにはならんよ、それは。いったい何の証拠がある？　私は何一つ悪いことはしていない」

「あなたは墓を冒瀆した。男が二人死んだ」

博士はかん高い笑い声を上げた。巨大な蝶が一匹その頭に停まり、上品な角度で居座ったため、ファッショナブルな帽子のようだった。「迷信的なナンセンスだ。何も立証できやしない。それに男たちを殺したのは蝶だ。私ではない。私には動機がない。殺意もない」

「蝶を作ったのはあなただ。あなたが逃がした。二人の死はあなたの責任だ、博士」

「そうは言ったって、ここに大量に放っておくことなんてできないだろう？」メリデューは周囲を示した。「見てみろ。至る所にいる！　お宅らのブーツからも見つかるぞ」わかってくれとでも言うように両手のひらを上に向けると、片手が思わず小さく握られた。手のひらに白い蝶が現れた。博士はそれに目をやると両手を叩き合わせた。

「モンシロチョウだ」そう説明し、床に死骸を捨てた。「無価値だ。わかってくれ、フェキシマルさん、あの人たちが死んだのは事故だ。腹を空《す》かせた蝶たちは群れていただけだ。浮浪者が一人死んだ、それともう一人。不幸なことだが、私の責任ではない」

「なぜ作るのをやめないんです？」博士の手がまた閉じて開く間、僕は訊いた。

博士は僕の無理解に眉をしかめた。「続けなければならない。コバルト・サターンを出すまでは」

僕は博士の必死で真剣な顔を、そして握って開いては蝶を生み落とし続けるその手を見ていた。作業ベンチの方へ一歩後退ると、肘が何かに当たった。大理石の臼《うす》だ。部屋の中で蝶が停まっていない唯一のものだった。

サイモンは極めて脅迫的な表情をまとっていた。「メリデュー博士、あなたはもしかして何をしたのかわかっていないのかもしれない。墓から奪ったものを返すんだ。贈り物の間違った使い方をしたことで、眠っているべきものが目覚めてしまった。終わらせなければならない」

博士は再び笑い声をあげた。ほとんどしゃっくりのようだった。「奪ったものを返す？　残念ながらそれは不可能だよ」

「あなたのものではない」サイモンは強い声と命令口調で繰り返した。

僕は肘の横の臼を見た。黄褐色の粉が見えた。

「何を盗った？」サイモンは尋問していた。「墓の石か、宝石か、それとも遺体の一部か？　それを一体どうした？」

博士の目に熱っぽい光が灯った。両手は開いては閉じ、一秒ごとに蝶たちが現れた。その姿と臼とを見て、昔話の一節が頭の中に浮かんだ。〝その骨をすりつぶしてパンを作ろう……〟

「サイモン」それ以上言えなかった。

サイモンが振り向いた。僕は臼と、その中の粉を指さした。サイモンはそれを下から上へじっと見つめた後、博士の方へ向き直った。博士は笑い続け、声はさらにかん高くなり、もはや正気が残っているとは思えなかった。正気の男ならばその時のサイモン・フェキシマルの表情を笑い飛ばすことなどできないはずだからだ。

「このクソ愚か者が」サイモンは言い、そのよくある罵り言葉が葬送の鐘のように響いた。

「わかったようだね」博士はへらへら笑った。「主教の贈り物は今や私の中にある。私が体に取り入れた、もう私のものだ。私の」

サイモンは年嵩の狂人を見つめて、きっと顎を引いた。男は力に満ち溢れ、握った手からは細く、くるくると蒸気のように、かよわい生き物が舞い上がり続けていた。

「やめてはくれないか？」サイモンは訊ねた。

「いやだ。なぜやめる必要がある？」

「やめないといけない。力を使うのをやめろ。今から一緒に墓へ行き、できる限りの謝罪をして、赦《ゆる》してもらえることを期待しよう。これはあなたにとって唯一のチャンスで、さもなければこれきりだ」

「行くわけがない。何をバカなことを言っている」

「よろしい」サイモンが突然後ろを向いた。「行こう、ロバート」

「行く？」僕はオウム返しに言った。「でも――」

「警察にできることはない。メリデュー博士は法律に対して罪を犯したわけではない。墓は暴いたが、証拠はない。彼が言うように、もはや主教の骨を返す方法はない。俺たちには何もできない。だから行こう」

「ダメだ」僕には理解できなかった。「人が二人死んでる。ヒューバート・ロードには妻と子供がいた。蝶を自由にしたら他にも人が死ぬかもしれない。一体どうして――」

「来るんだ、ロバート」サイモンは繰り返した。僕の手首を摑み重い扉へと引っ張った。僕は怒って引っ張り返したが、無駄だった。僕の手首を放すことなく、サイモンは扉の前で立ち止まり、博士に向き直ることなく言った。「盗んだ贈り物にその価値があることを願うよ、博士」

メリデュー博士は応えなかった。またしても手のひらからモンシロチョウを出していた。

僕は抵抗するのをやめていた。汚染された邪悪な部屋から出るとサイモンは重い扉を閉め、僕をやさしく玄関扉の方へ押した。「出ていろ。外で待て」

「いやだ」

「ロバート、行ってくれ」

「いやだ。君が盗るのを見ていた」

サイモンはじっと僕の目を見つめた。その長い一瞬の見つめあいで、二人のパートナーシップは始まった。

「さあ」僕は言った。「やって」

サイモンが手を開くと扉の反対側から抜き取った鍵が現れた。それを鍵穴に差し込んで回したことで、メリデュー博士は自らの作り出した蝶でいっぱいの暑い部屋に閉じ込められた。扉に鍵をかけたのはサイモンだったが、鍵を引き抜き、先頭に立って家から出て、最初に見つけた下水溝にそれを投げ捨てたのは僕だ。

一言も交わすことなく宿へ戻った。僕たちがやったことを、サイモンは処刑もしくは殺人だと思っていたのか、それとも正しいことだと思っていたのか、僕は知らない。サイモンは何も話さず、僕も何も言わず、ただ一緒に僕の部屋に入り、何も言わずに互いの服を剝いで、彼はしわくちゃのベッドの上で僕を抱き、一突き一突き、まるでそれが呼吸をする唯一の方法であるかのように声を上げた。

その後、二人で横になった。僕はサイモンの胸に指を這わせた。肌の上にゆっくりと書かれていくパターンを指で追うことはしなかった。なんというか、そうしたらロクなことにはならない気がした。

僕は言った。「また君に会いたい」

サイモンは天井を見つめた。「君は俺の仕事を見た。俺の人生は安全でもなければ、清廉でもない。君が汚れるのを見たくはない」

その答えは、考えてみたところ、「ダメ」と同義ではなかった。

サイモンの言葉の真実については、ほとんど疑っていなかった。僕の目撃した彼の奇妙な仕事は恐ろしく、気味が悪かったし、今夜の仕事での僕の共謀については、まだじっくりと考えるのを避けていた。常識的な男であれば、ここで立ち去るだろう。しかし僕は魅了されていた。「引き下がらない」僕は言った。「もちろん君に断る権利はあるけど、また僕から手紙を受け取る危険があることを警告しておく」

サイモンは首を横に振ったが、僕を抱く腕の筋肉が少し強くなって、あの無理をした笑いの片鱗がまたしても唇に浮かんだ。

次の日の夜、堂守の許可を得て、サイモンと僕は聖堂の中、墓の前に立っていた。サイモンが何をしたのか、僕には完全にはわからないし、参加もできなかったが、博士が開けた不思議な裂け目を閉じるために呪文を唱えるのを、僕はロウソクを持って照らし、やがて墓に空いた穴はただ石が壊れただけの穴となり、他よりも暗かったり冷たかったりすることはなくなった。

朝、部屋に入ることができなかったメリデュー博士の女中から通報があった。博士は二フィート（約六一センチ）以上の高さで重なり合った蝶の大群の下で発見された。他の死と異なり、一つ独特な点があった。顔の上、肺の中、蝶はすべて同じ種類だった。

メリデュー博士はモンシロチョウで窒息死したのだ。

第三章　リメンバー、リメンバー

僕はストランド通りのワイアッツ食堂に座り、サイモン・フェキシマルを待っていた。彼は遅れていた。

その日は十一月四日で、ウィンチェスターから戻って初めての待ち合わせだった。サイモンはもちろん奇妙な仕事で忙しかったし、僕にも進むべき記者としてのキャリアがあった。

そのキャリアは花開いていた。恐るべきメリデュー博士とその蝶による死に関する僕の記事は、ロンドンの世慣れた読者たちをも興奮させた。何が起きたかについて、名誉棄損、わいせつ罪、出版倫理違反、そしておそらく故殺の罪を免れるため、完全な描写は避けていた。それでも、クロニクル紙で発表された僕の記事は部数を三割以上増加させ、編集長からよくやったという唸り声をもらって、残酷な殺人の取材を任された。僕は今や三文文士の一人ではなく評価されるべき書き手として注目を浴び始めていた。長い間夢に見てきたキャリアを築きつつあるのだと、僕は自分が誇らしかった。

というわけで、僕はディナーでもどうかとサイモンに手紙を書き、そこにはさらなる夜の娯楽の可能性を書き添え――警官に犯罪だと受け取られるようなことのない書き方のコツがあるのだ――、承諾の返事を受け取ったのだ。場所にワイアッツを指定したのは、とびきりのチョップ肉が食べられることと、お互いの住所からちょうど中間地点で、さらに重要なのはそこがホリウェル通りのすぐ近く、紳士が心地悪い質問をされることなく二時間ほど部屋を借りることのできる界隈に隣接していたことだ。

と、いうわけで、僕は多少なりとも期待をしてその場に来ていた。しかし時間が経過してもサイモンは現れなかった。

僕は待った。自分の分の料理を注文し、それを食べた。経済的な理由で、食事を残す選択肢は僕にはなかったからだ。ほどよい以上の量のワインを飲み、結局一人でディナーを終え、激しい落胆と疑問と怒りを抱えて食堂を後にした。仕事で忙しかったとしても、書きつけくらいは送れただろうに。この数週間で僕への興味が薄れたというのか？　それとも何かどうしても来られない理由があった、まさか怪我でも負ったのか？

歩きながらそんな思いを盛んに巡らせ、我ながら滑稽だと思ったが、サイモンが現れなかった事実を心から拭えずにいた。家へ帰る途中でオールド・コンプトン通りにさしかかり、そこでは一シリングも出せばメッセージ運び《テレグラフ・ボーイ》の少年を買うことができるので、少しは慰めになるかもと心が動いたが、結局そんな気分にはなれなかった。実のところ、サイモン・フェキシマルが僕の思考を占める割合が、僕の歓迎できる以上になってきていたのだ。

人はもちろん深い絆を築くことを夢見るが、僕らの大部分にとって、それは夢でしかない。譬《たと》えサイモンが僕の思いに応えてくれたとしても――今夜の状況を考えるとそう思える理由は何一つなかったが――だとしても、どうだ？　彼は特別な人生を生きる最も特別な男だ。僕には僕のキャリアがある。それに僕たちが個人的な感情を抱いたとて、法によって人目を忍ぶ関係に追いやられるだけだ。一体サイモンに、あるいは自分自身に何を期待していたんだ？　落胆へと続くしかない妄想に耽る意味がどこにある？

決めた、僕は思った。もうサイモン・フェキシマルのことを考えるのはやめるべきだ。何も期待しないし、計画もしない、希望を持ったりしないし、ありえない未来を愚かに想像するのはやめよう。

翌朝、自分の最新記事の校正をしていると、部屋の反対側から名前が呼ばれるのが聞こえた。

「コールドウェル！　一体全体コールドウェルはどこにいる？」

クロニクル紙の編集長ラウニーさんは、行く手をふさいでいた植字工の一人に文句を言いながら、デスクと紙束の山を押しのけて進んでいた。

「ここです、サー」僕は手を上げて叫んだ。

「そこか」まるで僕がデスクの下に隠れていたかのように非難する調子で言った。「ゴースト・ハンターを知っていたな。フェキシマル」

男を知っているかと問われて、その相手をいわゆる聖書に書かれた意味合い――つまり性的に――知っている場合、どうあってもドキッとするものだ。僕は知的な興味を持ったような――そう見えたことを願う――表情を装った。「はい、知っています、サー。何事でしょう？」

「利用できるか？」

「難しいと思います、サー、利用されるのを嫌う男です。でも僕は彼に――」少なくとも説明してもらう権利はある。「小さな貸しがあります。何事ですか？」

「ハートリー・ハウス」ラウニーさんは僕のデスクの端にパイプを軽く叩きつけ、煙草の燃えかすを散らした。「サラム公爵閣下の住居だ」

「公爵夫人と、お二人の間の息子のミッチャム卿とお住まいですね」僕は言い添えた。大層な名前を冠した乳児は女王陛下の最新のひ孫だった。陛下はお気に入りの孫である若い公爵のために邸宅を建築させ、ご夫妻は第一子が生まれる数ヵ月前にそこへ引っ越したのだ。「公爵とフェキシマルにどんな関係が？」

「それを教えて欲しいんだよ、コールドウェル」ラウニーさんはポケットから煙草を一ひねり取り出すと、汚れた指先でパイプに詰め始めた。「お前の幽霊狩りの知り合いは、昨夜、そこへ緊急の召喚を受けたのだ――何だ？」

「何でもありません、サー」

「ミス・ケイとベリー博士と一緒に。カーナッキはアイルランドで何かの呪いを追っているらしく不在だが、そうでなければ呼ばれていただろう、と聞いた」

僕は口笛を吹いた。そのリストは英国で最も名だたるゴースト・ハンターたちで、欠けているのは滅多に表に出てこないサイレンス博士くらいだ。崩れ落ちそうで未だに買い手のつかない屋敷と共に幽霊を相続した時、僕はこの分野について詳しく調べた。調査の結果判明したのは、ベリー博士は是が非でも避けたいという強い気持ち、専門性の違いからミス・ケイが僕のケースにそぐわないことへの強い安堵、そしてフェキシマルとカーナッキ両氏との間の選択肢だったが、後者が不在だったためにサイモンに依頼できたことには感謝しかなかった。「公爵邸にゴースト・ハンターが三人？」

「三人とも昨夜から行ったきりだ。ゲートには鍵がかかり、使用人は沈黙している。記者は中へ入れず、今朝は上流社会の訪問者たちも追い返された」ラウニーさんは僕の肩を叩いた。

「中へ入れ、コールドウェル。何が起きているのか知りたい」


地下鉄でグリーン・パークまで行き、新築の洗練されたハートリー・ハウスへ向かった。白い外壁はまだロンドンの霧に侵食されておらず、屋敷は明るく輝き、曇天の下、立派な窓からは明かりが漏れていた。鉄のゲートの外には憂鬱そうな顔の同業記者たちの集団がたむろしていた。

　タイムズ紙のマーチソンが疲れた様子で手を上げた。「お前さんがわざわざここに来るまでもなかったよ、ボブスター（訳注：ロバートの愛称）。何もわからん」

「何か事情はわかってるんだろうが」僕は言った。「あんたが何も知らないわけがないだろう？」

　マーチソンは鼻を鳴らした。「わかっているのは、昨夜、悲鳴や泣き声が上がったこと、何か緊急事態が起きたこと、そして化け物退治の連中がまとめて呼び出されたことだ。以来、屋敷は尼さんのアソコの如く閉まりっぱなしさ」

　ガゼット紙のロデリックスが訳知り顔でこちらを見た。「お前はフェキシマルと知り合いだよな？」

「ああ」

「ウィンチェスターの記事を読んだよ。いいネタだ」ロデリックスは目を細めた。「個人的な関係を使って俺たちを出し抜くつもりじゃないだろうな、お前？」

　僕は不正直に完全否定した。マーチソンとロデリックスの二人は僕に迫った。

「よく聞くんだ」マーチソンが静かに言った。ロデリックスは他の記者たちを睨みつけて追い払っていた。「今朝ホプキンが中へ侵入したんだが、化け物退治の連中は何も話そうとしなかった。お前の友だちのフェキシマルが奴を放り出した。気の毒に奴はすっかり怯えて、何も言えない状態だった。つまるところ、俺たちは皆行き詰っている。中に入れても証言が取れないんじゃ意味がない。というわけで、もしも俺たちがお前さんを中へ潜り込ませることができたら、フェキシマルから話を引き出せると思うか？」

「できるかも」僕は注意深く言った。無理だろうとは思ったが、提案を聞くまでは断るべきではない。

「ある程度自信がないと困るぞ。奴は乱暴な男だ」それはよく知っている。彼の指の痕は僕の腰に何日も残っていた。「実は使用人を一人取り込んであるんだが、まだ使っていない。一人は中に送り込めると思う」

「コートを脱がせばいい」僕の方を無礼に顎で示して、ロデリックスが言った。「まるでパン屋の使い走りに見えるさ」

「しかし、ネタは半分もらうぞ、ボブスター」マーチソンは念押しした。「何か特ダネが欲しい」

「三分の一だ」ロデリックスがその肩越しに言った。「元はと言えば女中は俺が知っていたんだ」

「半分だ、僕が渡す情報をあんたたち二人で分けてくれ」僕はきっぱりと言った。「もしフェキシマルが僕にいて欲しくないと思ったら、八つ裂きの目に遭うのは僕なんだ」何て考えだ。

サイモンが本気で僕に怒る姿は決して見たいものではなかったが、その怒りを強く罰するように僕に向けて吐き出すのは……想像が上品なところから外れ過ぎないよう、自制した。

マーチソンとロデリックスは互いに目配せした。「半分だ」二人はそれ以上主張することなく同意し、そのことで僕はこの任務が軽く考えてはいけないものだと自覚した。

裏切者の台所付き女中は屋敷の裏手で僕たちと落ち合った。手には残飯の入ったボウルを持ち、ベーズ生地のエプロンを脇に挟んで、僕の共犯になる準備をしてきていた。コソコソした表情で、不満げに口を尖らせていた。

「捕まってもあたしのせいにするんじゃないよ」女中はもごもごと言った。

「しない」僕は保証した。「君が疑われる可能性はないんだろう？」

「疑われても気にならないかも。二シリングもらえたらここの職は喜んで誰かに譲るよ」そう言って意味ありげに鼻をすすり上げたのは、話を聞いて欲しいという合図だ。

「一体何がそんなに悪いんだ？　ここの家のせいか、それとも貴族だから？」こうした屋敷では召使たちの処遇は上級の使用人が決め、いじわるな料理長は多くの台所付き女中の頭痛の種だった。

女は首を横に振った。「そうじゃない。もっとひどい家で仕えたことはいくらだってある。でも呪われた家なんて初めてだし、もういやだし、我慢なんかしない」

「聞かせてくれ」僕は言った。

女中は期待するような目つきでこちらを見た。ポケットに数シリングあったので、こっそり手渡した。

「泣き声」女は身を屈めて、小さな声で話した。「まるで心臓が破れたみたいな、小さな子たちの声。赤ん坊が生まれて以来、泣き声が聞こえるんだ」屋敷の中から鋭い声がして、女は素早く辺りを見回した。「これ以上はダメ。あんたを中へ入れるけど、あたしはもう知らない」

女中は残飯の入った陶器のボウルを僕に押しつけ、僕は大人しく女の後ろについた。通常であればここで他の使用人から話を聞くところだが、買収済の女中もいることだし、僕はより大きな獲物を求めて進んだ。屋敷の裏手から中へ入り、使用人の区画を進みながらボウルを放置し、エプロンを外し、家族の区画へと進んだ。

屋敷は知っての通り新築で、立派な熱湯パイプを使って温められており、その暑さにトップコートを脱いでマーチのところへ置いてきたことを感謝した。ここにいて当然という態度を装って通路を歩いた。廊下は静かで、誰もいなかった。先の方で誰かの話し声が聞こえ、耳が特徴のあるよく響く低い声を捉えて、僕は歩みを速めた。

知り合いの中でこんなに低い声の男はただ一人だった。

そこで先を急いでもよかったが、突然不安に襲われた。こんな風に他人の家に侵入する紳士などいない。でも、僕は記者であり、紳士ではなく、追及すべきネタがあった。サイモンは理解してくれる、そうじゃないか？

あるいは、してくれないかも。サイモンに叱責されることを想像してゾクゾクした僕だが、それは今やより現実的かつより恐ろしく思えた。本気で怒り、軽蔑され、もう二度と会いたくないと言われたら……。

まぁ、そうなったら仕方がない。もはやどうなるかは運命の神に任せようと決断したのではなかったか？　記者の道は僕の野望であり、それ以外はなく、僕には築くべきキャリアがあった。

そう決意すると、明るく照らされた廊下を進み、大きなパネル式の扉に忍び寄り、暫し聞き耳を立てた。

中から聞こえる声は間違いなくサイモンのものだった。厚い木に阻まれてよく聞こえなかったが、イライラして、当惑しているようにさえ聞こえた。

「できない」声は強く言った。「何もない。わけがわからない」

応答したのは女性の声で、どこか不満げに聞こえた。何を言ったかは聞き取れなかった。サイモンがそれに少し静かに応えたが、扉越しでは何もわからなかった。聞こえたのは「頑固」という一言だけだった。

肩に手が触れた。

まったく誰かが近づく気配を感じていなかった。悲鳴を上げて振り向くと、ベリー博士と向き合っていた。

有名な幽霊退治の達人は僕のすぐ近くにいた。中背の僕よりも身長はさほど高くなく、年は少なくとも五十歳、淡い色の目は厚いレンズの奥で拡大され、禿頭《とくとう》の黄ばんだ皮膚はしなしなだった。口髭ときれいに尖った顎髭の白は長年の煙草使用で黄色く汚れ、その皮膚と衣類からはすえて染みつくような薬草が臭った。

「お前は誰だ?」博士は静かに言った。歯の間から発せられた声で、吐く息と共に煙草の臭いが漏れ出た。

「少し仕事を休んでいるところです、サー」召使なら誰でもそうするように言った。

相手が信じるかは疑問だったが、その答えは明確に否だった。博士の両目は少し広がり、かけている眼鏡の縁と同じくらい丸く見えた。

「お前は誰だ?」そう繰り返して近づいてきた。あまりの近さに、その皮膚に走る線がくっきりと迫ってくるようだった。

僕は体を後ろへ反らした。博士は体を前傾させ、僕は壁を背にしていることに気がついた。男は僕に迫っていた。そして……。

そして、恐ろしかった。急激に、心の底から真に恐ろしく、それは屋敷からつまみ出されるとか、それと共に乱暴をされるかもしれないとかではなく、洞窟の奥から聞こえてくる怪しい音を先史人類が恐れたような恐怖だ。理解できないもの、骨の髄から忌避すべき、恐怖を感じさせるもの。

ベリー博士の顔は僕の顔からほんの数インチのところにあった。両目は巨大だった。歯には長年の煙草のせいで水平方向に茶色い染みの線が走っていた。鼻のすぐ下の毛も茶色っぽく、先端に行くにしたがって黄色から自然の白へと変化していた。そうした様々な詳細があまりの強烈さで僕に迫ったため、肺に空気を入れるのも精一杯だった。皮膚に大きく開いた毛穴。ざらざらした鼻の横のへこみから浮き出るような、おぞましく柔らかなホクロの膨らみ。そして、赤い血管の筋が何本も浮かぶ、僕を見つめる両目。

「お前は誰だ」

「コールドウェル」僕は何とか言った。舌が分厚く感じられた。

「私にすべてを話すんだ」ベリー博士は片手を上げた。太った男ではなかったが、その指は妙に太く、青白かった。溺死体のふやけた指のようになんて見えない、そうは見えない、と自分に言い聞かせた。

そのふにゃふにゃした指で触れられたくなかった。

「やめてくれ」僕は囁いた。

ベリー博士の唇（少しひびが入り、乾き気味で、口の端と唇の上を走る線に沿って煙草の染みがついている）が僕の懇願に歪んだ。もはや世界はその屈折した厚いレンズの下の両目にしかなかった。死人のような指が僕の顎にかかり――。

堅く殴るような音と共に博士は消えた。

「一体何をしている？」低い声が詰問した。僕はあえいで、空気不足になった肺に息を吸い込み、視界の端の暗さが収まっていくと共に、サイモンの頑丈な体がかばうように僕の前に立っていて、通路に殴り飛ばされたベリー博士が立ち上がるのが見えた。

博士はサイモンに露骨に邪悪な視線を送り、僕は背筋がぞわっとした。サイモンは睨み返し、微動だにせず、その口元は怒りと軽蔑で曲がっていた。僕を恐怖で麻痺させた博士の蛇のような視線に何も感じていないようだった。

「またしても覗き屋だ」ベリー博士は黒く汚れたハンカチを取り出すと唇を拭った。「ちょっとお仕置きをしていただけだ」

サイモンは鼻から息を吐いて僕に向き直り、その表情に僕は身がすくんだ。僕がバカだった、遅過ぎる今になって気がついた。違法な関係にある僕たちを、ここへ、仕事の場へ持ち込むなんて。

「コールドウェルさん」サイモンは厳しさをこめて言った。

「知っているのか？」博士が訊ねた。

サイモンはそれを無視した。「君がここで何をしているか、訊く必要はなさそうだな」

「探っていた」ベリー博士が言った。「探って、スパイしていた。盗み聞きに立ち聞き」

「私一人で全部やれって言うの？」部屋の扉の方から鋭い女性の声がした。

僕は声の方へ向いた。背の高い女性で、三十代もしくはもう少し年上、濃い色の髪で地味な

ドレスをまとっていた。顔には苦悶の痕跡が見られ、片手の指をぴくぴくと動かす様は必ずしも根気のある様子ではなく、イライラを覗かせてベリー博士とサイモンとを交互に見ていた。僕のことは完全に無視した。

「私が記者を見つけたんだ」ベリー博士が説明した。「しかしフェキシマルが邪魔をした」

「それはよかった」三人目のゴースト・ハンターのミス・ケイだと思われる女は答えた。「いいから放り出して、サイモン」僕の方へ指先を弾いた。

「コールドウェルさんは俺の知り合いだ」サイモンが言った。「先月の蝶の一件で」

「じゃあ、やさしく放り出せばいい」

「それではダメだ」ベリー博士が言った。「記者はゴキブリやネズミのように侵入し続ける。見せしめを作らなければ」

ミス・ケイはベリー博士を見て、感情のこもらない口調で言った。「あなたに関してはすべてに吐き気がする」

僕は壁に身を押しつけて、ベリー博士を見ないようにしていた。博士の視線は濡れた手触りで僕に向けられ、舌で肌を舐められているように感じた。その一方で博士はミス・ケイに彼女が向けたのと同じくらい憎しみをこめた口調で答えていた。もしサイモンが外へ連れ出してくれて、二度とベリー博士の近くに行かないので済むのであれば、僕には何一つ不満はない。

サイモンが「では、コールドウェルさん」と言って向かってきたが、その時三人のゴースト・ハンターが同時に顔を上げた。

「早く追い出して」ミス・ケイが強い口調で言った。

ベリー博士が僕に片手をかけようとした。サイモンが強い力で撥ねつけ、年上の男の腕は激しく上方へはじかれた。博士の薄い色の目は怒りに光ったが、その時僕は聞いたのだ。赤ん坊の泣き声を。

めそめそしながら次第に盛り上がる声はか細い乳児のものだったが、音量が大きかった。とてもうるさく、とても近く、さらにその底辺から別の泣き声が始まった。迷子の幼児、二歳くらいだろうか、絶望的な叫びと恐れ泣きじゃくる声とが交互に混じっていた。僕は目を見開いてその音が僕たちを襲い来るのを見つめ、同時に何かの衝撃が波のように押し寄せ、思わず自分の身体を抱えた。

サイモンは決意したように固く歯を食いしばっていた。ミス・ケイは両こぶしを握り締めて頭を垂れていた。ベリー博士は目を細めて何かをぶつぶつ唱えていた。

幼い方の子どもが大きく叫び、やがて二人の泣き声は、かん高い呻き声となり、それは苦痛によって増幅され激しくなっていった。

「ああ、もう！」強烈な音に耐えられなくなってくると僕は言った。「どうして立っていられる？　彼らを助けることはできないのか？」

ベリー博士は軽蔑するような音を発した。「悪魔と悪霊たちだ。バカバカしい」

「提案がある」霊たちの泣き声の上から、サイモンがミス・ケイに言った。

「何？」

サイモンが僕の方を頭で示した。「もう彼も聞いてしまった。彼には感覚がある。一人受け入れれば、他の連中を締めだせる」

「気でも違ったか？」ベリー博士は、これまでに見たどの様子よりも表情豊かに言った。「汚い売文屋に、我々の仕事を見学させるだと？」

「コールドウェルさんは秘密を守れる」サイモンは僕もベリー博士をも見ずに言った。

「それに泣き声を聞いた」ミス・ケイが言い添えた。「博士、あなたは彼に何をしようっていうの？　私が許せる範囲で」女史は冷たく言い添えて、相手の答えを待った。

「お前さんの許可なんぞ必要ない」ベリー博士は死体が笑うような表情で言った。

「では決まりだ」サイモンはミス・ケイに言った。「コールドウェルさん、一言いいかな」

僕はサイモンについて隣接した部屋へ入った。屋敷の正面に位置する豪華な装飾を施された応接間で、廊下にいる他のゴースト・ハンターたちの存在がひしひしと感じられた。サイモンは僕を睨み下ろした。「一体全体、ロバート、どういうつもりだ？」

「僕の仕事だ」そう伝えた。謝りはしない、もうベリー博士も、あのすっかり女々しくなってしまう影響下も逃れたことだし。僕は今やサイモンの目には厄介者になったことは間違いないが、残ることを許される。記事を書くことはできる。

赦《ゆる》されるかどうかはわからない。

「君の仕事なぞ、呪われろ」サイモンはぶつぶつ言った。「この件に関わっている権力は――」サイモンはミス・ケイがずかずかと部屋へ入ってくる一秒前に僕から離れ、続けた。「もし君に残ることを許すとしたら、プレスの唯一の代表としてだ。君の仲間たちはこれ以上邪魔をするな。原稿は提出前に見せてもらう」

「もちろんだ」僕は即座に言った。

「よろしい」サイモンは僕が素直に承諾したことに少し驚いているようだった。明らかに、原稿を見ることと内容に対して承認権を与えることとの違いに気がついていないのだ。

「何が起きている？」僕を窓の方へ呼び寄せたサイモンに訊いた。部屋の中央に陣取ったベリー博士とミス・ケイからは充分な八フィート（約二・四メートル）は離れていた。その頑丈な体が近くにあるのは心強かった。もし二人にとって不名誉なことにならずに彼を触っていいと許可されていたなら、ぐずっている子供のようにその腕にぶら下がって、自分だけ不名誉なことになっていたかもしれない。それはできない相談だったので、何とか男らしくしていようと努力することにした。ベリー博士が視界に入ってこないような位置に体をずらしたが、これは必ずしも安心できる状態ではなかった。なぜなら、博士は僕の背後に来ることになったからだ。

「あれは子供？」

「わからないんだ」サイモンは疲れて見え、僕は彼が徹夜したに違いないことに思い当たった。

「ここは新築だ。ここで死んだ子供はいない、そう言われた。しかしこの土地自体、呪われているという言い伝えもない」

「ちなみに……」僕はフロックコートに隠れた彼の分厚い胸と、その肌の上で動いているだろうルーン文字を動作で示した。

「何も出ない」サイモンはすぐに言った。「やってはみた。しかし自ら語るには幼過ぎる子供では……」彼は肩をすくめた。

「彼らには何かできないのか?」他の二人のゴースト・ハンターを頭で示して静かに訊ねた。

「皆やってみた。これからも続ける」灰色の髪に片手を押しつけた。「本当のことを言うと、ロバート、俺には打つ手がもうない。ミス・ケイもだ。そしてベリーにはただ一つの技術しかなく、それは……」顔をしかめた。

「何?」僕は訊いた。

サイモンは窓の方へ一歩近づき僕の腕を片手で摑んで頭を引き寄せた。互いの頭が近くなった。彼の息を耳に感じると、僕の肌はそれに応えて喜びに震えた。「ベリー博士は殲滅者《エクスタミネーター》だ」小さく言った。「彼には物語が理解できない。結末を見つけることはしない。ただ糸を切るだけだ」

「意味がわからない」

「俺は、呪いというのはそれぞれが結末のない物語のようなものだと考えている」サイモンは言った。「もし物語を終わらせることができたら、亡霊もいなくなる。語られることのない物語は苦しみで、それは殺人だったり、遺言書のありかだったり、あるいは単純に……途中で遮られた出来事だ。君の先祖の霊のように」その出来事を口にした彼の険しい顔は少し赤みを帯びた。僕の顔も間違いなくそうなっていた。「霊魂が安息を見つけるためには、物語の終わりを見つけなければならないと俺は信じている、というか、そうだと知っている。ベリー博士はそうは思っていない」

「彼は何だと考えている？」

「どんな幽霊であれ、悪の表象だと信じている。鎮められたり安心をさせたりすることなく追い払うべきものだと。聞く耳を持たず、ただ破壊すべきだと」

「でも、あれはほんの子供だ」僕は言った。「聞こえたはずだ」

「わかっている」サイモンは暫し目を閉じた。「サラム公爵は追い払って欲しいと願っている。どんな手を使ってでも。ベリー博士にはそれができる。俺とミス・ケイにはどうやらできない」

　僕がここに来たのは記事のためだ。そのためにひどい目に遭ったたし、他のことに気を取られている場合ではなかった。しかし彼の目に浮かぶ苦悩を見た上に、迷子の子供たちの声がまだ耳の中で鳴っていた。

「何か手伝わせてくれ」僕は言った。「何ができる？」

サイモンの顔に浮かんだ感謝の表情だけでも報われた気持ちになった。稀にしか見せないかすかな笑みを見せた。もし二人きりだったらきっと僕にキスをしただろうことは明白で、実際のキスがもたらしたであろう震えるような感覚を体中で意識した。

「ありがとう、ロバート」彼は小さく言った。「ほっとするよ」

「サイモン?」ミス・ケイが呼んだ。

サイモンは僕から向き直ってそちらへ向かい、僕も後に続いた。女性ゴースト・ハンターは椅子に座り、背中を真っすぐに保つための矯正バックボードを家庭教師に使われることがなかったのだろうと思わせる姿勢で屈みこんでいた。指は手袋なしで硬く組まれ、親指を見つめていた。僕もそこを見た。

左手の親指の爪がとても長く、バカバカしいほどの長さで、僕の見立てではおよそ一インチ半(約四センチ弱)はあった。そしてその爪は……黒? 傷ついているのか? いや、どちらでもない。濃く油っぽい色で、緑と青の渦巻があり――――見下ろしていると、渦が巻いて動いているのがわかった。彼女の親指の爪は世界を映すプールで、僕の目には不透明だったが、とても、とても深く……。

「あまり近くで見ることは勧めないぞ」サイモンが僕の横で呟いた。

「見た方がいいかも、その方が役に立つかもしれないし」ミス・ケイは苛立った唸り声を上げて背筋を伸ばした。「ここは何かがおかしい、どうして見えないのかしら?」

「見えるのは何だ」

ミス・ケイは不満げに片手を振った。「死、不自然な死。恐怖と苦痛。でも何一つはっきりしない。腹が立つったら」

「見えなければ、何もできない」サイモンが顔をしかめた。

「そうしたらベリー博士の出番。そうなる」ミス・ケイが言い添えた。「他人の苦痛を和らげるためであっても、閣下たちがこれ以上不快な音を我慢するのはまかりならないってね」

「シオドーシア」サイモンがもの憂げに言った。「呪われているのは家族のせいではないし、霊に去って欲しいと願うのは当たり前だ」

「あのおぞましい乱暴者が、私たちが解放する前にあの霊魂を消したら、彼らの責任だわ」

僕はこの率直な女性が好きになってきていた。「閣下たちはここで安全なのか？」僕は訊ねた。「あと数日危険な目に遭うことなく我慢はできるのか？」

「できるけど、しないのよ」ミス・ケイが言いきった。

「どんな危険が迫っているかはわからないんだ」サイモンが再び言った。

「引っ越せばいいわ」

「ここが彼らの家だ」

「幽霊だって彼らのよ！」

厳格なフェキシマル氏と堂々としたミス・ケイの二人が子供同士のように口論していること

については後々考えようと心に留め置き、僕は訊ねた。「とはいえ、閣下たちにすぐに危機が迫っているとは思わないんですね？」

「おそらくないわ」ミス・ケイはぶっきらぼうに言った。「この屋敷は守られている」

「何に？」ここで〝誰に？〟と訊ねなかったことが、僕がこれまでに学んできたことを示す物差しだ。

「外界の侵入を守るには様々な方法がある」サイモンが僕に言った。「単純なのは扉に馬蹄や鉄を掛ける――」

「もっと複雑なものもあるわ」ミス・ケイがつけ加えた。「ここは後者よ。この屋敷は間違いなく守られている。と同時に呪われていて、どうしてなのか私たちにはわからない」

「理由なんてない」ベリー博士が僕のすぐ後ろから、耳に息がかかるほどのところで言った。

僕はぎょっとした。いや、正直になろう。僕は恐ろしさに悲鳴を上げた。サイモンの目が怒りで暗くなったが、ミス・ケイがいち早く椅子から跳ね上がり、ベリー博士の胸に人差し指を突きつけて「あなたって人は」と噛みついた。

ミス・ケイがベリー博士を荒々しく非難している横で、サイモンは僕を脇へ引き寄せた。

「残りたいのなら残ってもいい。だが、ベリー博士が仕事を始める前には去って欲しい」低い声で言った。

「彼は一体何をする？」

サイモンは口をきっと結んだ。「霊をこの世界から引き剝がす。外の闇へと放り出す。そこにあるのは……嘆き、あるいは無だ」

「君はそれを見ているのか？」

「俺の責務だ。霊たちが消えていくのを誰かが見届けてやらなくては」その顔は苦渋に満ちて、その瞬間僕は子供たちやサイモンのためにも、気色悪いベリー博士の好きにさせてはならない、僕にできることがあったら何でもしようと決意した。

「さっき助けになることが何かできないかと訊いたが」サイモンに言った。「例えば……」何か僕が役に立てることはないか考えた。「屋敷の過去を調べてみたか？　クロニクル紙の資料庫を調べてみるよ。何か新事実があるかどうか」

「ここはほんの一年前に建てられた。もし謎めいた死があったとしたら、皆も覚えているはずだ」がっかりした僕の表情を見たのだろう、サイモンはこう続けた。「とはいえ、俺にはそれよりいいアイディアはない。君が時間を使ってもいいと言うのなら――」

「ベリー博士がやろうとしていること――彼の方法――は、それを避けるためにすべての可能性を探し尽くしたと思えない限り、僕にも耐えられない」

サイモンは少しの間僕を見てから、体を前傾させ、低い声を響かせて言った。「昨夜行けなかったことについて、君に赦しを乞うていなかった」

「あ、それはもう――」

「赦しに値するよう償わせてくれることを願うよ」

真っすぐな視線に肌が赤くなるのを感じた。「説明をしたいとおっしゃるのなら、フェキシマルさん、貴兄に満足させてもらうことに異論はないですよ」

それを聞いたサイモンの頬が紅潮する様は実に素敵だった。期待でいっぱいになった僕は、誰の同行もなしで部屋を出る勇気を奮い立たせた。とはいえ、ベリー博士には背中を見せることなく、危険な犬を避けるようにしてその横を通り過ぎた。

数時間後、僕はクロニクル紙の資料庫で幾つもの見出しカードの箱を前に、紙の粉で指先をべっとり汚し、頭痛の予兆を覚えていた。

サイモンは正しかった。屋敷は新築だ。悲劇が起きたのなら、誰もが覚えている。建てられた土地は何の変哲もなく、記録に残るような特徴はなかった。家が建つ前のハートリー・ハウスの土地には何も起きていなかった。

何かが起きていたのはその建築家、グラスポート氏にだ。調査を始めて最初に発見したのはそれだった。グラスポートは設計図を完成させ、土台の石を敷き、自らの手でモルタルを塗り、祝杯を上げた後、帰宅して首を吊ったのだ。遺体は翌日居室で見つかった。

普通の場合――ここで言う〝普通〟とはサイモンの使う特異な意味でのそれだが――、

自殺はそれ自体が特筆すべきことだ。僕はこの発見について、さらに調査を続けると約束してサイモン宛に書きつけを記し、メッセンジャー・ボーイを使ってハートリー・ハウスへ届けさせた。しかし発見の興奮はすぐに弱まっていった。抱えている問題は絶望した建築家ではなく、二人の幼子なのだ。

家の近くで死んだのだろうか？　物乞いの子供か、捨てられた赤ん坊か？

僕の豊富な想像力はとある筋書きを生み出した。愛人に子供を孕ませたサラム公爵が彼女を捨て、彼女は屋敷の壁沿いに飢えた子供たちを捨てた……。

おそらくその可能性はあったが、何も証拠はなかった。誰に聞いてもサラムはきちんとした若者だという。それに、実際のところ、ロンドンの道端に捨てられた子供たちが全員泣き叫ぶ幽霊になっていたら、生者は自分たちの話す声も聞こえなくなってしまう。

違う。子供たちは不自然な死に方をして、それは記録されることもなかったのだ。僕はサイモンに何も報告することができない。ベリー博士が仕事をするのを防ぐことはできない。

僕は手のひらの手首寄りの部分で顔を拭った。記事を書かなくてはならない。編集長は待っていた。マーチソンとロデリックスには特ダネを請け負った。サイモンには記事を見せると約束した。承認権まで渡していないことを本人は知らないが、実際のところ、承認するに足る内容などなかった。スキャンダルも、事実も、物語も。

とはいうものの、現地の状況を伝えることで誰かが何かを思い出すかもしれない。記事を情報募集の形にするのはどうか？　それによってほとんど内容のない記事に少し重みが出るし、本当にうまくいくかもしれない。謎を解くために読者が名乗り出てくるかもしれない。自分の仕事をこなしつつ真実サイモンを手伝うこともできる方法だと思い、少し気持ちが高揚した。何をするつもりかをメモに書いてメッセンジャー・ボーイに渡すと、早速仕事にとりかかった。

八時までにはラウニーさんのデスクに原稿を提出し、清書の写しを少年の一人にサイモンに届けさせる手配を終えていた。同業者への約束はまだ果たしていなかったが、昼食を摂る機会を逸したため空腹で、目も疲れていた。家に帰る途中どこか食堂へ寄ってそこでもう少し書くことにしよう。

ロディとマーチには仕事に臨む化け物退治の一団の様子を描写したものを渡すのはどうだろう、コートと帽子を手にしながら思った。ミス・ケイとサイモン・フェキシマル、そしてベリー博士の似顔絵を添えて読者に提供するのだ。ベリー博士の特徴を描いて衆目に供するのは、他人の名義で発表される限り、大いに楽しめそうだ。

クロニクル紙の事務所はフリート通りにあった。扉を引いて、霧の漂う空気の特有な匂いと、冷たく湿った夜に出て行くと、たちまちすぐ近くで発射されたピストル音のような爆発を聞いた。飛び上がって振り向くと、それは無作法な若者が投げつけたただの爆竹だった。

そうか。きょうは十一月五日、〝かがり火の夜〟だ。歩いて帰る道すがら賑やかだろう、そう思い、行列を楽しもうと、いつものドルーリー・レーンではなくストランドの大通りを歩くことにした。僕の村でもガイ・フォークスの夜の祭り（訳注：十七世紀の謀反人、ガイ・フォークスにちなんだ祭り）はいつだって楽しかった。スパイス入りの温かいサイダー、色のついた灯りと明るい火花のシャワー、かがり火の上で燃えるガイの人形。男の子たちは歓声を上げて、裏切者の人形が赤々と燃える中、落ちてきた燃え木を投げつけたものだ。

僕が小さな声で「リメンバー、リメンバー、十一月五日《ザ・フィフス・オヴ・ノヴェンバー》を」と囁いていると、目の前に男が一人立ちはだかった。きちんとした身なりをして、ボーラーハットをかぶり、質のいい厚地の外套を着ていた。

「コールドウェルさん？」男は礼儀正しく訊ねた。

「そうだが」

男は体を傾けて近づいた。話すと口の周りの髭が少し逆立った。僕はいつだってきれいに剃った顔の方が好みだ。「きょうフェキシマルさんにメッセージを送りましたね。サー、私はさらに何か発見があったか聞くように言われたのです」

「ああ、あるとも。あなたはフェキシマルさんの使い？」男はメッセンジャーにしては身なりが整い過ぎていて、どちらかというと上級の召使のようだったが、サラム公爵閣下が自分の部下を使ってゴースト・ハンターたちを助けていてもおかしくはない。

「そうです、サー。何を伝えればよいですか？」

閣下たちに何も新発見はないとは言いたくなかった。この男が彼らに報告を持ち帰るのであれば、伝える内容はベリー博士ではなくサイモンの言い分に耳を傾けさせるようなものでなくてはならない。「既にフェキシマルさんに伝えたように、解決の糸口を見つけたように思う。僕の記事も編集長に渡してある」

「記事」男は繰り返した。「クロニクル紙の編集長に」

「そう、その通りだ」サイモンに渡すことになっている記事の写しをハートリー・ハウスに持って行ってもらうよう頼むことが頭をよぎったが、それはやめることにした。まだタイプが終わっていないだろうし、状況はどうあれ、届ける時間を可能な限り遅らせたかった。完成後の記事を変えることについては、ラウニーさんは持てる力のすべてを使って抵抗するだろう。圧力に屈しないことでは、フリート通りでも悪名高かった。「すべては作業の流れに乗って、編集長に送られました。あなたには無駄足を踏ませて申し訳ないが、サー、謎は解けるでしょうし、その影響もやむことでしょう」

ボーラーハットの男は奇妙な集中力で僕を見つめ、僕の頭から爪先まで視線を這わせた。その視線は不穏なものではなく、ただ無感情に僕を品定めし、記憶にとどめようとしているかのようだった。「わかりました、コールドウェルさん」男は最後にそう告げると、踵《きびす》を返した。

僕はフリート通りのライオンズ・コーヒー・ハウスでミート・パイを食べた。外の群衆の音は建物の中にも聞こえてきて、店を出て左、ストランド通りへ向かう頃には、主に風呂に入っていない人類で構成された巨大な塊によって、道は通れなくなっていた。かがり火の夜の行進が始まったのだ。

通行止めになったストランド通り沿いには何百人もの人が集まっていた。道の先でバンドが演奏しており、行進がゆっくり進んでいた。古の衣装を身に着けた男たち、陸軍や海軍の士官、道化師や仮装した者。各種団体が派手な横断幕の下を行き、ゆっくりと進む流れのそこここに松明を持った者たちが散らばっていた。通りに沿って、家々や商店は色とりどりの灯りや旗、中国のランタンやその他の派手な飾りで煌びやかだった。歓声と歌声、爆竹のはじける音、そして火薬の臭いが空気中に漂っていた。見ていてとても楽しいし、こんな人混みをかいくぐってブリューワー通りへ抜けることはほぼ不可能だった。

見物しながら待つことに決めた。その後でオルドゲート方面からいつもの道を帰ろう。というわけで、商店の段の上、群衆よりほんの少し高いところから行列を眺められる場所を見つけた（僕はさほど背丈が高くない）。そこは路地の入口にあたる部分で、路地の内側では、行進にもう飽きてしまったのか、人混みを避けるためなのか、ボロをまとった子供たちが遊んでいた。

子供たちはあの昔ながらの押韻詩《ライム》を歌っていた。

〝ロンドン橋落ちる、落ちる、落ちる〟

〝ロンドン橋落ちる、マイ・フェア・レイディ〟

僕は扉に両肩をもたせ、中国人に仮装した一団が行進の端で踊っているのを見ていた。

〝作るんだ木と泥で、木と泥で、木と泥で……〟

その単純な旋律と、煙と焼き栗、そして温かいスパイス入りのワインの匂いが合わさって、僕は子供時代へ引き戻された。いつのまにか子供たちと一緒に歌詞を呟いていた。

〝木と泥は流される、流される、流される……〟

このロンドンの浮浪児たちと同じように、昔僕らの村でも同じゲームで遊んだ。二人の子どもが両手でアーチを作り、他の子供たちは身を屈めてその橋の下を通り、橋が落ちた時に罠にかからないようにするのだ。

〝煉瓦とモルタルは剝がれ落ちる……〟

子供の歌だというのに、せっかくの仕事が台無しになる内容だというのは奇妙だな、そう思いながら、僕は崩れかけの、かつて呪われていた先祖のボロ屋、コールドウェル・プレースについて考えた。あそこの煉瓦とモルタルは間違いなく剝がれ落ちるだろうが、修繕をする金が僕にはない。悩ましい考えを頭の外へ追いやった。

〝鉄と鋼《はがね》は折れ曲がる……〟

歌詞の続きを思い出そうとした。確か〝作るんだ銀と金で〟と来て、それは当然のごとく〝盗まれる〟と続く。この四行詩の出来のよくない韻律は、いつだって気に障った。

今、子供たちが歌っているのは違う歌詞だった。僕の知っている歌詞の代わりに、幼くかん高い声はこう歌っていた。

〝作るんだ血と骨で、血と骨で、血と骨で〟

〝作るんだ血と骨で、マイ・フェア・レイディ〟

一団は夢中で遊んでいて、最も長身の女の子二人が両手を高く上げて、残りの子らがその下を無限ループでくぐり回っていた。子供たちの目は辺りにそそぐ夜の赤や緑、そして金色の光を反射して、動物的な光沢を放っていた。

〝血と骨は石を守る、石を守る、石を守る〟

〝血と骨は石を守る、マイ・フェア・レイディ〟

故郷でこの歌詞を歌ったことはなかった。英国中で色々なバージョンが歌われているのだろうか、都市の子供たちの歌うものはいずれもこんなに血みどろの怖い内容だろうかと思いを巡らせた。おそらくそうだろう。伝統的な歌とはそういうもので、この曲はまさに深く伝統に根ざしていた。それは僕に何かを思い出させた、実際、何かを……アーサー王？　蝶の主教の伝説に遭遇してから、先週アーサー王伝説の本を読んだのだ。

〝作るんだ強い石で……〟

「そうか、マーリンだ」僕は大声を出した。歌を聞いて思い出したのはもちろんそれだ。ウェールズの伝説。魔術師マーリンとヴォーティガン王と……宮殿……。

喉の奥で息がつまった。

〝石は保つよ長い間、長い間、長い間〟

〝石は保つよ長い間、マイ・フェア・レイディ〟

サイモンと話さなければ。身を屈めて段を離れ、群衆の中へ、フェター・レーンへと急ごうと、誰を押しのけようと気にせずに進んだ。どうか家にいてくれ。ハートリー・ハウスには行きたくない。ハートリー・ハウスにはもう二度と足を踏み入れたくない。

背後に残した子供たちは別のゲームを始めていたが、歌は頭の中で鳴り響いた。作るんだ血と骨で……そんなことはありえない、自分に言い聞かせた。しかし僕は心の奥底でそうだと確信していて、知ってしまったことが恐ろしかった。

行列はチャンスリー・レーンまで来ていた。自分の小柄な体格を呪いながら、押し合う群衆の中をフリート通りへと取って返した。サイモンなら苦労なく群衆をかき分けて進んだだろう。というか、群衆がきっと避けて道を作るに違いない。

僕はサイモンにここにいて欲しかった。まるで暗闇の中で子供が乳母を恋しがるように、傍《そば》にいて欲しかった。

フェター・レーンはここから北方向へ走っているが、僕は通りの反対側にいた。辺りを見回し、どこを行けば行列を通り抜けられるだろうと考えていると、僕の方を見ている男を見つけた。ボーラーハットと口髭に見覚えがあるなと思ったら、男を認識した。僕に何を知っているのかと訊いてきた男、メッセージを持ってハートリー・ハウスに戻ることなく、今、僕を凝視している男。

男の顔には感情がなく、何を考えているのかまったくわからなかったが、仮装した一団を押しのけて進み始め、僕の方へ向かっているのがわかると、僕は後ろを向いて脱兎のごとく走り出した。

男は僕とフェターー・レーンとの間に立ちはだかっていたが、僕には人混みの中で鬼ごっこをするつもりはなかった。代わりに弁護士や法律関係の事務所が小さな迷路のように連なるインズ・オブ・コートの暗い路地へと走った。影の多い小路はほとんど灯りがなく、ストランド通りの煌々《こうこう》とした明るさに比べると、ほぼ真っ暗に感じられた。行列のかけ声や声援はまだ聞こえていて、静かな小路に自分の靴音が響く中――ああ、神様――追いかけてくる足音が聞こえた。

パンプ・コートへ飛び込んだ。前方左側には柵に囲まれた小さな庭があり、そこを抜けてオールド・マイター・コートに出れば、ストランド通りへ戻れるはずだ。とは思ったものの、たどり着くと庭にはもちろん鍵がかかっていて、よじ登るには柵が高過ぎた。

罵り言葉を吐くほどの息も時間も僕にはなかった。威圧的な建物の間を、法律家たちとそのややこしい迷路のような道を呪いながら走り続けたが、追いかけてくる足音は近づいていた。

何とかストランドへ戻らなければ。人々がいる明るい大通りを離れたのは愚かな間違いだった。インズの静けさと暗闇の中で、誰にも断末魔の叫びを聞かれることなく、男は僕の喉を掻き切ることができる。そして、間違いなくそうするだろう。なぜならもし男が僕の推測する真実を守っているのだとしたら、他に選択肢はないからだ。

キングズ・ベンチ・ウォークで急な左折をして、冷たい空気を必死に吸い込みながら進んだ。そこから小さな通路がオールド・マイター・コートへ続いていて、ストランドへ、守ってもらえる人混みの中へ出られるはずだ。

後ろをちらりと振り返った。それは間違いだった。追跡者はすぐ近く、二十フィート（約六メートル）もないところにいた。獰猛で静かな決意と共に走ってきた男は、僕が目を向けると顔を上げて視線を合わせた。

僕はつまずき、よろめき、滑った。足場を取り戻して走り出せたのは、その視線に殺意を感じて必死になったからだ。二度と振り返らなかった。

オールド・マイター・コートを抜けてフリート通りへ、ちょうどフェター・レーンの向かい側に出た。サイモンの家にたどり着けることを、家にいてくれることを祈って走り続けたが、後ろから声がした。「泥棒を止めろ！」

悪魔め。人々が振り向き、僕を掴もうとする手があった――走っているのは有罪だからだとばかりに。人々をすり抜け、掴まれた手を振りほどき、貴重な数秒を無駄にして、体中の最後の息を使ってフェター・レーンを駆け上がった。

サイモンは一六六番地に住んでいた。手紙を送っただけだったので、それが通りのどちら側なのかも知らなかったし、追跡者が近くに迫り、追いつかれそうだったので、辺りを見回す時間もなかった。

「サイモン！」絶望にかられて叫んだ。肺が破裂しそうで、息を吸うのがやっとだった。「サイモン・フェキシマル！　サイモン！」

強い手が後ろから僕を掴み、はずみで前のめりになった。追跡者は僕を抱え込み、どうにかしなければと考えている間に、裏路地に連れ込まれた。男も肩で息をしていたが、相手は大きく、頑強で、冷たく濡れたレンガの壁に僕の体を押しつけると、ナイフを取り出して僕の喉にその切っ先を突きつけた。

「知っていることを言え」かすれた声で言った。男の顔はところどころ赤く、その目は怒りに満ちて、まるで殺されることに抵抗した僕が悪いのだとでも言いたげだった。あの狂ったような追跡劇の後でも、なぜかボーラーハットは頭に乗ったままだった。「知っていることは何で、誰に話したか」

「誰にも話していない」あえぎながら言って、すぐに間違いに気がついた。サイモン、または編集長が知っていると言ったならば、命乞いの材料にできたかもしれない。

あるいはそれも無理だったかもしれない。なぜなら目の前の男は命乞いに耳を傾けそうにもなかったからだ。

男は首に押しつけたナイフの圧を強めた。僕はあまり深く息を吸い込まないように、喉の皮膚が動くことでナイフが刺さることのないように努力したが、肺は空気を欲しがっていて、浅い呼吸はまるでゆるやかな窒息のようだった。大きく呼吸をしたかったが、そうするとナイフが喉に突き刺さってしまう。僕の顔にはそのパニックが明らかに表れていたようで、男の顔に満足げな表情が浮かんだ。

「フェキシマルは何を知っている?」刃物の先を僕の肌の上でねじりながら、男は訊いた。目を合わせることができなかった。男の肩越しを見つめた。「やめてくれ」あえぎながら言った。「お願いだ。全部話すから。息をさせてくれ」

「全部話すんだな」ナイフの先をさらに押しつけながら、男は念押しした。

「ああ、話す。お願いだ、頼む」僕は恥知らずに追従して、吐くように言った。

男は僕の陥落に満足げに顔をしかめ、一インチ(約二・五センチ)ほどナイフをずらした。それで僕はようやく息を吸うことができた。そして、男性版の義憤《ネメシス》の女神のように男の背後に立っていたサイモンがその襟首をつかんで引くこともできた。

男は回転しながら僕から離れ、数歩よろけた。素早く足場を取り戻したが、飛びかかってきたサイモンを避けることはできなかった。

これまでに出版された文章の中で僕は何度となくサイモンが重量級《ヘヴィー》ボクサーのような肉体の持ち主だと表現してきた。それはサイモンが本当に重量級ボクサーだからだ。毎朝ジムで一時間は過ごし、過去にアマチュアの競技会で何度も優勝していることを当時は知らなかったが、それでも襲撃者を抹殺していく冷静かつ系統だったやり方から、類推することはできただろう。僕はその間中、何とか倒れ込まないように壁に張りついていたのだが。用いたのはパンチ四つ、秒数はそれよりほんの少し多いくらいで、最後の一発が顎の先に当たって、頭を後ろへ反り返らせた時、ボーラーハットの男はまだナイフを握っていた。男は路地の泥の中に倒れた。サイモンは身を屈めてその手からナイフを奪うと僕のところへやってきた。

「ロバート」サイモンは注意しながら指で僕の喉に触れた。薄明りの中でも、その手についた暗い染みが見て取れた。「何ということだ」

「君に話がある」僕はしわがれ声で言った。お粗末なことに、膝がガクガク震えていた。「子供たちのことがわかった」

フェター・レーン一六六番地は僕が殺されかけた薄汚れた路地、クレーン・コートのすぐ傍《そば》だった。サイモンはポケットを探ってから、意識のない男をその場に放置した。僕は散らかった応接間のくたびれた長椅子の上で体を丸め、甘い紅茶のマグを両手で持ち、サイモンが僕の隣に、ミス・ケイが暖炉の横の椅子に座っていた。どうしてミス・ケイがここにいるのかは訊かなかった。

「それで?」女史は訊いた。

どこから始めていいのかわからなかった。僕はサイモンの方を向いた。「きょうの僕の伝言は全部受け取った?」

「一つは。建築家のグラスポートについて」

「僕は二つ送った。二つ目は横から盗られたかもしれない」

ミス・ケイは両眉を上げた。サイモンは顔をしかめると僕に話を続けるよう促した。

「最初の一通は建築家について知らせるためだった。グラスポートはハートリー・ハウスの礎石にモルタルを塗り、帰宅してから首に縄をかけて死んだ。次に書いた伝言は、読者に情報を求めるために呪いについての記事を書くつもりだという内容だった。二通目がハートリー・ハウスに届く前に、襲撃者はメッセンジャーを装ってクロニクル紙を訪ねた。僕は彼がサラム閣下のために動いていると思って、問題解決は近いと思わせようとした。ベリー博士を止めるために」

この発言にサイモンとミス・ケイの二人は顔を見合わせたが、どちらも言葉を発しなかった。

「だから僕は君に送った伝言に解決策が書かれていて、もう記事も書いたと伝えたんだ。僕は二通目のことを話していた。男は最初のメッセージのことだと思った。僕を殺そうとしたのは建築家の死についての話を僕が記事に書いたと彼が思ったからなんだ」

ミス・ケイは顔をしかめた。「建築家の自殺を知ったからと言って、なぜ殺そうとするの?

公表されていることでしょう?」

「僕はなぜ彼が死ななければならなかったかを知っている」僕は言った。「その記事は誰かが書いて欲しくないものなんだ」

「で、それは……?」

僕は自分の考えに確信を持っていたが、バカバカしいと思われるのではないかと身構えた。

「ヴォーティガン王と少年マーリンの伝説は知っている?」

オカルトの分野の専門家が素晴らしいのは、〝それが何の関係があるんだ?〟と言った無駄な質問を滅多にしないことだ。ミス・ケイは瞬きさえしなかった。「もちろん。ヴォーティガン王の宮殿は毎日建てられては、夜になると崩れ落ちた。魔術師が助言したのは、崩れないようにするには――」

ミス・ケイは一瞬呼吸を止めた。再び話し始めた時、ゆっくりと言った。「子供を生け贄に捧げてその血をモルタルに混ぜたものを使うこと。そうすれば宮殿は永遠に立ち続ける。犠牲になった子供に守られて」

「作るんだ血と骨で」僕は言った。

「血と骨は石を守る」サイモンが順に応えるように言った。「何ということだ、ロバート。確信はあるのか?」

「証拠はない」

「君には直感がある」サイモンの言っている意味がわからなかったが、大いなる確信を持って告げたその様子に、反論をしようとは思わなかった。「確信はあるか?」

「ああ」僕は言った。「大いに確信がある」

僕らは暫し沈黙した。最初に話したのはミス・ケイだった。「他に誰が知っている?」

「誰も」僕は言った。「気がついたのは帰宅している途中で、三十分ほど前だ。しかしあの男は……僕をつけてきたんだと思う。途中で食事をして、行列を見物するのに留まった。男はもう仕えている主人たちに伝えているかもしれない。まさに今それをしているかもしれない」

「仕えている主人たちとは?」サイモンとミス・ケイは同時に言って、束の間顔を見合わせて親しく笑いあった。部屋の緊張した雰囲気にも拘わらず、それは僕が見た中で最も気を緩めたサイモンの表情で、本当のことを言うと、それが自分に向けられたものではないことが悔しかった。

「誰なのかはわからない」僕は言った。

「サラムではないわね」ミス・ケイは考えながら言った。「知っていたら、彼にとって呪いの原因は明白だったはず。いえ、私たちを呼び寄せたのはサラムで、それが誰かの注意をひいた。私たちや、コールドウェルさん、あなたを見張っていた。そして、あなたが真実に迫っていると感じた途端、即座に黙らせることを決意した」

「ロバートを黙らせるのは簡単じゃない」サイモンが言った。

「サイモンが被害者の真実を見つけられなかったのは、子供たちが幼過ぎて言葉を知らなかったから」ミス・ケイは続けた。「私にもわからなかったのは家の守りと罪とが混じりあっていたから。罪が犯されたのは家を守るため、でも罪が暴かれると家が危ない。ふーん」女史は左手を振り、小さく指を動かした。その指の爪は残らず同じような状態であることが見て取れた――異様に長く、黒く、磨かれて油っぽい光沢を放っていた。「考えさせて」座り直すと、その曲げた指を眺めた。

サイモンは立ち上がると呼び鈴を引いた。「君は疲れ切っている、ロバート。部屋を用意させよう。今家に帰るのは危険だ。明日一緒にハートリー・ハウスに行こう」

少しして扉にノックがあり、部屋の準備ができたことを告げた。僕はサイモンの後をついて階段を一階上へ上り、死にもの狂いで走ったことから来る爪先の痛みを感じつつ、周りを見ながら進んだ。「ここは君の持ち家なのか？」

「家はシオドーシアのものだ。ここだ」サイモンは扉を開けた。部屋にはこれといった特徴はなく、鉄製のフレームのベッドが一台、灯したばかりと見える小さな暖炉、湯気の立つ熱い湯が入った水差し、本が並べられた棚が一つある他、壁沿いには何もなかった。この家の残りの部分と同じような印象を持たせる部屋だった。つまり、住んでいる者はいるが生活感のない、食事と仕事と睡眠をとるだけの、決して家とは呼べない場所。

「ありがとう」僕は言った。

「眠るよう努力するんだ。君は疲れきっているはずだ。安心しろ、この家は安全だ」

「わかった」サイモンに一緒に留まって欲しかった。もちろんそれは無理な話で、自分の家でそんな危険を冒すわけがなかった。それに、家はミス・ケイが所有しているという。僕にはそのことについて深く考える余裕がまだなかった。でも、あれほど恐ろしい目に遭った後なのに、こんなに近くにいるというのに、触れることができない、抱きしめてくれと頼むことができないなんて……。

法の下《もと》での自分の立場に愚痴をこぼすことなどほとんどなかったが、その時に感じた不公平感は喉の奥に大きく詰まって感じられた。僕はぬくもりを感じたいだけだったのに、そう切り出すことが怖かった。

部屋に入ることなく、扉のところでシルエットになったサイモンを見つめた。薄明りの中で見つめ返すその表情からは何も読み取れなかった。ためらっているんだろうか？　中に入りたいと思っているから？　それとも逆で、僕が入ってくれと言い出すことを恐れているから？

ほんの少し前、僕は助けを求めて泣き叫んで、自分自身に対してもサイモンに対しても弱々しさの極みを見せつけた。拒否されたら堪えられない、そう思って、僕は頼むのをやめた。

「おやすみ」僕は言った。「ありがとう」

「いや……」サイモンは大きく息をした。「おやすみ、ロバート」

サイモンは扉を閉じた。僕は冷たいシーツにくるまって一人で眠った。

サイモン、ミス・ケイ、そして僕の三人はハートリー・ハウスの正面扉をそろって訪れた。執事はいんぎんな態度で僕たちに小応接間までついてくるよう告げたが、屋敷の中にわずかに動揺が走っているのが感じられた。

廊下を静かに進む中、サイモンとミス・ケイは共にはっと鋭く呼吸をした。二人が何を感じたのか訝《いぶか》しく思っていると、それはまもなく僕にも感じられた。濡れた布で肌の上をなぞられるようなかすかな寒さがあって、再び泣き声が聞こえ始めた。その音に歯を食いしばった。サイモンが呟いた。「よし」

「なぜ？」

「ベリーはまだ仕事をしていない」

ミス・ケイが何か言おうと振り向いた時、前方の扉が開いて一人の女性が走り出てきた。若く、つい最近お産をしたことがわかる体型の女性で、その状態で可能な限り最も洗練された衣装を身に着けていたが、その様子は衣装の高価さに見合ったものではなかった。両の手を固く耳に当てていた。

「止めて！」出てきた部屋に向かって悲鳴のように言葉を放った。「何でもいいから！　止めてちょうだい！」

若い男が後から出てきた。サラム公爵閣下だ。公爵は「クローディア！」と妻が走っていく廊下に向かって叫び、後を追いかけようとしたが、体を止めてサイモンの方へ向き直った。周りでは、子供たちの泣き声がさらに高まっていた。

「終わらせるんだ、フェキシマルさん。きょう」サラムの顔は不眠のため歪んでいた。「君たちの主張は聞いた、でももう堪えられない。私は妻と子供を守らなければならない。ベリー博士は――」

「彼の主張は知っています」ミス・ケイが遮り、その断固たる調子に若い公爵がたじろいだ。公爵は気分を害した様子で居ずまいを正したが、女史はまったく同じ調子で続けた。「私たちを待っているかと」

サラムが入れと促し、僕たちは応接間に入った。

明るく現代的な作りの美しい部屋で、中国風《シノワズリー》スタイルの壁紙が貼られ、置かれた幾つかの繊細なテーブルはティーカップ一つの重みにさえ耐えられないのではないかと思わせるものだった。ベリー博士がいるべき部屋ではなかった。部屋の中央に立ち、太い指で陶器のティーカップを撫でていた博士は、身なりの整った淡い金髪の四十歳ほどの男の隣に腰をかけた。

「来たかね、神秘学者の皆さん」金髪の男は席から立つことも、僕たちに座るよう促すこともなく言った。「フェキシマルさん、ケイさん」僕には冷たい目を向けた。「この紳士は学者ではないし、閣下の下で働く者でもない。この件については何の関係もない。出て行ってもらいたい」

「コールドウェルさんは昨夜、非常にわかりやすくこの件に関係を持つことになった」サイモンは言った。「出て行くべきなのはベリー博士と閣下だ」

「出て行くわけがない！」若い男は叫んだ。「ここは私の家だ」

「君に物事を決める権限はない、フェキシマルさん」座ったままの男が言った。「この件の進捗と閣下たちに生じさせた心労について私は大いに不満を持っている」

「紹介をしてもらえますか？」僕は訊いた。

男は氷のような視線を送った。「私の名はパーカーだ。困難かつ迷惑な案件について、機転を利かして処理をするために雇われている」

「沈黙させる、とか？」僕が訊くと、サイモンが警告するような視線を向けた。

「まぁ、そうだな。沈黙も」それは紛れもなく脅迫だった。「君の雇い主とは既に話したよ、コールドウェルさん。これ以上は――」

ミス・ケイが口笛を吹き始めた。女性が口笛を吹くこと自体ショッキングだったが、公爵邸の応接間ではなおさらだ。全員で注視していると、それは次第にはっきりした旋律を形作った。

〝ロンドン橋落ちる、落ちる、落ちる……〟

ミス・ケイは口笛を続け、節の終わりにたどり着くと、また最初から繰り返した。公爵は居心地悪そうに姿勢を変えた。サイモンは直立不動のままパーカー氏を見つめ、男は何も言わずにミス・ケイを見ていた。ベリー博士は僕を見ていた。

僕たちは沈黙したまま立っていた。ミス・ケイは二つ目の節を終えた。ほんの少しの間があった。パーカー氏が何か言おうと口を開いたが、女史はまた口笛を再開した。

「いつまで口笛を続けるつもりです、マダム?」パーカー氏は冷たく訊いた。

ミス・ケイはぞっとするほど不愉快な笑みを男に向けた。「歌詞を歌って欲しい?」

この後の沈黙はさらに長く続いた。パーカー氏の顔は無表情だったが、その目は計算を巡らせ、状況を量っているようだった。

「俺たちの考えを述べたい」サイモンが伝えた。「これから言うことを誰が聞くのかはあなたが選ぶがいい」

パーカー氏は思案した。そして立ち上がると、公爵の腕をとり、なだめるように囁きながら若い男を部屋から出るよう促した。公爵の背中に扉を閉じると、サイモンに向き直った。「言いたいことがあるんだな。さっさと話すがいい」

サイモンはミス・ケイの方を見た。女史は長く光る爪を一心に見つめ、一見して物思いに耽っている様子だった。サイモンはパーカー氏に視線を戻した。

「この屋敷を作った建築家、グラスポートが、子供たちを殺した」その声は深く落ち着いていた。話しているうちに泣き声は小さくなっていたが、突然注意が向けられたような、何か別のものが僕を見ているような感覚に襲われた。「彼が殺し、その血をモルタルに混ぜて、この建物の礎石を据えた」

泣き声がすさまじく大きくなった。それは自制なき憤怒の雄叫び、怒り狂った子供の叫び声で、あまりに荒々しく空気を裂いたため、ミス・ケイ以外の僕たちはそれぞれ異なる度合いで動揺を示した。つまりベリー博士は表情を少し歪ませ、サイモンは顔をしかめ、パーカー氏は椅子の上でピクッと動き、僕はと言えば両腕を頭の上に乗せて腰を屈めた。

「彼はこの家を守るために子供たちを殺した」サイモンは大きな声で言った。「そしてその後で吊るされた、殺人者がそうなるべきであるように」

「では君は何がしたいんだ？」霊的な悲鳴がまた一つ新たに部屋を駆け巡る中、パーカー氏が訊いた。

「物語を語ることだ」サイモンが言うと、音は直ちに小さくなり、何かが大いに注意を向けているような感覚が残った。何かが耳を傾けていた。「彼らの生きられなかった人生が、他の誰かのために犠牲になったことを大きな声で述べる。それが間違っていたと宣言する」

「誰だって犠牲は払うものだ、フェキシマルさん」ベリー博士が小さく、悪意のこもった笑みを見せた。「そうではないかな？」

「建築家は子供を犠牲にした」サイモンが応えなかったので、僕は怒りに任せて言った。「自分自身ではなく」

「いや、犠牲にしたとも」パーカー氏は言った。「フェキシマルさんが言ったように、彼は首を吊った。代償を払ったのだ」

「サラム閣下たちはどうなんだ？」僕は詰問した。「彼らの家の安全を保障するために二人の子供が死んだんだ！」

「王室一族の安全が守られるべきではないと君は言うのか？」パーカー氏は片眉を上げた。

「無実の命を犠牲にしてまでではない。犠牲になった――」

「ベティ・マークスと弟の赤子トビー」ミス・ケイが夢を見ているような調子で言った。体を少し揺らし、指の爪をじっと見つめていた。「貧しさに生まれた。血のために売られた。無視され、失われ、忘れられた」

「たかが物乞い二人のために大げさだ」ベリー博士が言った。

「二人の子供だ」僕は言葉で喉が詰まりそうに感じた。サイモンは沈黙したままだった。「命しか持っていなかった二人の子供が、その命さえも盗まれた。宮殿を建てるために？」

「君は神を侮辱するのか、コールドウェルさん」ベリー博士は依然として笑っていた。「聖書にも『持てる者にはさらに与えられ、より裕福になるだろう。しかし持てない者には与えられず、持っているものさえ奪われる』とあるだろう？」

「建築家は気が狂っていた」パーカー氏が言うと、僕は言葉を失って見つめた。「罪を犯して、その償いをした。それ以上の何がある？」

「正義だ」僕は怒り狂って言った。「あんたは知っていた。あんたが誰だかは知らないが、あんたは知っていたんだ。僕が建築家のことを発見した時、誰かが僕を殺しに送り込まれた。誰かが知っていて、隠したんだ。あんただったのか？」

「ロバート」サイモンの声は低くかすれて響いた。僕は無視した。高過ぎたり低過ぎたりして聞こえない音のように、霊たちの圧迫は僕の周りに迫っていた。

「これが最初か？」パーカー氏の無表情な顔を眺めながら僕は訊いた。ベリー博士が脅かすように僕の方へ一歩を踏み出した。「他の有名な屋敷も同じなのか？　もしバルモラル城のことを僕が訊いて回ったら――」

子どもたちが叫び声を上げた。今度は苦痛や不安ではなく、ただの驚いたような声だった。サイモンは耐えるようにあえぎ、ミス・ケイはよろめいて後退した。ベリー博士が怒りの叫びを上げた。すると、感覚の端に楽しげな笑い声が響いて、空気中にいた存在がそこから去って行った。

「終わった」サイモンの声は少し疲れて聞こえた。「呪いは解かれた」

「そもそも悪霊の攻撃だ」ベリー博士は歯を剥いて言った。悔しそうな様子だった。

「いい仕事よ、サイモン」ミス・ケイはまぁまぁだという調子で言った。「行きましょう」

女史は体の向きを変えたが、そこで立ち止まった。パーカー氏がゆっくりと体を起こした。男は僕を見ていた。

「待ちたまえ」声は普通だったが、その口調に僕は寒気を覚えた。「コールドウェルさんが今しがた述べたいくつかの主張は繰り返されてはならないものだ。反逆的な主張であり、もし繰り返されることがあったならば、コールドウェルさんには女王陛下のお気に召すままのとても長い悪夢が降りかかることになる」

「繰り返すことはない」サイモンが言った。

僕は若く、激怒していて、殺されかけた後だったが、何よりも僕を追い込んだのは、冷たい夜を一人で過ごした――それもミス・ケイの家で――その後で、サイモンが僕に代わって応えたことだった。「書いてやるとも！」僕は言った。「きっと書きますとも、サー。僕は沈黙させられたりしない」

「いや」パーカー氏は言った。「するとも」

「もうやめろ。いや、静かにするんだ、コールドウェルさん」サイモンは大きく一歩を踏み出してパーカー氏の近くに立った。「あなたが命令し、隠し、守るためにとる行動、それらはすべてご自分の責任です。最後には代償を支払うことになる。報いは必ず受ける」

「小賢しいことを言うな、悪魔に迎合するお前が。私には何か助言はあるか？」ベリー博士が訊いた。怒りで顔が真っ赤に染まっていた。

「俺たちに近づくな」サイモンが言った。

「コールドウェルさん、腕を貸してちょうだい」ミス・ケイは僕の曲げた肘の間から手を入れて腕を掴み、僕の手の甲に思いっきり爪を突き立てたので、声を上げないようにするので精一杯だった。「私たちの仕事は済んだわ。行きましょう」

　サイモンとミス・ケイに半ば強制連行されるようにして外へ連れ出される間、僕は不満でいっぱいだった。甘やかされた住人たちのために再び居心地がよくなった豪華な屋敷を後にして、サイモンは僕を見た。「言いたいことがあったら言っていいぞ」

「一体どうして？」僕は訊いた。「どうして何も言わずに出てこられる？」

「子供たちは解放された」

「パーカーは殺されたことを知っていたんだ、間違いない」

「俺もそう思う」サイモンは言った。「彼は仕えている者たちのためなら手段を選ばず、強大で恐ろしい権力を持っている。怒らせてはいけない」

　サイモンのように力を内包している人物が、その正義感が、そんなことを許せるとは信じられなかった。「殺人を隠蔽したとしても？　それを命じたとしても？」

「殺人を命じたとしたら、建築家のそれだったろう」サイモンが言った。

「それは私としては反対しないけど」ミス・ケイが言い添えた。

「パーカー氏は危険な男だが、愚かではない。何としてでも王室の評判を守るだろう」

「君も同じだって言うのか？」サイモンまでもが犯罪の隠蔽に与するつもりだと知った怒りと

落胆に流されるがまま、僕は訊いた。「陰謀に加担するのか？」

「バカなことを言わないの」ミス・ケイが言った。「国民に王家の宮殿は血の犠牲の下に建てられていると言えると思う？　ハノーバー朝に反旗を翻せと扇動でもするつもり？」

「僕は女王陛下の忠実な僕《しもべ》だ」痛いところを突かれて言った。

「パーカー氏もそうだ、彼なりのやり方で」サイモンが言った。「過ちが犯された。行為を行った当人は死んだ。被害者たちは解放された。物語は終わったんだ、ロバート。これ以上追及してはいけない」

「いやだ。終わってはいない。僕は記事を書く。隠蔽は許されない。僕に命令なんてさせない！」

　僕は踵を返して歩きだした。サイモンが僕の名を呼んだが立ち止まらなかった。

　僕の心は不実に対する怒りと間違いが正されないまままかり通ることを許す臆病さに対して、嫌悪感でいっぱいだった。頭の中には読者に憐憫と怒りを想起させる文字が駆け巡っていた。こんな犯罪が二度と起きないようにするために書く、譬え僕の引き起こす嵐がハノーバー王朝を土台から揺さぶったとしても、だ。サイモンは子供たちの霊に自由を与えた。僕は正義を勝ち取ろう。

　それは可能性としてはあったのかもしれないが、翌日、すべてが変わった。

第四章　シルバー

「クビですか？」僕は繰り返した。

ラウニーさんは顔をしかめた。怒っているのかと思いきや、目を合わせようとしなかった。デスクに座り、僕を前に立たせて公式に叱責を与える風を装っていたが、パイプを握る手の関節は白くなっていた。

それは十一月七日、サイモンたちを残して立ち去った翌日だった。前日クロニクル紙に戻った僕は、記事がボツにされたことを知った。それはどうでもよかった。もう必要なかったからだ。僕はラウニーさんに、それよりもよほど重要なネタを抱えているという伝言を残し、早速仕事にとりかかった。

今回の記事は当然編集長と相談してしかるべき内容だったが、ラウニーさんはその日編集部に戻らなかった。もう戻らないことが明らかになる時間まで僕は居残ったが、その後家路についた（不愉快な気分でビクビクしながら物陰に怯えて歩き、階段がきしむ度に殺人者を思い浮かべて不安な一夜を過ごした）。そして出社すると、嫌な視線とひそひそ話に出迎えられ、直ちに編集長のプライベート・オフィスに来いという命令を受けた。

そしてこれだ。

「理解できません」僕は言った。「何か解雇されるようなことをしましたか？　僕の記事は――」

ラウニーさんは自分のノートに避難していた。「君はライバル紙の記者二人と共謀してサラム公爵の使用人を買収したと聞いた。重度の素行不良だ」

「それがジャーナリズムでしょう！」

編集長の口の下の筋肉がぴくっと動くのが見えた。「社の理事会は倫理規定違反だと決定した」

「理事会？」僕は繰り返した。「どうして理事会が関係してくるんです？」

「公爵から苦情申し立てがあった」ラウニーさんは言葉を発するのに努力をしている様子だった。

「たった一つの苦情で解雇するんですか？」信じられない思いで言ったが、ふとその言葉の重要性に気がついた。「公爵が苦情を申し立てたと？　公爵ご自身が？　パーカー氏でなく？」

この言葉を聞いたラウニーさんは僕と目を合わせた。その目には怒りと恐れが読み取れた。

今度はいつもらしく、文句をつけるような口調で言った。「お前さんが何に首を突っ込んだかは知らんが、コールドウェル、えらく代償は大きかったな。私には助けられん。どうにもならん」

「パーカーさんの命令で僕をクビにするんですか？　あなたがですか、ラウニーさん？」編集長はいつだって新聞社の立ち並ぶフリート通りで最も自立した編集者と呼ばれることを誇りにしていた。折れることは決してなかった。「クソ、サー、せめて僕が何を書こうとしているか話だけでも聞いてくれませんか？　僕が何を知ったか、知りたくはないんですか？」

「ダメだ！」それは叫び声に近かった。「話は聞かないし、記事にもしない。私には妻も家族もいるんだ、この愚か者が」

「脅迫されたんですか？」

ラウニーさんは深く息を吸い、デスクを見つめた後、顔を上げた。「すまない、コールドウェル。クビではなく辞職ということにしたいのであれば――」

「ええ、そうしますとも！」

「辞職を受け入れよう。デスクを片付けろ。同僚たちとは話すな。お前は自分で自分の井戸に毒をまいたんだ、他の者にまき散らすな」

言われた通りにした。数少ない持ち物をまとめると、怪訝に見つめる視線には「辞めた」と応え、クロニクル紙の建物を永遠に後にした。

でも僕は絶望していなかった。それとはほど遠い。ラウニーさんは沈黙させられたが、他にも聞いてくれる編集者はいる。他の新聞で職もある。フリーランスの書き手として働いてもいい。〈戦いはこれから始まるんだ〉僕はそう思い、反抗的な足取りで家に帰った。

三週間後、僕は自分の間違いを思い知らされていた。

他の新聞はどこも面接さえ受けさせてくれなかった。編集者たちに手紙を送ったが、いずれもそっけない返事を受け取った。友人たちと連絡をとり、力になるとにこやかに言われた翌日、すまなそうに断りの書きつけが届いた。

僕はフリート通りから追放されたのだ。それならば、と思って、マンチェスター・ガーディアン紙とグラスゴー・ヘラルド紙に連絡をとった。断りの返事は翌朝届いた。

フリーランスとして働こうと努力しても無駄だった。きわめて無害なネタでさえもがつき返された――言っておくと、無視されたのでも、疲れ切った編集者たちのデスクの上に放置されたのでもなく、届けられると同時に即刻返却されてきたのだ。編集者たちはまるで僕とは無関係であることを証明したがっていたかのようだ。

ものを書くことが僕の唯一の生業だった。貯蓄もなければ、家族や親類もおらず、仕事をしなければ生活をしていけなかった。コールドウェル・プレースは価値のない土地に建つ憂鬱なボロボロの屋敷で、すべてが借金の担保となっていた。以前はそんなことを気にしたこともなかった。僕は若く、働き者で、扶養家族もなく、健康だった。将来を勝ち取る自信があったので、わずかな遺産のすべてを何も考えずに、買い手にとってより魅力的になるよう、コールドウェル・プレースの修理に充てていた。毎月の給料は出費とほぼ同額だったが、クロニクル紙での職は安泰だと思っていたし、常に翌月の給料をあてにできた。

もはやそうはいかなかった。

誰からも手を差し伸べてもらえない男が墜ちていく速度は驚くほど速い。貧しい食事で我慢をし、カフや襟が汚れると洗濯に出すのではなく裏にして使い、少ししかない燃料を節約するため部屋の中では持っている衣類すべてを身に着けた。現金を得るために時計を質に入れ、守銭奴のごとく残っている金を数えたが、次回の家賃ですべてなくなってしまうことは明らかだった。希望を捨てることなく、数ペニーずつ使ってペンと紙と切手を買い、仕事の依頼の手紙を書き続けたが、二週間ほど経って、事実に直面した。他の仕事を探すべきだった――事務員、未経験者を雇ってくれるような場所を見つけられるとしてだが。あるいは他に選択肢がなければ、労働者として。記者の仕事には将来戻ればいい、今は頑張って生き抜かなければならない。その日の夜、寒い中で空腹を抱えて眠りについたが、気持ちは傲然としていた。なるようになるがいい、僕は決して負けない。

翌朝、銀行からの手紙を受け取った。

読み進めるにつれて言葉が目の前を泳いだ。ありえないことのような、病的でグロテスクな冗談のように感じられたが、それは黒のインクで明確に書かれていた。コールドウェル・プレースの借金の返済を要求されたのだ。銀行はこれ以上貸付期間を猶予しないという。屋敷の価値を借金の方が上回っていたため、呼吸困難になるような額の返済義務が僕個人に負わされており、銀行は二十八日以内の入金がありがたいと告げていた。

そこで、僕は笑った。笑わなければ、すすり泣くしかなかったからだ。汚れたカフを整え、襟の汚れを隠すためにネクタイを調整し、どこへ行くのかも知らないまま、外に出た。行く場所などどこにもなかった。

今これを書いている、サイモンと二十年を共に過ごした後の自分から見ると、あの時サイモンの許へ飛んでいかなかったことが実に不思議に思える。あの時でさえ、その確かな存在感の助けを借りようとフェタ一・レーンへ向かいたい気持ちはあった。すべて順調なふりをして他愛のない話をすればいい、そう自分に言い聞かせたが、何もないふりをすることなどできないとわかっていたので、行くのをやめた。

実際、サイモンには僕を助ける理由はなかった。三回会って、二回床を共にした。助けを求められるほどの関係性とはいい難かった。それどころか、最後に会った時、僕は当人の警告に背いて立ち去ったのだ。僕の今置かれている状況はまさにその警告が正しいものだったことを証明していた。サイモンは僕に伝えようとしてくれたのに、僕は聞く耳を持たなかったのだ。

それに僕は恥じてもいた。記者としての僕は頭を上げてサイモンと同格であると主張することができた。今やみすぼらしく、風呂にも入れないような貧乏人で、破産宣告を間近に控えた男の僕は、誰とも同格ではなかった。苦境に陥ったことによる恥はじわじわと心を侵食していた。旧友たちの憐れむような視線が憎く、フリート通りを歩いていると言葉をかけることなくそそくさと立ち去る男たちはもっと憎かった。不運に祟られることに対する恐れとはそういうもので、触れると伝染するかのように避けられるのだ。

僕の場合は運が問題だったわけではない。それは悪意と、冷たく計算された復讐で、僕の頑固で独りよがりな愚かさによってもたらされ、困窮にあっても誰の助けも求められなかった。

その日は冷たく空っぽの体で街を歩き、どうすればいいのか考えを巡らせた。何も思い浮かばなかった。他の仕事を探すという計画で部屋代と食事は何とかできるかもしれないが、遺産に対して支払わなければならない額は到底稼げない。

何も食べなかった。ひどく寒い冬だったので、持っているすべての金は最後の一ペニーに至るまで部屋代に確保しておく必要があった。木賃宿に泊まることを想像するのは恐ろしかったが、凍える道端の方がもっと怖かった。寒いロンドンの夜には死者も出た。

その夜は空腹のまま、中を温める炭を買う金のない部屋で横になった。翌日の昼頃再度外出したが、管理人の女に貧しい身なりをじろじろ見られ、うちは慈善事業ではないんだよと告げられたことに驚きもしなかった。来月一日が家賃の支払い日で、一日たりとも遅れは許さない、とも言われた。

僕は何かしら言い訳をしたように思うが、よく覚えていない。今や空腹でめまいがしていた。

どんどん少なくなっていく持ち金を使うのが恐ろし過ぎて、何日もぎりぎりまで食費をきりつめていたからだ。僕はそれでも歩き出した。冷たい外気の中を歩くとさらに腹が減るのはわかっていたが、これ以上火のない部屋にじっと留まっていると骨の芯まで凍えてしまいそうだった。

あまりにも空腹だった。あまりにも寒かった。

足元がふらつく中あてもなく一歩踏み出すと、僕を呼び止める声がした。「コールドウェルさん！」

それはベリー博士だった。

僕は逃げなかった。いずれにせよ逃げる体力はなかったのだが、博士はどこか……違っていた。厚いレンズの後ろの淡い目は父親のように心配している様子だった。その禿頭《とくとう》はどこか慈悲深く、親切な修道士のようだった。親が子を気遣うような口調で僕に話しかけ、信頼できる人間としての存在感を全身から放っていた。そしてロンドンで最も孤独な男であるかのように感じていた時声をかけてくれ、名前で呼んでくれて、もうそれだけで僕はひれ伏して涙を流しそうだった。

そうする代わりに博士と握手した。太い指は冷たく湿って感じられたが、十一月の外気の中では仕方ない。

「大丈夫かい君」心配そうに博士が言った。「ずいぶん腹が減っているように見えるぞ。元気なのか？」

「僕は……少し……」

「なんてことだ。どこかに座らないと。さあ」

　博士は僕の腕を摑むと何度か入ったことのある小さなチョップ・ハウスへ誘導した。室内の暖気に圧倒されそうになると共に、その匂いときたら。茹でられ、鉄板の上で焼かれる肉の香ばしさ、ステーキとキドニープディングの快く安心するような匂い、それはグレービーソースの旨さとパイ皮を頬張る満足感を想起させた。それらの匂いの素晴らしい脂っぽさを口の中で感じることができるようで、感覚は千々に乱れ、僕は勧められた椅子に落ちるように座った。博士は僕のコートを脱がせると、注意深く椅子の背にかけた。

「コーヒーを」博士は店の人に言った。「それから、ランチのメニューを持ってきてくれ」

「サー、僕には」小さく言った。〈払えない。払う金がない〉

「君は私のゲストだ、コールドウェルさん。任せて欲しい。最初の出会いに対するささやかな償いだと思ってくれ」博士は青白い唇を大きく開き煙で茶色くなった歯を見せて、僕に笑いかけた。この人に嫌悪感を抱いたのは間違いだった。親切な人なのだ。「私はとても不愛想だった。反省している。謝罪することしかできない。君という人間についてひどく誤解していた」

「そうですか」僕はおずおずと言った。

「おお、コーヒーだ」ベリー博士はウェイターに微笑み、カップに温かい液体が注がれる中、メニューを吟味した。僕は重く震える手でいつもは入れないクリームと砂糖をコーヒーに加えた。「ステーキとキドニープディングでいいかな、コールドウェルさん？　よろしい。これを二つ、急いでくれたまえ。私のゲストは空腹なんだ」

ウェイターが去ると博士は再度僕を見た。「そうなんだ。大いに誤解していた。率直に言わせてくれ。その誤解は君とあのフェキシマルとの関係によるものだ」

「フェキシマルさん？　なぜ？」

ベリー博士は苦渋の表情を浮かべた。「私は信心深い男なんだ、サー。フェキシマル氏は……」博士は軽く震えた。「彼の信条は特殊だ。やり方が正しくない。彼は――口にするのがためらわれるが――悪に共感を覚えている」

僕はまだ熱過ぎて飲むことができない湯気の立つカップを強く握り、抗議しようと口を開いた。ベリー博士に反論したいわけではなく、むしろまったくそうしたくなかったのだが、言ったことが間違っているのを僕は知っていた。博士は太い指をかざして僕を抑えた。「彼が悪い男だと言っているわけではないんだ、コールドウェルさん。そういうことではまったくない。彼は間違った事を信じているんだ。彼と私が対処のために呼ばれる呪いというのは、すべて私たちを欺こうとしている。フェキシマルはその術中にはまってしまった。惑わされ、騙され、間違った情報を与えられた。闇の力に誘惑された挙句、彼の生来の同情心が悪の所業に利用されてしまっている。もちろん、最善を尽くそうとしていることはわかっているが、よかれと思ってやることがどう結実するのかは君も知っているだろう」

僕はその言葉が間違っていることを知っていた。あるいは、少なくとも、間違っていると思っていた。自分の本能に従って、僕は違うと信じていた。でも間違っているのだとしたら？　僕も惑わされていたのだとしたら？

サイモンが間違っているのだとしたら。ベリー博士が正しいのだとしたら。

「コールドウェルさん」ベリー博士の声には説得力があった。「私は君があのフェキシマルの仲間で、本来、持てる武器のすべてを使って打倒されるべき闇の生き物たちを支援しようとする彼の間違った使命に同調しているのだと思っていた。君の今の窮状からすると、それは明らかに違ったようだ。彼は完全に君を見限ったようだな」

何か応えるべきだと思ったが、何も考えつかず、博士の目とその声の響き、そして空腹のことしか頭になかった。

「君を助けたいんだ、コールドウェルさん」博士は煙草入れから両切り葉巻を取り出し、マッチを擦った。「私のために働く気はないかね」

「働く？」僕はカップを口に近づけたが、その瞬間に相手が息を吐いた。唇から排出された煙は妙にひりひりとした、むせぶような臭いがした。僕は口をつけずにカップを置いて、咳をしないよう我慢した。

ベリー博士の目は眼鏡の厚いレンズの向こうでぎらぎらしていた。「私を助けてもらえるなら、コールドウェルさん、フェキシマルさんを正しい道に導く手助けをしてもらえるなら……」

「どういう意味ですか？」

「彼は学ぼうとしない。強制的に学ばせなければならない、だから君にはそこを助けてもらいたい。君は彼の信頼を得て、私の指示で、彼を導くんだ。それこそ真の親切というものだ。魂が危機に立たされているのだから、もし跪《ひざまず》かせないと理解ができないというのなら、私はそうやって見せる。何しろ祈る時には皆、跪くからね」ベリー博士は笑った。輝くほどにこやかで、純粋な慈愛に満ちた笑顔だった。「世には正しいことと間違ったことがあり、正しいことが常に勝つ。正しい方の味方につければ、人は救われる。君は救われたいかい？」

頷くことしかできなかった。僕は真実そう思っていて、今やサイモンは、あの力強い目や、異教の文字と不思議な儀礼と共に、魂の救済にとっての敵としか思えなかった。

美味しそうな匂いがふわりと漂ってきた。ウェイターが料理を持ってきたのだ。こってりとしたソースで溢れそうな皿には素晴らしいパイ生地と肉の盛り上がりの横にキャベツとポテトが積まれていた。

僕がフォークを手に取ろうとすると、ベリー博士の太い指が僕の手を制止した。見上げた僕はまたしても博士の淡い視線に捉われた。

「空腹か？」博士が僕の手を押さえつけた。

頷くことしかできなかった。

「困窮しているのか？」博士のもう片方の手がテーブルの上に何かを置いていた。ぴかぴか光る何枚ものコインが、目の端の方で見えた。どうしても博士の視線から目を離すことができなかった。

「君に食事を与えよう。金も支払おう。そして君は私のために働くんだ。私の指示に従って、何でも言うことを聞く。それでいいかな？」

「はい」僕が応えると、肺の中に相手の煙臭く荒い呼気を感じた。

博士は手を離した。僕の手は、僕の意志とは無関係にフォークを握った。

「さあ、召し上がれ」博士は祝福を与えるかのように言葉を発した。慈悲深い主人のように。

僕はフォークをプディングに突き刺した。空いた穴からグレービーソースがテカりながら流れた。フォークを刺して赤黒い肉汁が染み出る肉片を摑むと、口元へ運んだ。口の中に入れた。

ほんの輝かしい一瞬、僕は舌の上に口を包み込むような豊かさを感じ、そして――

何か不自然な味、金属的で苦い味。〈腐っている〉、僕は思った。〈毒が入っている〉なぜならそれはあまりに奇妙な味で、顔を上げて光るコインを見た時、思った。〈銀だ〉銀の味がしたのだ。

「どうしました、コールドウェルさん？」

ベリー博士の目は眼鏡の後ろで巨大で、その淡い色の視線は僕を凝視しており、その言葉の霧を切り裂くような口の中の異様な味が、僕を再び男の正体に気づかせた。男に与えられた腐肉の塊は、口の中で燃えるような欺きの味がした。

「コールドウェルさん？」

溺死者のような黄色い指が僕を触ろうとしたが、僕は椅子を引き、コートを掴むと、その場から逃げた。迷惑を気にすることなく人を押しやり外へ走り出て、走りながら汚染された肉を吐き捨て、吐きながらも恐ろし過ぎて止まることができなかった。体力はほとんど残っていなかったが、必死になると力が出せるものだ。

自分が汚れていようと恥ずかしかろうと気にならなかった。助けを与える理由のない男にそれを求めることにためらいはなかった。ベリー博士があまりに恐ろしく、魂を奪われてしまいそうで、僕はサイモンのことしか考えられなかった。

あの必死で逃げ走った時のことは、とにかく長かったこと以外ほとんど覚えていない。一マイル（約一・六キロ）ほどの距離だったが、腹を減らして、心の弱った、恐怖する男にとっては長い道のりだった。走っているような様相でも実は歩くほどの速度しか出せていない状態でそこに着いた。足はよれよれでがくがく震えていて、恐怖に怯えながら呼び鈴を押して彼の家の扉にもたれかかった。家にいなかったらどうしよう、石段で一人待つ間、ベリー博士が追いかけてきたら……。

扉が開いた。あの低い声が言った。「ロバート？」そして力強い腕が僕を抱きかかえて家の中へ招き入れたので、僕はようやく安心した。


しばらくの間、何があったかを説明させてもらえなかった。召使の女——黒い孔の空いた片目の周りに縦横に醜い傷跡を負っていた——が持ってきた湯気の上がる牛肉の出汁のスープで生き返った僕は、熱い湯のバスに浸かって骨の髄まで凍った体を温めた（肉汁の香りに僕は不安になったが、それは一瞬だけだったことを嬉しく感じた）。清潔な体で、サイモンのフランネルの部屋着を案山子のように着た僕は、ダイニング・テーブルで茹でた鶏肉を平らげ、それをサイモンは横で静かに見ていた。

喫緊の身体的な欲求が満たされ、部屋を見回す余裕ができた。実に薄暗い部屋で、色の濃い木製の重苦しい家具が置かれ、三十年ほど前に流行った緑のストライプの壁紙で覆われていた。以前は絵画が掛かっていたことが、より色の明るい長方形の型がところどころにあることからわかった。今は何もなかった。本や書類の束がテーブルの端に積まれていた。

「君の客はここに来るのか？」僕は訊ねた。「もしくはミス・ケイを訪ねて？」

「どちらもない」

「二人には広い家だ」僕は言った。「維持するのは大変だろう」

「うむ」

「君の使用人の目は――」

「回復したようだな、ロバート」サイモンは両肘をテーブルについて身を乗り出した。「一体何が起きたのか話してくれ。君がどうしてそんなひどい状態になったのかも」

空の皿を横に押しやって話を始めた。記者の仕事から追放されたことについて話すと、サイモンの顔つきが曇り、怒りに染まった。銀行からの手紙について話が及ぶとサイモンは言った。

「それもパーカーの仕業だ」

「そう思うか？　確かにもしかしてとは思ったが、銀行にまで影響が及ぼせるのか？」

「彼の影響力は非常に大きい」サイモンは苦々しい声で言った。「俺のせいだ。君に警告すべきだった」

「しようとしてくれたよ」

「もっと努力すべきだった」

「僕が言うことを聞いたかどうか怪しいな」僕は指摘した。「これは僕自身の責任だ」

「君は目隠しの状態でこの状況に臨んだ」サイモンは重々しく言った。「俺はパーカー氏を知っている。彼の仕事は秘密の隠蔽で、あらゆる手段が用いられる」

「君の仕事は秘密を暴くこと？」

「語られなかった物語を終わらせること。その中で囚われた者たちを解放すること。俺が気にするのはそこだ。世界に向けて発表することではない」

「そうだな」僕は言った。「僕は謝らなければならない。最後に会った時、君にひどいことを言った。僕は間違っていた」

サイモンは気にするなという動作をした。「続けて。銀行からの手紙。それでどうした？」

僕は話すのがいやで顔を歪めると、サイモンは顔をしかめた。「ロバート、君は脅えていた。それは明らかだった。それに……俺のところへ来た」少したためらってから、さらに低い声で言った。「もっと早く来てくれればよかった」

「僕の問題だ。経済的な困難を君のところへ持ち込めるわけがないだろう」

「それだってできたはずだ」驚くべきことに、サイモンはそう言った。「つまりその……俺を友人だと思ってくれていることを願う」

そう思っていただろうか？　友人という言葉にはこの威圧的な男にそぐわない親愛の情が含まれているように思えた。僕の友人たちは陽気で明るく、よく笑う者たちだ。友人たちは、囚われた魂を苦痛から救うために苦悶に耐え、恐怖に対峙したりすることはない。

「君を友人と呼べるのなら光栄だ」僕が言うと、例の稀な笑みが返ってきた。以前より少し容易になってきたように思えた。顔の形を変えることに慣れてきたのかもしれないな、僕はそう自分に言い聞かせた。なぜならそうやって茶化していた方が、その友情にすがることができたらどんなにいいかを考えずに済むからだ。

そうできたならば。でもできなかった。

「では、君の友人としての特権で、困難の時に手を差し伸べさせてはくれないか?」

「もう助けてもらった」僕はそう指摘し、今着ている場違いな衣装を指し示した。「感謝している」

「その必要はない。ここに来た時には君にそんな元気はなかった。何かに怯えていた。一体何を?」

僕は自分の手を見つめた。「ベリー博士」そう認めて、恐ろしいランチの話を伝えた。

ベリー博士が言ったようなことを誰かに面と向かって伝えるのは難しい。特にその誰かの顔が簡単に恐ろしく威嚇的になる場合は。さらに友人――あるいは恋人、とも言える相手――をたった一皿の食事のために裏切ることができるほどの己の弱さを認めるのは、あまり気持ちのいいことではなかった。

僕はすべてを話した。話しながら目をあわせることはできなかったが、話した。

サイモンは静かに聞いていた。そして最後に言った。「君は幸運な男だ」

「そうか?」表面上の出来事を見る限り、そうとは思えなかった。

サイモンは肩をすくめた。「食べていたかもしれない」

「そうだったらどうなっていた?」僕は詰問した。「毒が入っていたのか?」

「君の言っている意味では、入ってはいない。その重要件を君の感覚が味として認識したのだと思う」サイモンは拳でテーブルを何度か軽く叩いた。「ベリー博士からは決して何も受け取るな、ロバート。絶対に」

「僕がもらおうと思うのは彼の傍《そば》を去る許可だけだ」そう保証した。「何が起こり得たかは教えてくれないのか」

「ああ。ベリー博士は危険な男だ」

「彼は君のことをそう言っていたよ」

「彼は信じているんだ」サイモンは僕を無視して続けた。「自分の使命が正しく、自分の行いはすべてその使命のためなのだから、自分の行いはすべて止しいのだ、と。俺には同意できない」

「僕もだ」体が震えた。「まるでスペインの異端審問官みたいだ。どこの教会に所属しているんだ？」

「きちんとした教会はどこも彼を火あぶりに処すだろうよ」サイモンは喜んで火種を提供するといった口調だった。

「それを聞いて安心した。どうして僕を君に対して利用できると思ったんだろう？」僕は閉じた扉に目をやった。「僕たちの……関係を、知っているのか？」

「その場合は、親切に接近するなどということはなかったはずだ。友情を利用することを考えたんだろう」サイモンはしかめ面をした。「専門分野以外では、俺に対して利用できるような友人は少ない」

　僕は息を呑んだ。「すまない、僕は――僕は」

「バカを言うな、ロバート。ベリー博士は君よりはるかに強い男たちを服従させてきた」サイモンはこともなげに言った。僕を傷つけるつもりはないようだった。「質問がある。今月の終わりには君には行くあてがなくなる。家族はいないのか？」

「いない」

「ここに住まないか？」恐ろしく唐突に、僕の目を真っすぐ見ることなく言い出した。「落ち着くまで」

「ここに？」僕は繰り返した。

「俺が君を巻き込んだ。ここに部屋はたくさんある。ほんの小さな手助けを友人にできるのであれば嬉しい。ベリー博士は君の住所を知っているかもしれないし、君を無防備のまま発見させたくはない」急ぎ次から次へと重なった、無関係な根拠が四つ。よく考えればそこから結論を導き出すこともできたのだが、その時の僕は、よく思われたいと思っている相手の慈悲にすがることへの強い嫌悪と、一人で冷たく湿った部屋に戻ってそこでベリー博士が待っている恐怖との間で引き裂かれていた。

　すぐには返事をしなかった。サイモンは僕の方へ手を伸ばしたが、触れることはなかった。

何と力強い手だっただろう。ボクシングで指は少し太くなり、関節は広がっていた。

「頼む」サイモンは言った。「助けさせて欲しい。友人として」

「救って欲しいとは思っていない。僕は苦難に陥った乙女なんかじゃない」

「クソ、ロバート。人には助けが必要な時がある。俺だってこれまで君の助けを乞うただろうが」

「状況が違う」

サイモンは深くため息を吐いた。「約束させてくれ」

「何を?」不意を突かれて僕は訊いた。

「今、俺の助けを受け入れてくれれば、誓って言う、君の助けが必要になった時、俺は君にそれを求めてきっと受け入れる。既に君に助けてもらったことは神も知っている――」

「こういう風にではない。僕はただの記者だ――だった。君を助けることが少しでもできたのなら、それを誇りに思う、だからと言って――」

「まったくもう、長々と何を話しているのよ」ミス・ケイが部屋に入ってきながら言った。

「コールドウェルさんはなぜあなたの部屋着を着ているの、サイモン?」

「ベリー博士が彼を陥れようとしたんだ。それにパーカー氏の策略が――」

「コールドウェルさんが自分の言動の報いを受けたんでしょう? そうなると思ってた」ミス・ケイは僕に鋭い視線を向けた。「ベリー博士ですって?」

「首をへし折ってやりたい」サイモンは言った。

「まだこのお友だちの記者さんを追っているの？」

「おそらく」サイモンは僕の方を見た。「そう思った方がいい」

「それではとりあえずここにいるといいわ」ミス・ケイは僕に言った。「ベリー博士があなたを欲しがっているのであれば、私たちはそれを止めないといけない。基本方針としてね。コーネリアにまた部屋を用意させるわ。それはそうとサイモン、頼むからあの忌まわしいテキストについて手伝ってくれないと、間違って大ガマガエルでも召喚してしまいそうよ」

　女史はスカートを翻らせて去った。僕は言った。「ガマガエルを呼び出す？」

「それはおそらくないよ」サイモンは立ち上がりながら保証した。「シオドーシアが言うように、君はここにいた方がはるかにいい。是非そうしてくれ」

　ミス・ケイが言ったように、か。二人がファーストネームで呼び合って住んでいるこの家を所有していて、サイモンを自由に呼び出す立場にあるミス・ケイ。もちろんベリー博士の力がここに及ぶことはないし、サイモンが僕を慰めようと思う必要もないのだ。

　すべて自分が引き起こしたことだ。自立した男だったのが今や弱く、何もできないお荷物になった。サイモンが僕に興味を失っても何ら不思議ではない。まだ親切にしてもらえることに感謝すべきで、それ以上を望むべきではないことはわかっていた。

　でもそうは思えなかった。

翌日、サイモンと共に、借りている部屋に戻った。サイモンは当然のように僕に付き添った。拒否や抗議をしたりする気持ちは起きなかったが、自分の臆病さ加減に羞恥心が湧き、そのためサイモンの存在を疎ましく思った。

管理人の女は見当たらなかった。階段を上がり、自分の部屋の扉を開けると、煙の刺激臭が鼻をついた。

「やぁ、コールドウェルさん」ベリー博士は僕のデスクに座り、僕の書類を読んでいた。こちらを振り向かなかった。「まだ話は終わっていない」

「いや、終わっている」サイモンが僕の後ろから言った。ベリー博士ははっと振り向き、目に怒りを浮かべ、サイモンは僕を乱暴と呼べるくらい強い力で脇へ押しやった。僕は横へふらついた。サイモンは立ち上がりつつあるベリー博士の方へ足を踏み出した。

「犬が主人の許へ帰ったのかな?」ベリー博士はサイモンを無視して僕に訊ねた。威圧的な体を前にして勇気ある行動だ。「君は欺瞞と妄想の道を行くことにしたというのか?」

「立ち去れ、さもなければ階段から突き落とす」サイモンが言った。「コールドウェルさんはお前のものにはならない」

ベリー博士は表情を硬くしたが、サイモンの声に含まれた決意は間違いなく耳に届いたようだった。ゆっくりと歩き出した博士は、少し動きを止めて僕を見た。

「君は間違いを犯している」そう呟いた。「君にもすぐにわかるだろう。私と一緒に来なさい。まだ赦しを乞う術はある」

「出て行け、この死骸が」サイモンが怒りをこめて言うと、ベリー博士は去った。

「神よ」僕はベッドに座った。「神よ、神よ」

「ふむ」サイモンは辺りを見回していた。「持ち物はここにあるものだけか？」

「あまりないが」僕は顔を赤くして言った。

フェタ—・レーンの自宅が留守中に窃盗の被害に遭っても気が付かないであろうサイモンは肩をすくめ、デスクの引き出しを開けて中の数少ない書類を探り始めた。

「ちょっと！」僕は仰天して、多少の抗議の気持ちと共に立ち上がった。

サイモンは僕の反応を気にしていないようだった。「コインを探せ。銀のコインだ」

「銅のコイン一枚だって見つかりはしないよ」

「いや」サイモンは苦々しく言った。「探すんだ。きちんと見るまでは何一つ荷物は仕舞うな。トランクはどこだ？」

チェストとして使っている箱型のトランクを持っていた。僕が壁から引き離したそれを、サイモンは綿密に調べ始めた。気分を害して不信感を抱いたまま、僕は書類を積み上げ始めた。一体何を言っている？　なぜ断りもなく私物に触った？　そして再び、あの考えが浮かんだ。

もしベリー博士が正しかったのだとしたら？

部屋には博士の煙の臭いが残っていた。その臭いだけで博士に拒否反応が起きたが、嫌な気分は消えなかった。サイモンは僕の主人などではない。しかしベリー博士はそう言った。サイモンはそう思っているのか？

すっかり気分が悪くなり、サイモンに自分のものを触られたくなかった。僕の所有物と呼べるものはただでさえ少なく、サイモンにそんな権利はない。突然嫌悪感の波が僕を襲い、抗議をしようと振り向いて、ぎこちない動作になった。鉛筆立てとして使っている小さな陶器の壺に片手が当たり、壺は飛ぶようにデスクから落ちた。床に当たって砕けた。

壺は母の形見で、数少ない大切な遺品の一つだった。それを失うのはあんまりだった。言葉が見つからず、砕けた欠片を信じられない思いで見つめていると、何かが光るのが見えた。

「一体何が――」

「さ、触るな」

サイモンが横にいた。床には砕けた陶器、散らばった鉛筆、そして光る銀のコインがあった。口の中でまた嫌な金属の味がした。

「これは何だ？」僕は訊いたが、もう答えはわかっていたように思う。

「ベリーは諦めていない。奴から決して何も受け取ってはいけない。さもないと、売られたことも知らずに奴のものになってしまう。無理やり摑まされたとしても、奴の使う品には力がある」サイモンは親指と人差し指でコインをつまみ上げると、窓を開けて投げ捨てた。「他にもあるだろう」

僕が頭を抱えてベッドに座っている間、サイモンは警視庁の刑事のように客観的かつ効率的に僕の私物を捜索した。銀のコインをあと二枚見つけて、最初のものと同様に無遠慮な方法で処理すると、僕が自分の人生の残骸を見つめる中、数少ない品をまとめて詰め込み、二人で持ち上げたトランクのほとんどの重さを一人で支えながら静かに階段下へ運んだ。

フェター・レーンへ戻ると、傷のある召使がコーヒーを持ってきた。サイモンは暗く陰気な応接間で僕の正面に座り、大きく力強い手にすっぽりと入ったカップからコーヒーをすすり、僕を見ていた。

「今後の計画は何かあるのか、ロバート？」

「破産」引きつった笑みを浮かべて言った。「コールドウェル・プレースの借金のこと、話しただろう？　銀行に行って、色々と手配しないと……」とはいえ、収入も住所もなくなり、交渉の余地はない。銀行の慈悲にすがるしかなかった。未来は目の前にぱっくりと口を開けていて、それは道というより深淵だった。

サイモンはいつもの恐ろしいしかめ面を見せた。「銀行に話すより、パーカー氏に話した方がいいと思う」

「もうその道は断たれたと思うが」

「パーカー氏の親愛を勝ち取ることは無理だろう」サイモンは同意した。「しかし、沈黙と引き替えにその追及を取り下げてもらうことはできるかもしれない。それがない限り、銀行だろうとどこだろうと、成功の目はない。君の信条は尊敬している」急に感情を伴った声に僕は目を瞬かせた。「あの時とられた方策に抗議をした君は真っ当だった。恥ずべき話だった」

「権力者に恥を感じさせることなどできない、そういうことなんだろう?」僕は苦々しく言った。「彼らは自分たちの行いが悪いと思っておらず、思っていたとしても、批判者を黙らせるだけだ。自らの行為に向き合わせることなどできない」

サイモンは少しだけ間を置いた。「一緒に行ってもいいか? パーカー氏に会いに?」

「これは僕の問題だ」

「わかっている」サイモンの声は疲れているように聞こえた。「君の問題、君の責任、俺の助けなどいらない。それはわかっている、しかし頼むロバート、跳ねのけられることなく手を差し伸べられるのは友人としての特権だ。それに」サイモンは言い添えた。「俺は彼がどこにいるか知っていて、君は知らない」

苛立ったもののそれについては議論の余地はなく、ほどなくして僕たちはホワイトホールの傍の、目立たない、設備の整ったオフィスの入り口の部屋にいた。デスクに座った若い男は軽蔑のこもった無表情で僕を見て、一人だったら門前払いだっただろうことがよくわかった。サイモンの低い唸り声に男はいそいそと立ち上がった。十五分ほどでパーカー氏のいる奥の部屋へ案内された。

パーカー氏は書類や紙束の積みあがったデスクの後ろに座っていた。赤い封蠟、厚い上質皮紙、そして刻印された紋章入りの書状だらけだった。

「何か用かね、フェキシマルさん？」顔を上げることなく言った。

「用があるのは僕だ」僕は言った。「あなたの言いたいことはよくわかりました、サー。あなたは持てる権力を使って僕の生業を破壊した」

「私が？」パーカー氏は僕の非難がまったくの見当違いであるかのように冷たく言った。氏は紙を一枚引き寄せた。

「あなただ」サイモンが言った。「ゲームはもうよそう。続けて、コールドウェルさん」

僕はこれ以上続けたくはなかった。恐ろしい経験で、屈辱的でもあり、成功するとは思えなかった。しかし僕に他に選択肢はあったか？

「あなたは僕に沈黙を要請した」自分の声の弱々しさが憎かった。「それはお与えします。僕は僕の……主張について、決して再び話したりはしません。よって、追及の手を引き下げて欲しいと頼みに来ました」

「ほう」パーカー氏は言った。

「銀行が。彼らが僕に借金をすぐに返せと――」

「それは支払わないといけないね」

「無理なんです」僕は絶望して言った。「仕事もなく、生き抜く術がない。お願いします、もう十分ではないですか？」

「いや」パーカー氏はそこで顔を上げた。「いや、そうは思わない。時として、見せしめは必要だ、コールドウェルさん。無関係な事柄に首を突っ込む輩に、あるいは格上の者に意見をしようとする連中に対して」その視線は僕からサイモンへと移った。「これは私からの再度の忠告、もしくは警告と受け止めた上で、私が慈悲を見せたことに感謝しろ。これよりひどいことだってあり得た。今からもっとひどくすることだってできる」

頭から血が引いていくのを感じた。「でも――」

「でもではない。帰れ」

「パーカーさん」サイモンが一歩前へ、デスクの端まで進み出た。「もう一度考え直すことをお勧めします。コールドウェルさんは負けを認めた。あなたが追及を継続するのはもはや義務ではなく、悪意だ」

「教訓ですよ、フェキシマルさん。甘んじて受け入れるがいい」

サイモンの息が強く漏れ聞こえた。「あなたの権限を超えている」

「そんなことはない」パーカー氏は笑いのない笑みを浮かべた。「私の権限は無限だ」サイモンは片手を力強く前へ突き出した。その大きな手がパーカー氏の片方の手首を摑み、デスクに押しつけた。

「一体何を――――！」パーカー氏は手を引き抜こうと無駄に抵抗した。

サイモンは抗議を無視した。自由な方の手でカフを外し、僕が驚愕したまま見ていると、上着とシャツの袖をめくって肘まで腕を露出させた。

口の中が渇いた。パーカー氏はひくひくと息をしていた。

ルーン文字がサイモンの上腕から動きながら下りてきていた。

文字はくるくると翻り、曲がりくねっていた。読むことはできなかったし、読みたくもなかった。文字は激しく動き、赤色と黒色が重なり合うようにサイモンの肌の上に書き散らされて行った。サイモンの表情は緊張してどこか隔絶されていて、唇は何かを暗唱しているようにわずかに上下していた。

「放せ」パーカー氏は要求し、強く押しつけられた手を退けようとしたが、サイモンは前傾し、僕は経験上その重さが簡単には動かせるものではないことを知っていた。「今すぐ放せ、フェキシマル、後悔するぞ！」

サイモンは自由な方の手を上着のポケットに突っ込み、何かを取り出した。パーカー氏はそれを見ると喉から小さな音を発した。小型のハンドミラーだ。

ルーン文字は今やサイモンの手首まで下り、手の周りから甲の方へまとわりつき、何か恐ろしい雑草のひげのように伸びていた。パーカー氏は強く手をひいた。無駄だった。その時のサイモンに手を押さえられるのは僕だってごめんだった。

「コールドウェルさんがきょう言った」サイモンは平静に言った。「権力者を自らの行為に向き合わせることはできない、と。それは違う」鏡を手首に向けて、パーカー氏から見える場所に置いた。「読め」

パーカー氏は両目を固く閉じ、顔を背けた。サイモンは前屈みになった。「読むんだ」低い唸るような声で言った。「あるいは俺が代わりに読むぞ」

パーカー氏の目が開いた。鏡の中の文章を読み進めると、瞳孔が開いていった。そこで何を読んだのかは神のみぞ知る。どんな物語が、どんな非難がサイモンの肌の上で悲鳴を上げていたのかはわからないが、パーカー氏は二分ほどじっと読み続け、最後に何か絶望的な表情を浮かべると、ようやく再度顔を背けた。

「後悔することになるぞ」パーカー氏は何とかかすれた声を発した。

「あなたの下で働いたことを後悔している」サイモンは言った。「俺の助けはもう二度と乞うな。それにコールドウェルさんの銀行には手を引くように言え」

「記者のキャリアにはおさらばすることだ」パーカー氏は憎々しげに言った。「そちらはもうダメだ」氏の肌は灰色で、汗をかいており、両目は疲れきっていたが、その声は権威のようなものをかろうじて保っていた。その神経の太さに脱帽した。

サイモンは僕の方を一瞥すると頷いた。鏡をポケットに入れ、パーカー氏の手を放した。その途端にルーン文字はサイモンの腕をするすると上って行った。

「よし」サイモンは言った。「もし同じ会話が必要になったら、今度は公の場で、簡単には解決しないぞ。行こう、コールドウェルさん」

僕はサイモンの後をついて外へ出た。パーカー氏は動きも話しもしなかったが、オフィスの扉を閉めると同時に何か悲鳴のような、そうでもないような音が聞こえた。

僕たちはフェターー・レーンに向かって、静かに歩いた。ようやく訊ねた。「あんなことをしてよかったのか？」

「必要なことだった」サイモンの声はとても疲れている様子だった。「シオドーシアはもうとうに潮時だったと言うだろう。今後どんな手に出るかが興味深い。奴は警告を受け取ったとは思うが……」顔をしかめた。「君はしばらく俺たちのところにいてくれた方が安心できる。より安全だ」

「他に行くところなんてない」喜んで受け入れたとは言いがたいが、そもそも熱意を持って誘われたわけでもなかった。サイモンは僕を見ることなく頷き、凍える寒さの中、僕たちは二人、押し黙ったままフェターー・レーンへの帰り道を歩いた。

第五章　憂き世の愉しみ

何もすることがなかった。

　果たしてこれまでに何もすることがなかった時があったかどうか思い出せなかった。十六の時から働いて自分の生活を支えてきて、決まった給料をもらえるようになったのはこの二年ほどで、それまでは不定期な収入しかなかった。毎日起きている時間はすべて働いて過ごし、その合間の可能な時にだけ余暇を楽しんだ。僕はいつだって忙しかった。今はそうではなかった。

　パーカー氏への訪問に対する反動はなかった。教訓を学んだのか、あるいはもっと時間が経ってから復讐をしようと考えたのか。訪問から数日後に銀行から手違いに対する謝罪の手紙が届き、借りている金をすぐに支払う必要はないことを告げられたが、僕は無職となり、給料もなく、崩れ落ちる前に売却したいボロボロの廃墟のような家が残されているだけだった。

　ベリー博士も姿を見せなかった。「時期を待っているのよ、おそらく」ミス・ケイがまったく安心できない口調で言った。「見透かされるのを嫌がる人だから」女史とサイモンは僕が彼らの家に滞在し続けるべきで、一人でロンドンを歩き回るのは避けた方がいいと合意した。二人が正しいことはわかっていた。確かにベリー博士に遭ったりパーカー氏の報復を受けることは避けたかったが、僕は閉じ込められ、憤慨していて、不幸せだった。

フェター・レーン一六六番地の中で出入りを許された場所を目的なく見て回った。ほとんどの場所は閉まっていて、三階の部屋の大部分には固く鍵がかかっており、そのことで家はやたらと勤勉な海賊のアジトのように感じられた。多数の本が詰まった本棚にあったのは小説や詩集の類ではなく、僕には到底理解できそうもない、もしくは読めたとしても読みたくないような書物ばかりだった。怪しげなイラストの描かれた革張りの本、文字が細か過ぎて目がチカチカして皮膚が痒くなるような肉筆の製本文書、ラテン語、ギリシャ語、ヘブライ語、そしてアラビア語と思われるもの。僕自身も何冊か本を持っていた。そのうち一冊は人生がバラバラになる前に買ってあった話題の最新小説『ゼンダ城の虜』で、少しの間だけその荒唐無稽な活劇に気持ちを奪われた。それでは足りなかった。『英国民俗学の歴史』という一冊を見つけて、素人にも理解できるように書かれていたので、最初から最後まで読んだ。ところどころ欄外に鉛筆で注釈が書かれており、子供っぽい文字で子供っぽい内容だったので、とても奇妙な学習書のように感じられたが、それ以外に読むものが見つからなかった。

サイモンは僕に近寄らなかった。もちろんそうだろう、ここは当人の家で、ミス・ケイが延々と何やら古代の文書を調べていて、召使のコーネリアが静かに動き回っている場所だ。サイモンは忙しかった。やるべきことがあった。サイモンは世界の役に立つ男で、僕はそうではなかった。

しかし事態はそれよりも悪かった。サイモンはほとんど目を合わそうとせず、以前のような調子で話しかけてくることはなかった。以前のサイモンは僕を尊重しているように見えた。今は部屋を去る言い訳を唸るように吐き出すか、仕事についての言及を避けた堅苦しい会話を進めた。仕事についての話がサイモンの会話の内容のほとんどだったので、もはや話すことがなかった。僕の部屋にはついぞ現れることなく、何を見つけるのかが怖くて僕から訪れることはしなかった。

ミス・ケイはサイモンの部屋で眠ってはいなかったし、その姓も名乗ってはいなかったが、一体どう考えればいいのか？　男と女がこのような至近距離で暮らしているのには、いかにあり得ないと思えても、理由は一つしかなかった。もちろん既婚の男の多く、もしくは結婚をしようとしている男たちの多くが、男と遊ぶことがあるのは知っていた。僕の過去の相手には既婚者もいた。しかしサイモンは責任を無視したり裏切ったりするような男とは思わなかったし、ミス・ケイを裏切るのは正気の男の所業ではない。そもそも彼女に求愛すること自体が恐ろしく感じられたが、専門外なので僕には何とも言えなかった。

いずれにせよ、サイモンがミス・ケイにとってどんな存在だったとしても、サイモンが僕の部屋を訪れることはなく、僕を見ることも求めることもなく、僕はどう考えていいのかすっかりわからなくなっていた。

何か話したかった。目を見たり、手に触れたり、あるいは僕に興味を失ってしまったのか、どうすれば関係を取り戻せるか直接訊いてみたかった。でも残されたほんの少しのプライドが僕を押しとどめた。というか、また屈辱を味わうのを避けたかったのかもしれない。

最初の頃はただ耐えろと自分に言い聞かせた。他にどこにも行くところがなかった。しかし終わりのない長い三週間が過ぎ、その間に仕事を見つけることもできず、金を稼ぐこともなく、僕にその暗く静かな自宅にまったくいて欲しくもなさそうな男の慈悲にすがって情けなく過ごした後、我が身のあまりの居心地の悪さに、いかなる突破口でもいいから見つけたいと思うようになっていた。

僕の天分は常にネタを追い、人に話をさせることだった。ミス・ケイは驚くほど非協力的だった。サイモンはほとんど無言。というわけで召使のコーネリアなら話をしてくれるかと思い、台所へ訪ねていった。もしかすると彼女は醜い異形のせいで押し黙っていて、親切な言葉になら反応してくれるかもしれない、そう思った。

話をしようと試みた。コーネリアは僕を無視し、やがてイライラと手を動かし、最後には「あぁー」と声を出して口を開き、かつては舌のあった場所の黒く切り取られた根元を示した。

この時点で僕はフェター・レーンを去ろうと決めた。

「コールドウェル・プレースに行こうかと思うんだ」そうサイモンに告げた。「何とかしてあそこを売らないといけない。そしてもし売れないのならあそこに……住もうかと思う」少しずつ暖炉にくべて燃やす、とか。「中にあるものは売れると思うんだ。家具のいくつかはまだ腐っていないし、絵画だって――」

絵画のことを言うとサイモンの顔つきが少し変わった。絵画の中でも特別な一枚、幽霊となって僕ら二人の短い邂逅《かいこう》を取り持った好色な先祖の肖像を思い出したのだろう。僕は顔が赤くなるのを感じた。あの家での――いや、他の場所のでもそうだが――僕たちの違法な欲望の残滓《ざんし》を呼び起こすつもりはなかったが、二人の最初の出逢いがファックすることから成り立っていたので、避けて通ることはできなかった。

「頼みがあるんだが」目線を合わせられずに続けた。「可能ならば鉄道の運賃を貸してはもらえないだろうか。君も知っているように今は資金がないがきっと返すことができる――」

サイモンは怒ったかのように手を振った。「もちろんだ。そんなことは訊くまでもない。ロバート、そんな必要は……つまり、ここにいてくれても構わないんだぞ」

「いや、ダメだ」

サイモンは僕を見下ろした。「ならば――一つ手伝ってくれないか？」

「ああ」僕は即答した。一つどころか幾つも恩義があった。

「ある家を訪ねることになっている。エルフィル・アビー。厄介な祟りだ。北の方、コールドウェル・プレースへ向かう途中だ。一緒に来てくれるか？」

「君の目的地に？」

「俺の仕事を手伝いに。少々複雑な問題があるらしい。君なら助けになるかもしれないと思うんだ」

それは疑わしかった。そう、確かに目の前に差し出された幾つかの情報をつなぎ合わせてみせたことはあったが、ゴースト・ハンターの助手になる資格には程遠かった。フェター・レーンで学んだことがあるとすれば、サイモンとミス・ケイの二人がいかに豊富に神秘の領域に関する知識を持ち合わせているかだった。二人にとってそれは直観や推測の範疇ではなく、生涯をかけた学術研究だった。そんな中で僕のネタを嗅ぎ分ける鼻など、およそ評価に値しない。

でもサイモンが求めているのはそれではないのかもしれない。自宅とミス・ケイから離れたところで、以前の二人の関係を再開するため、もしくは最後に一度だけ、と思ってのことかもしれない。

それが喜ばしいことなのかおぞましいことなのか、僕にはわからなかった。

「来て欲しいというのなら僕はもちろん行くよ」言ってからすぐに後悔したが、サイモンは僕の言葉の意図しない（今回は）二重の意味に気づいていない様子だった。もしくは気にならなかったのか。「つまり、僕に本当に手助けができると思うのなら、という意味で。こういう領域の僕の経験は限られているから」

「それでも、君が時間を割いてくれると言うのであれば、感謝する」

「ならばそうしよう」そう応えざるを得なかった。そう言って、荷物を作りに部屋へ戻った。

旅の道のりは心地よいとは言えないものだった。移動は一等車だったが——家は惨めなほど住み心地が悪いにも拘わらず、サイモンは資金に不自由していないようだった——、互いに話すことがなかった。言いたいこと、訊きたいことはたくさんあったし、戯言を吐いて、思慮深く返事をする低い声をただ聞きたくもあったが、何も言うことができなかった。

サイモンにやさしさや友情を求めてはいなかった。ほんの少しの間そうだったように、僕は恋人関係になりたかったのだが、ミス・ケイを裏切ることになるのならそれはいやだった。彼女が僕にとって特別な意味があったわけではなく、ただサイモンが人を裏切るような欠陥のある男であって欲しくなかった。もちろんサイモンを完璧な人間だと思っていたわけではないが、その真摯さは本物だと思っていた。もしサイモンが僕を求めるのなら、エルフィル・アビーのどこかで秘密の守れる場所を見つけてそうするのなら、僕はきっとその欲望に応えるだろうが、その分サイモンのことを少し軽蔑するようになるだろう。

もちろんサイモンとミス・ケイが恋人ではないのであれば話は違うが、しかしそれならばなぜ何週間もの間、僕に触ることも見ることもしなかったのか？

それを訊ねるのは無理だった。その答えを知るのを切望していたからこそ、訊けなかった。

経験上、情愛を交わす相手に求めるのは互いの快楽と細心の注意、そして最低限の礼節、それだけだった。それが安全で、信頼できた。過度の感情がもたらすのは危険と、発見されるリスクと、辱めと牢獄だった。肩をすくめて立ち去る方がずっと安全だ。期待をしたり、追いかけたり、希望を持ったりすることもなしだった。それから、信用することも。

なので僕はそれらを話題にせず、とても長い沈黙を破って発した言葉はこうだった。「その修道院《アビー》は何が問題なんだ?」

サイモンは僕の言葉で思考からふっと目覚めたようだった。「自分で読んでみろ」そう言って、僕に手紙を一通手渡した。話すより簡単だからだろうか、僕は思った。

手紙の主はエルフィル・アビーのフォントリー夫人といい、きちんと教育を受けた人の筆跡で書かれていた。屋敷が最近、煩わしい性質の霊に悩まされるようになっている、そう夫人は書いていた。

〝霊は何でも開けてしまうのです〟夫人は書いていた。〝チェストや旅行鞄は開かれ、プリザーブの蓋はとられ、瓶は栓を抜かれ、屋敷の中のあらゆる扉が半開きになっているのです。まだ何も影響が表れていないのはワインセラーだけで、夫は憂鬱になってしまっています〟

僕はフォントリー夫人に好感を持った。

〝当然、人間のいたずらだと思っていました〟夫人の手紙はそう続いた。〝しかし不心得者を捕らえようとどんなに努力をしても無駄に終わり、この問題は超自然に起因するのではないかという結論に行き当たりました。私たちの心を乱すこの混乱した霊を鎮めに、訪ねてきてはくださいませんでしょうか?〟

「とても冷静な人みたいだ」僕は意見を言った。

「非常にね」サイモンは言った。「ある種の人々は世界をあるがままに受け入れ、それによって動揺したりしない、うらやましい才能を持っている」サイモンは背もたれに頭を休ませ、低い声で続けた。「またある種の人々は嘘を吐く」

フォントリー夫人からは嘘つきのような印象は受けなかった。明るい目をした三十歳そこそこの女性で、スカートには亜麻色の髪の子供たちが二人まとわりつき、丸い体の線からはさらに家族が増える予定であることがうかがえた。夫人は古く美しい建物の玄関ホールで、両の手と歓迎の笑顔で僕らを出迎えた。古い石造りの家がどれもそうであるように中は冷えていて、特に十二月の夜に包まれようとしていたからなおさらそうだったが、暖炉で炎は燃え、壁を緑が伝い、ヒイラギと松の枝が空気に新鮮な香りを与えていた。クリスマスまではまだ十日ほどあったが、そこは明らかに冬至を祝う家のようだった。

「フェキシマルさん、本当によく来てくださいました。そして、コールドウェルさん?」夫人は手を差し出すと共ににこやかな笑顔を見せた。

「最も頼りになる同僚です」サイモンがそう言うので、僕は多少驚いた。「問題を聞かせてください」

夫人はサイモンの社交辞令のなさに驚いたとしても（そうあって当然だが）、それを見せることはなかった。躊躇なく頷くと、使用人たち――周りに数人いた伝統的な白と黒の制服の者たちと暗いグレーの衣装の者たち――に、荷物を持って行ってお茶を用意するように指示を出し、僕たちを心地のよい明るい応接間へと案内した。深く腰かけられる椅子とクッションが配置され、部屋は赤々と燃える炎で温かく、床には車輪付きの玩具があちこちに転がっていて少し注意が必要だった。僕が遭遇したうちで最も完璧に近い幸せな家庭の表出だったが、例外は書き物机の引き出しとグランドファーザー時計の扉、古い彫刻入りのチェストの蓋、そのいずれもが大きく開かれていたことだ。

「本当にやめて欲しいんですけど」フォントリー夫人は言い、僕たちに座るように促して、自身は開かれた扉や蓋の方へ近づいた。「少なくともこの寒さの中で窓を開けたりしないのは助かります。それにしても、とっても奇妙だわ」

「霊が開けている……」

「ワイン類以外はすべてを。食品貯蔵庫で蓋をしてあるもの全部。今年の分のプリザーブがすべて台無し。それについては恨んでいるわ」そう表明して眉を寄せた。「アイスボックスについてはもう諦めました。この天気ではどうせ用はないし。扉、蓋、栓、あるいはコルクがついていれば、彼は開けるんです」

「彼？」僕は訊ねた。

「ええ、男性だと思うんです」夫人は考え込んだ。「どうしてかはわかりません。おそらく、開けっ放しにするという行為自体がとっても男の人らしいから、かしら。それから、すごく怒っているようだから」

「怖いですか？」サイモンは訊いた。

夫人は顔をしかめた。「そうはありたくないんです。自分の家で何かを怖がるなんて、居心地が悪いでしょう？」

「ええ」僕は言った。「ええ、居心地が悪いですね」

「これが始まったのはいつ？」サイモンが訊ねた。

フォントリー夫人はためらわずに話を始めた。「最初は、おそらく――確信はありませんが――夏のことだったと思います。とても暑くて乾燥した日が続いたんです。ここの土地には粘土が多く含まれていて、すっかり干上がってひびが入っていました。ある日目を覚ますと、お墓の土が爆発していたんです」

「どこの……？」

「あ、昔の墓地です。ここはかつて修道院だったんです、カトリックの修道士たちの。ずいぶん昔に世俗化されて、フォントリー一族が色々と改装を加えたけれど、当然のことながらお墓だった場所は聖なる場所です。まぁ、聖なるとは言ったものの。夫が子供だった頃そうしていたように子供たちをそこで遊ばせていますし、それはある種正しいことだと思うんです。だって、とっても古いし、子供たちの笑い声がそこで眠る人たちに迷惑をかけるなんてありえない、そう思いませんか？　ここは幸せな家ですもの」

「それで墓の土が？」僕は促した。

「爆発したみたいなんです」夫人は繰り返した。「上に向かって……まるで、何ていうか……濠が……」夫人は視線を自分の両手へ下ろし再び上方に移した。「まるで何かが土の中から這い上がってきたかのように」


女中が僕たちを用意された二つの隣り合った部屋に案内した。通路の扉はすべて開け放たれていた。女中は通りすがりに無言でそれらを閉じて行った。灰色の服を着た別の女中が僕たちを追い越して行った。僕に与えられた部屋は心地よく、シンプルだが気持ちのいい装飾が施され、暖炉で火が燃えていたが、すべての扉と引き出しは開けられ、僕のコートが衣装ダンスの前に丸まって落ちていた。

「おや、これは新しい」女中はそれを拾いながら言った。「散らかそうって言うんなら、一言あるからね！」この言葉は空中に向かって大声で発せられた。

「幽霊が怖くないので？」僕は訊ねた。

「ご心配ありがとう、サー、扉が開いていたくらいで悲鳴を上げていたら、閉じこもって暮さないと」平然とクスクス笑うと、引き出しを次々と閉じて行き、閉めても無駄なのにねと言い残して、去った。

さしてない衣類を取り出していると、サイモンがやってきた。「どう思った？」

「わからない。召使や子供たちは恐れていないようだし、心地よい雰囲気がある。こんなに恐ろしくない呪いは初めてだ」

サイモンは顔をしかめた。「俺も同じだ。なのに幽霊は物理的に現れ、強い力を持っている。古さか苦しみか、どちらかが著しい。普通だったら家族に家から離れろと言うところだが、危険はまったく感じない。なぜ危険がない？」

「これは一体何なんだ？　ボガートか？　ドイツ人がポルターガイストと呼ぶ？」

「どうやら勉強したようだな」サイモンはベッドに腰かけた。「墓が荒らされたがすぐには何も起こらず、数週間してから家の扉や瓶、閉じられたものが何度も開けられた。よくあるパターンとは言えない」サイモンは眉をしかめた。「フォントリー夫人は何かを隠しているのだろうか」

「包み隠さず話しているように見えた」あまり深く考える気にはなれなかった。悲劇もなければ、苦痛もない。そこには奇妙なパズルがあるだけだったので、サイモンがベッドに座っているということ以上に僕の心を満たす緊急の要件はなかった、ということだ。

このこぢんまりした部屋にいる姿はあまりにも場違いだった。不思議な、浮世離れした雰囲気とかぎのような鼻……きっと何世紀も前のこの場所ならしっくりきたことだろう、と僕は思った。深くくぼんだ目がマントの影に隠され、祈りと苦行の道を歩む。もしその時代に僕が生きていたならばきっと陽気で、強い酒を造って、修道服の下にあるものを忘れられない類の修道士だっただろう。サイモンが僕の修道院長だったらどんな風だっただろうと想像した。間違いなく、あまりうまくはいかなかっただろうな。

サイモンは僕を見ていた。「何か思いついたか?」

「いいや、君が僕に何を期待しているのか正直言ってわからないよ、サイモン。こうした事柄に僕は子供並みに無知だ」

「期待などしていない」サイモンは急に声に力をこめて言った。「クソ、ロバート――」

今は議論などしたくなかった。「フォントリー夫人がディナーに何を用意してくれたか見に行くとしないか。なので、その前に失礼。着替えないと」

ディナーは堅苦しくなく、とても快かった。食事は美味く、同席者たちは皆（常に寡黙なサイモンを除くが）素晴らしかった。フォントリー氏は妻と同じくらい魅力的で、生まれはよいが気取ったところのない、外仕事で日焼けした男だった。受け継いだ土地を自作農地として活用しており、社交には興味を持たず、人生に深く満足していて、幽霊が出ることについては少し気にしているだけ、というように見えた。

「本当に呪いだと思いますか?」僕はフォントリー夫妻に単刀直入に訊いた。「その可能性についていて、お二人はとても冷静なように見える」

夫婦は笑顔を交わした。「確信している」フォントリー氏は言った。「とるべき手段はすべてとった。人間の仕業だった時のために、床に粉を撒いて、紐や呼び鈴などを仕掛けた。すべての扉を閉じて他に出入口のない部屋の外で待ったが、五分後にはすべての引き出しが開いていた」氏は両手を上げげた。「呪いだとしか思えない。それも、とってもイライラさせられる類の。僕はワインセラーが襲われる日を恐れて生きているよ」フォントリー夫妻はクスクス笑った。どうやら何度も繰り出されたおなじみの冗談らしい。二人は僕たちに優れたヴィンテージのブルゴーニュワインを供してくれていた。

「霊が避けているのはセラーなんだろうか、それともワインのボトルの方?」サイモンが訊ねた。笑っていなかった。当然ながら。

「わかりません」フォントリー夫人は考え込んだ。「ワインをダメにされたことは一度もなかった。

「エールも、僕のフランス産のブランデーもね」フォントリー氏が言い添えた。「僕らの幽霊は下戸なのかも!」そうして氏とフォントリー夫人は一緒に笑い、その楽しげな声は暗い夜に響いた。


部屋に戻ると引き出しと衣装ダンスの扉が開いていて、僕のコートが再び床に落ちていた。

コートを拾って、一体それの何が霊を動揺させたんだろうと訝《いぶか》しんだ。フォントリー夫妻はそろって、幽霊が物を投げることはないと言っていた。何か自然な説明はあるだろうかと暫し考えてみた。子供たちの一人の他愛のないいたずらか、手癖の悪い使用人の仕業か？　いや、僕のコートは盗人には物足りないし、だいたい盗むにもコイン一つだって持っていやしない……。

そこで僕は立ち止まり、立ち尽くした。立ち尽くしては幽霊が嫌がるコートを手に持ち、腕に突然震えが走るのを感じ、両手を嫌々ながらポケットに次々と突っ込み、何も入っていないのを一つ一つ確認しながらも、その度に安堵するどころか不安が増していくのを感じていた。最後に懐中時計を入れるために作られた小さなポケットに指を入れると、冷たい金属の感触があった。

毒蛇であるかの如く、コートを手から放した。「サイモン！」

かすれ声の叫びを上げた数秒後にサイモンが来た。「どうした？」

「僕のポケット。神よ、ポケットにお金が」

助けを求める内容にしては、あまり意味のとりやすいものではなかったが、サイモンが職業的な事柄で理解に欠けるようなことはいつだってなかった。コートを拾い上げると、指先を使って丁寧に探り、一枚の銀のコインを取り出した。

「幽霊はそれを衣装ダンスに入れておきたくなかったんだ」僕はショックを受けたまま言った。

「俺はこの家の中に置いておきたくない」サイモンが言った。「窓を開けて」

「偶然見つけた人に害をもたらすことはないだろうか？」今までその疑問に思い当たらなかったのを恥ずかしく思った。

「ない。これは君が目的だった」僕が窓を開けるとサイモンはその呪われた物体を庭へ放り投げた。あまりに力をこめて投げたので、何かにぶつかるのが聞こえるのではないかと思ったほどだ。「どうしてあった？　奴に会ったのか？」

「食堂に行った時にコートに入れられたんだと思う。ずっと持っていたんだ。フェター・レーンでも」

「君が外出することがなくて本当によかった。コートを着る機会が少なくて幸いだった。卑劣な男め」

僕は両手で自分の身を抱えた。サイモンがあれだけ親切にしてくれたのに、ベリー博士の汚れた触手をその家に持ち込んでいたなんて……。

僕の気が沈んでいるのを見てサイモンは手を伸ばしたが、触れる寸前で手を止めた。「大丈夫だ、ロバート。もう無くなった。影響が消えるまであっちの部屋へ行こう」

僕は大人しくサイモンに付き従った。ベリー博士の粘々するような感触がすぐ近くまで迫っていたことに気がついて気分が悪くなったが、同時に明白な安堵感、何か背負っていた荷物をようやく下ろしたような感覚もあった。

サイモンの部屋も予想に反することなく引き出しと扉が開いていた。「イライラする」僕は感想を述べた。

「でも、イライラするだけだ」サイモンは衣装ダンスの扉を閉じた。上着とウェストコートを脱いでシャツだけになっていて、その力強い肉体を形作る筋肉が白いリネンの下から覗いていた。「迷惑なだけという事例は珍しい。霊が血の跡を残していたり、恐怖をまき散らしていたならば……」

「君にとってもっと馴染み深かっただろうね」僕が補完すると、サイモンの稀な笑みが見えた。この数週間その笑みを見かけたことがなく、はかない期待に胸が痛んだ。「鏡の中を見たか？」

「まだだ。これからそうしようかと。ここに残ってくれるか？」

残って、半裸になるところを見る。〈そして、どうなる？〉僕は叫び声をあげて、いったいサイモンが僕に何を期待して僕から何を欲しているのかを訊きたかった。何もないのであれば、この苦行を長引かせるより、寂しく孤独なクリスマスを朽ち果て行く家で過ごすべく、さっさと行ってしまえない理由は何なのだ？

サイモンと直截に話がしたかったが、ここ数週間それができなかった。今思うと、どうしてそうしなかったのかがわからなかった。

「もちろん」僕は言った。

カフは既に外されていた。僕が背後の扉を閉じて鍵をかける間、サイモンはボタンを外し、僕の方を見ることなく、体をひねりながらシャツと下着を一気に脱ぎ捨てて、鏡の中を見つめた。

ああ、ロウソクの灯りの下、それは何と圧倒的な肉体の標本だったろう。僕はユージン・サンドウの提唱するボディビルディングの流派にはさほど興味はなく、いつだって粗野な力強さよりも柔軟な気品に心を引かれたし、いずれの場合も陽気な態度で臨む方が好きだった。それなのにサイモンの重量感のある肉体、厚い胸板と渋い表情は、僕の腹の中で欲求の塊をぎゅっと形作り、今この場で跪《ひざまず》いてしまわないようにするのに必死だった。最後に一度だけ。もう一度だけ、ダメだろうか？

分厚く、力強い筋肉の連なりから目をそらし、鏡の中のサイモンの顔を見上げると、そこではサイモンが僕を見ていた。

僕の表情に何が表れていたかはわからないが、サイモンの反応から、すべてを見透かされたように思えた。

「ロバート」かすれた声で言って振り返った。

前のめりになりたい気持ちだったからこそ、僕は後退った。サイモンはあまりに力強く、あまりに無防備に見えた。「サイモン、違う――」

「俺が何かしたか？」その声は途方に暮れているように聞こえた。「君の立場を尊重して、利用するようなことがないよう最善を尽くしてきたつもりだ。俺は――」癇癪のような音を発した。「君が何を求めているか俺にどうすればわかる？」

「僕が、何を求めているかだって？　ミス・ケイはどうなんだ？」僕は顔を赤くしながら言葉を吐き出した。きちんと言わなければ。

「彼女がどうした？」サイモンは無表情に答えた。

「だって、君と――彼女は――彼女の家に住んでいるじゃないか！　一体二人の関係は何なんだ？」

「まず彼女の呼称がミスであることを思い出してくれ」サイモンの声は唸りに近かった。「ミス・ケイ。もし俺たちに君の言うような関係があるとしたら、彼女はミセス・フェキシマルのはずだ。何てこった、ロバート、君はまさか俺たちが――」

　その前に顔が火照《ほて》っていたとしたら、今や僕は真っ赤だった。「一体他にどう考えろと？」僕は訊ねた。「君は彼女と暮らしているし、伝統を重んじるような人間じゃないし――」

　サイモンの表情には驚きと困惑が混ぜ合わさっていた。「ロバート、君は生きているどの男よりも俺の好みを知っているはずだ。もちろん、俺はシオドーシアと……結婚なんてしたいと思っていない。大体、そう望んでいたとしたら落胆するだけだ。彼女は俺と結婚しないことを保証する」

「ではどうして一緒に住んでいる？」

「俺たちは姉と弟として育てられたんだ」まるで僕が知っていて当然であるかのように、ルーン文字が体に刻まれた彼と、不思議な爪の持ち主の彼女、浮世離れした奇妙で剣呑な人物二人が子供時代一緒に遊んでいたことが自明であるかのように、サイモンは話した。

僕は口を開いた。サイモンは片手を上げた。「聞いてくれ。どう言ったらいいのか俺にはわからない。人と親密になるという経験が俺にはほとんどない。俺は君に、俺の……友情を捧げたつもりで、君がまだ不安で、俺が心配をしているような状況である間は、何かを押し進めたりしないようにしてきた。君が俺に恩義があるように感じて応えるようなことはして欲しくなかったんだ、ロバート」サイモンは低い調子で言葉を吐き、その立ち姿はいかにも居心地が悪そうだった。「しかし……どう言えばいいのか俺にはわからないが……君が俺に返せるのが友情だけだというのなら、俺はそれを何よりも大切にする。でももし、君が友情以上のことを望んでくれるのであれば——」

「ちょっと待て」僕は遮った。「つまり君がこの何週間も僕の目を見るのを避けて、まったく僕に触れなかったのは、騎士道精神のようなものから来ていたってこと？」

「君は弱い立場にあって、俺の家に住まわざるを得なくなっていた。それを利用するわけにはいかなかった」サイモンは視線をそらした。「もちろん話をしたかったが。俺の期待が重荷になっていなかったことを——」

「よきキリストとその天使たちよ」僕はおそらく許容されてもいいと思う苛立ちをこめて言って、大なり小なりサイモンに飛びついた。

僕が小柄な方でよかった。そうでなければ転んでしまっていたかもしれないからだ。驚きの唸り声を上げて僕の重みを受け止めたサイモンの頭を僕は引き寄せ、気がつくと僕たちはキスをしていて、伝わる情熱は僕の中にゆっくりと純粋な喜びの震えをもたらした。サイモンの唇は必死で、不器用で、その目には思いがけない幸せが読み取れた。僕も同じ目をしていたからだ。その口に向かって笑った。サイモンの口も笑みの形になり、僕を自分の腰に引き寄せて持ち上げ――何という力だ――僕はその腰に足を回し存分にキスをした。

「神よ」サイモンは呟いた。「ロバート」

「言ってくれればよかった」その言葉の真実に目を閉じた。「クソ、サイモン。言ってくれればよかったのに」あるいは僕が訊くべきだった。「僕にどうして知り得たんだ――」

「勇気がなかった」

「君が、恐れたと？」

からかいのつもりで言ったのだが、サイモンは深く昏《くら》い、孤独な目で僕を見て、言った。

「そうだ」

僕は動きを止めた。サイモンは僕を床へ下ろした。体を裸の胸に密着させたまま、僕はその気高い頭を両手で包み、自分の方に引き寄せて可能な限りのやさしさをこめてキスをし、そうしながらも自分を呪い、その後、話をするために身を引いた。

「僕は弱い者でいたくない、サイモン。君に頼って生きたくはなかったし、そのために自分を卑下していた。僕は気づくべきだった……」もちろんサイモンは僕の弱さを軽蔑したりしなかったたろう。それはサイモンにとっては僕を守り心配すべき理由でしかなかった。

でもサイモンには、僕が守られ心配されたいかを訊ねることは思い当たらなかったのだ。

「君は弱くない」サイモンは低い声で言った。「君は素晴らしい。そして素晴らしく頑固だ」

「そして素晴らしく緊急の欲求がある」僕は言った。「いい……？」

扉には鍵がかかっていたし、通路には人もいなかった。とりあえず安全と言えたろう。サイモンは当然合意した。やさしいキスがより性急なキスに変わり、口を離したサイモンが一言唸った。「服を。脱げ。今すぐ」

サイモンは洗練された愛人ではなかったが――そうなることは決してないだろう――、真摯さには洗練にはできないことがある。自分のズボンを急ぎ取り払うと、僕の動きが遅いとでも言うように僕が脱ぐのを手伝った。背中を下に僕をベッドへ投げるように放ると、体の上にまたがったが、その分厚い胴体を眺めたかったので、少し動きを止めるよう僕は片手を上げた。不思議なルーン文字が赤と黒で胴体の上をうごめいていた。

「動いている」おそるおそる指をその胸に伸ばした。

「どうだっていい」サイモンは僕の手首を摑むと僕の頭の上でベッドに押さえつけた。僕はもう片方の手を同じところに伸ばした。力強い片手が僕をベッドに押さえつけている形になり、僕は誘うように唇を舌で舐めた。サイモンはその招待に応じ、前方へ体をずらして硬くなったイチモツを僕の口に近づけた。強い太ももが僕の肋骨を圧迫し、手首は固く捉えられ、僕は口の中へ押し込まれた硬直に同意の声を発した。サイモンは応えるように呻き、その体が僕をマットレスに最高に満足のいく重さで押しつけた。完全に無抵抗になった悦びに、僕は重さの下で小さく悲鳴を上げ、サイモンはその声に適切に応えて自由な方の片手を後ろへ廻して、僕のモノをしっかりと摑んだ。

そのお礼に僕は喉を締められたような声を上げた。サイモンは摑んでいる力を強め、顔を僕に近づけて訊いた。「これがして欲しいことか？」

そんな状況の僕が一体どうやって返事をすると思ったんだろうか。何とか肯定の音を立てる努力をした。太い器官が僕の唇を擦り、太ももが胸を圧迫する中、僕は呻き、息を詰まらせ、サイモンと同じくらい洗練のないやり方で突き上げていると、やがてサイモンは深い動物的な唸り声を上げて達した。

体が離れると僕ははぁはぁ息を飲みこんだ。サイモンは快楽で火照ってやさしくなった顔で僕を覗き込み、何も言わずに体をずらすと下方へ降りて僕を口に含んだ。

「サイモン！」僕は叫んだ。

これまでサイモンがこうしたことはなかった。そうするとは思ってもみなかった。似たようなに半ば暴力的な行為を楽しむ男たちの多くは、自分たちの格を落とすような行為をすることなどゆめゆめなかった。少なくとも僕の経験上は。なのにサイモンはその唇で僕を包み、それは温かく、きつく感じられた。そこに技術はほとんどなく、それが真実だが、代わりに大いなる熱意があり、その情熱的な欲求と配慮に僕は暫し圧倒された。僕の肌の上で口を滑らせ、ためらいがちに舌を丸めたり上下させたりした後、サイモンは僕を吸ったので、小さく声を上げるのを抑えられなかった。もう一度吸った後、サイモンの手が僕のモノを包み込んだ。強過ぎて、しっかりし過ぎて、もはや我慢のできない感覚となり、僕は早過ぎる絶頂を、悦びと落胆の間のような音を上げながら迎えた。

その後サイモンは上に身をずらして僕を抱きかかえ、肌と肌を合わせた温かな満足感の中、二人で横になった。

「一緒に家に帰ってくれるか?」ようやくサイモンが訊いた。当然のごとく、何の前置きもなしだ。

僕は天井を見上げた。「サイモン、僕は仕事を見つけないと。君に扶養されて生きるわけにはいかない」

「何か見つかるさ」サイモンは理屈よりも感情をこめて言った。「しかしどう考えてもコールドウェル・プレースよりもロンドンにいた方がチャンスはあるだろう」

それは間違いなかった。それに僕はロンドンを離れたくなかった。サイモンと離れたくなかった。その肩に頭を預け、手を絡ませて一緒に横になっている時に感じる瑞々《みずみず》しい喜びを手放したくなかった。それでも僕には何か生きる目的が必要だ。

「わからない」僕は応えた。「考えさせてくれ」

サイモンは頷き、僕の髪に軽くキスをして、壊れやすい幸せの中で僕たちはそこに寝そべり、それは眠気のあまり自分の部屋に戻らなければならなくなった時まで続いた。明朝二人で一緒にいるのを発見されるのは避けるべきだった。僕は気が進まないまま服を身に着け、部屋を出た時に廊下を灰色の服の女中が通りかかったので、面倒くさがらずに服を着た自分を褒めた。

翌日は館を歩き回った。明るい日で、冷たく晴れていて、僕たちは一緒にいて幸せだった。フォントリー夫人は僕らに笑いかけた。そのにこやかな態度は僕たちの関係の真実が知られたら間違いなく違うものになっただろうが、彼女にわかったのは僕たちが彼女の家に滞在して満足げだということで、それは喜ばしいことのようだった。子供たちは僕らの周りを人見知りもすっかり忘れて走りまわり、意味不明の複雑なゲームに興じていた。僕らは部屋を一つ一つ見て回り、いずれの部屋も扉と引き出しは開かれていたが、特に何も見つけられず、未だに被害のないワインセラーへ下った。そこはとても寒かったが、コールドウェル・プレースの呪いの時に感じたこの世のものならぬ寒さではなく、湿った冬の地下室のまるっきり世俗的な寒さだった。僕がぶるっと震えたのでサイモンが肩に手をかけて近くへ引き寄せた。それはサイモンにとってはごく自然なことだったようで、フォントリー夫人も特に何も言わなかった。

セラーは別の房に続いていて、そこではエールを保管していた。もちろん、自家製のものを造っているのだ。母方の祖父が樽の製造をしていたので、僕はランタンを掲げて受け継いだプロの興味でもって部屋を見回した。多数の樽が保管されていた。中にはとても古いものもあった。僕のオイルランプの灯が一つの大樽の真ちゅう製のプレートに反射した。

「ヘンリー・フォントリーの生誕を祝って醸造。一八九〇年」僕は読み上げた。「息子さん?」

「そうです。家族の伝統ですの、長男が生まれるとエールの樽を一つ醸造して、二十五歳の誕生日まで待つんです。主人の時にも同じことをしたそうで、ヘンリーの息子にもきっと同じことをするでしょう」次の世代の亜麻色の髪の幸せな子供たちを思って夫人は笑い、僕は笑顔を返した。

ああ、これを書いている今、そのことを思うと。ヘンリー・フォントリーは二十五を迎えることなく亡くなるのだということ、フランダースの原野の泥と殺戮がその最期に見た光景となり、彼のエールは飲まれることなくその死を悼む両親のセラーで酢へと変わってしまうのだ。

しかし当時の彼はまだ笑っている小さな子供で、世界がどんな運命をたどるのかは誰も知り得ず、その時の僕らは決して来ることのない未来を思って笑いあったのだ。

さらに少しの間触れられることなく保管されている樽を見て回ったが、特に問題はなかった。サイモンが少しイライラした表情だったのはその奇妙な感覚が特に異変を探知することがなかったからだろう。

「これは何?」僕は訊いた。

フォントリー夫人は僕の肩越しにその古い樽を見た。特筆すべきものではなかったが、棚にぽつんと置かれていて、とても古く、経年と泥汚れで木が黒みを帯びていた。

「古いエールのようだな」サイモンが言った。「なぜこの樽を、ロバート?」

単に目についた、それだけだった。「ほんの好奇心」

「いつも興味津々だな」サイモンが体を傾けて樽に指を触れると、動きを止めた。以前にもこの隙のない狩猟犬のような、動きを止める様子を目撃していた。フォントリー夫人は目を丸くして興奮気味に僕の方を一瞥した。僕はサイモンの集中を破ることのないように唇に指を一本あて、女主人の前で妙な結果が出てこないことを願った。

サイモンは頭を後ろに倒し、樽から手を離して少し上に上げた。その様子は明暗のはっきりしたキアロスクーロ技法で描かれた昔の哲学者の絵画のように見えた。「何だったんですか?」フォントリー夫人は息を呑んで訊ねた。

「わからない」サイモンは言った。「この樽について話を聞かせて欲しい」

フォントリー夫人は自分ではわからないと言って急ぎ夫を探しに走ったので、僕たちは束の間二人きりになった。サイモンはちらちら揺れる灯りの中で僕を見つめ、その目は陰に隠されていたが、当惑しているのがわかった。「どうしてわかった?」

「何もわかっちゃいないさ」僕は根気強く告げた。「何を見つけた?」

「まだはっきりとはわからない」サイモンはオイルランプを置いた。「ここに来い」

「何？」僕はてっきり職業上の意味合いで呼ばれたのだと思ったが、この機に恐ろしいほど念入りにキスをされたものだから驚いてしまった。僕は声を上げたかもしれない。サイモンは僕の髪の間に手を入れ、息がすべて外に吐き出されてしまうほど強く僕を抱きしめたので、家の主の二人が戻ってくる足音で警告を与えてくれた石の階段と、赤くなった顔を隠してくれた暗がりに感謝することになった。

「ああ、ブラザーの樽だね」夫人が樽を示すとフォントリー氏は言った。

「ブラザー？」

「よく知らないのだが、父がそう呼んでいた。もしかすると兄弟の弟の方のエールなのかも？ずっとここにあるものだよ。父が守っていた伝統があったが――」

「――あなたはそれをしていない」サイモンが言葉を継いで言った。

「ええ、その通りです。僕はやっていない。すっかり忘れていた」フォントリー氏は少し気まずい様子に見えた。「この一家の男の務めの一つだったんです。父は僕が十五の時に急に死んで、しばらく苦労したので、色々とやれていないことがある」夫人が夫の腕をぎゅっと握ると氏は愛情のこもった視線を妻に送った。「認めます、ブラザーの樽については何年も考えたことがなかった。これが僕らの問題と関係があるとお思いで？」

「あなたが怠っていた伝統とは？」

「樽にエールを注ぎ足すことです」フォントリー氏は両手を広げた。「毎年、樽の口から一杯のエールを注ぎ足して、蒸発を防ぐんです。子供たちのための古いエールでも同じことをするが、ブラザーの樽はいずれにしても古過ぎて飲める代物ではない。何世紀も前の樽なんです」氏は樽を軽く叩いた。空洞の鳴る音がした。「蒸発してしまったか、ほんの少ししか残っていない。残念なことだ」

「ああ」サイモンが言った。「この家の歴史を記したものはあるか？」

もちろんあった。この古い建物は骨董愛好家の夢のような場所で、フォントリー家は過去を尊重してきた一族だ。フォントリー氏は一七九六年に書かれた歴史書を持ち出し、僕はそれを持って部屋に上がり、サイモンのベッドの上で読み始めた（より社交的なゴースト・ハンターならば夕食後に雇い主と談笑することもあったろうが、サイモンの場合はさっさと暇をとらせた方が簡単だということを僕は学んだ）。

僕が読み進める間サイモンは部屋の中を歩き回り、開いている各所の引き出しを閉じて、服を脱ぎ始めた。

「それって誘い？」僕は訊ねた。

サイモンは八割方僕を咎めるような視線を送った。「昨夜、ルーン文字を見なかった」

「それはまずかったね。それにしても、幽霊の活発さに比べると、文字は全然激しくなかった」サイモンが下着姿になる間僕は意見を述べた。「フォントリー一家を誰か人間が騙しているということはあり得るだろうか？」

「あり得る。だが、君はセラーで何かを感じ取った」

僕は本を見たまま顔をしかめてページをめくった。「そうか？　サイモン、君は僕の……能力、か何かはわからないが、を買いかぶっている。僕は君とは違う。知識もないし、神秘の力なんてない。単にちょっと気がついたりするだけだ」

「君は物語に対して鼻が利く」サイモンは頑固に言い張った。「見てみろ」

僕は体を起こして鏡の中で繰り返しサイモンの胴体に書かれている見にくい文字を見つめた。

〝デ・メ、デ・メ、デ・メ……〟

「ラテン語？」

「この書き方は教会のラテン語だ。意味は『出してくれ』。それしか言っていない。『出してくれ』」

「『出してくれ』」僕は繰り返した。「この霊は閉じ込められて死んだのか？」

「そうかもしれない。しかしこれは唱和による封じ込めの一種のようにも思える」

「それは何？」僕は訊ねたが、同時に民俗学の本に書かれていた内容を思い出した。「いや、待て。思い出した。聖書を音読することで、瓶とかそういう容器に幽霊を閉じ込める場合のことか？」

サイモンは肯定の頷きを返した。僕は不釣り合いなほどの満足感を覚えた。「何かしら聖なる文章であればいいが、一度ディケンズの文章で行われるのを見たことがある。一心に信じて繰り返し声に出して読むことで霊を封じ込める。拘束する先は何だっていい。靴でも、穴の空いた石でも、猫でも……」

「エールの樽？」

「そういうことだ。エールに拘束され、樽が満たされている限りそこに封じ込められていたのだとしたら……」

「今年の夏、エールが蒸発して、彼は自由になっていたずらをしている」僕は指を鳴らした。「ワインの瓶やエールの樽を開けない理由はそれか？　酒には懲りたということか？」

「あるいは開いた樽にまた閉じ込められるのを恐れている。おそらく。しかしなぜ他のものを開ける？　なぜ未だに解放を求めている？」

「そもそもなぜ閉じ込められた？」僕は加えた。

サイモンはベッドの僕の横へ座りに来た。素肌が温かく、すぐ近くにあった。僕の手から家の歴史の本を抜き取るとそれを閉じた。「君に頼みたいことがある、ロバート」

僕はサイモンの胸の上を指でなぞり、濃い色の乳首に触れ、その体が震えるのを感じ取った。

「喜んで」

サイモンは胸のところどころに生えた剛毛を探る僕の手を掴んだ。「これではなく。というか、まだ」ほとんど照れているかのようにそう訂正して、僕に本を返した。「開いてくれ」

「開いていたのに。君が閉じた」

「そして今また開いて欲しい」

「オカルティストの刺激的な日常、だな」僕は呟いた。「よろしい。君がそう言うのなら」僕は両手の中で本を落とすようにして開いた。「こんな感じ？」

「ふむ。何と書いてある？」

ページを調べてみた。館の初期の頃の生活について、まだ修道院だった頃の記述だった。中世の宗教生活の話。僕はため息を吐いて、細かい文字を追い始め、思わず驚きの声を上げた。

「何だ？」サイモンはほとんど驚いていないようだった。

「一体どうやった？」

「俺は何もしていない。何を見つけた？」

「『愚かなる過剰飲酒と誤った死の悲劇』」僕は読み上げた。「十六世紀の修道士が、ハンフリーという名だったそうだが、修道院長のピーチ・ブランデーを丸々一本飲んで倒れた。死んだと判断され、秘跡を施されて埋葬された。数日間、埋葬された地下聖堂から不思議な音がしていた……」

「生き埋めにされた」サイモンが言った。「そうだな？」

「そうだったようだ。一週間ほどして棺を開けると、遺体は亡くなったばかりの状態で、唇はひね曲がり蓋の裏には爪痕が付いていた。神よ、恐ろしいことだ」

深酒で昏倒した後で目を覚まし、どんなに喉が渇いて地獄のような頭痛がしていたか。木箱に閉じ込められ、蹴っても叫んでも無駄に終わり、数日の間に恐ろしい現実に気がついてしまう。救出はなく、何ら救いはなく、逃れることができないのだと……。

「ロバート」サイモンが両腕を僕に回していた。「シーっ、ロバート。俺はここだ」

「喉が渇いた」僕はかろうじて言った。サイモンがベッド横のピッチャーから水を一杯注ぎ、僕は深く息をしながらごくごくと飲み干し、想像しただけだと自分に言い聞かせた。それは確かに想像だった。僕のそれは常に鮮やかだった。とはいうものの、僕はサイモンにもたれてその力強さとがっしりした硬さに安堵した。

「樽の修道士《ブラザー》を見つけたようだな」僕が気を取り直すとサイモンは言った。本を取り上げて、次のページをめくった。「そして……そう。幽霊が出現して、聖なる修道院長がそれを鎮めたと記載がある。おそらく音読によってエールの樽に封じ込めたのだろう。相応しいと思ったんだろうな。そしてエールが残っている限り、幽閉は続いた」

「だから物を開けるのか？　逃げるために？」サイモンは頷いた。僕はぶるっと震えた。「埋められた時には誰も彼が生きていると気づかず、死んでも誰も覚えていてくれなかった。二度も閉じ込められて忘れられた。気の毒なハンフリー」

「過剰な耽溺への報いか」サイモンの裸の腕は僕を抱え、裸の胸が僕の背中にあたっていた。

「ありがとう、ロバート。彼の物語がわかれば、終わらせることもできる」

「どうして僕に感謝する？」僕は訊ねた。「一体どういうことだったんだ？」

「ソルテスと呼ばれるものだ。占いの一種で、偶然の力を借りて本などから導きを得る。君には才能があるんじゃないかと思った」

「僕にはそんなものはない。これまでの人生で本を開いて探していることを見つけた、なんてことは一度だってない。そんな才能があったらもっと記者として成功していたさ」

サイモンはおかしそうに息を漏らした。その息は首に温かかった。「そうだな。君に占いの才能があるとは言わないよ、ロバート。それよりも君が……開かれている、ということだ。外部からの影響や印象、物語に対して。そして語られる必要がある物語というのは……」サイモンは自らの文字の踊る肌を示した。「語り手のもとを訪れる」

「確かに、僕にはネタを嗅ぎつける鼻はあるけど――」

「その通りだ。そしてその感覚はより研ぎ澄ます――嗅覚ならそれを訓練する――ことができる。超自然との接触によって」

もちろん僕には超自然に念入りに触れられた経験があった。恐ろしい考えが浮かんだ。「つまり君は、僕のどうしようもない先祖が何か霊的な性病みたいなものを僕にうつした、そう言いたいのか？」

サイモンは今度こそ本当に笑った。頭を後ろへ倒して、低く響く声で。その面白そうにして

いる様子に僕も笑わざるを得なかった。

「ああ、ロバート。一緒に戻ってくれ」

「僕は――何？」

「ロンドンに」サイモンは力を強め、両腕であまりに固く抱きかかえられたので、すっかり女々しい気分になった。「俺と一緒に仕事をしよう。君には才能がある。共感力と本能であふれている。君は使える」

「使う？」

「必要」サイモンがぽろっと言った。僕を抱えたまま、サイモンは頭を寄せ、僕は首に唇が押しつけられるのを感じた。「クソッタレ、俺には君が必要だ。君の傍《そば》にいると息ができるんだ、ロバート。空気が必要なのと同じくらい俺には君が必要なんだ。一緒に家に帰ってくれ。離れるな」

空気、そうサイモンは言ったが、僕はと言えば肺からの空気をその言葉に奪われて、息を吸い込むのがやっとだった。

「ミス・ケイはどうするんだ？」僕はやっとの思いで言った。「関係を疑われることはないのか？」

「シオドーシアは俺が君を夕食時に食卓の上で押し倒していたら、気がつくかもしれない。しかし彼女の唯一の要望はスープをこぼしてくれるなということくらいだ。そういうことを気にしない人なんだ」サイモンは僕の耳にキスをした。「彼女は俺に幸せになって欲しいし、君のことは面白がっている」

「そう、それはよかった」

「では、一緒に帰るな」

「そうは言っていない」僕は指摘した。「僕は記者で、ゴースト・ハンターではないし、職業を変えたいと思っているかどうかもまだ決めていない。どうやら変えざるを得なくなっていても」僕は苦言を呈するように言った。「この頃はいろいろなものが僕に強要されているように思う」

「それは何かの合図か？」サイモンは僕の耳に低い声で囁くと、その解釈を僕に証明するために動き出した。

　サイモンはずいぶんと説得力があった。


　翌日、僕たちはフォントリー夫妻と共に元墓場で今は庭の凍える空気の中、土が盛り上がってきた場所に立ち、サイモンが不明瞭な文言を唱えた。世に知られた類の儀式ではなかったし、そもそもサイモンは僧侶ではなかった。しかしサイモンは死人の物語を語り、再度光の下へと導き、霊に決して忘れられたわけではないと保証し、この世へのこだわりを捨てられるよう助けたのだ。

「本当にありがとうございました」フォントリー夫人は僕たちそれぞれと握手を交わしながら言った。「哀れなハンフリー、本当に気の毒だわ。ここに残れればよかったけれど、彼は幸せではなかったものね。来年のプリザーブとワインセラーが無事で安心しました」

「残れればよかったと」サイモンは繰り返した。

「他の皆とね」フォントリー夫人はほがらかに笑った。「ああら、私のことを変だと思っていらっしゃるわね。でもここには本当にたくさんいて大部分は満足しているんです。というか、迷惑をかけたりはしない。灰色の人たち、気がつきませんでした?」

「あれは幽霊?　灰色の人たちは幽霊なんですか?　でも――」

「とても古い家だから」フォントリー夫人は言った。「ここに留まりたい人たちを私たちはいつだって歓迎します。それに皆幸せだと思うんです、お二人もそうだったといいんですが。どうもありがとうございました、フェキシマルさん、コールドウェルさん。お二人にメリー・クリスマスを」

「メリー・クリスマス」僕は弱々しく応え、僕らは帰路に就いた。

第六章　騎乗の悪魔

新年が訪れる頃には僕はサイモンの傍らで仕事を始めていた。僕の中に存在すると渋々ながら認めることになった直観的な能力を補強しつつ、自分の役割を果たすため、神秘学の勉強に打ち込んだ。フェターー・レーンの不思議な家で、ミス・ケイと唖者のコーネリアとの暮らしに落ち着いた（ミス・ケイは今日《こんにち》まで僕とサイモンが寝室を共にしていることを気にかける様子がない）。何とコールドウェル・プレースを処分することまでできて、買い手の皆さんには是非とも楽しんでくれるよう願った。

二ヵ月ほど経ったところで僕はサイモンの物語の第一作を書き上げ、『ザ・ストランド・マガジン』に送った。その大成功と続編を求める声については詳しく述べるまでもないだろう。ミス・ケイはサイモンに朗読して聞かせ、途中途中辛辣な論評を加えたので、僕は顔をひきつらせながら笑うことになった。サイモンはただ一言、「おいおい、ロバート」と言っただけだが、本当は自分の描写のされ方を喜んでいたように思う。もしそうではなかったとしても、反対することはなかっただろう。書くことで僕は満たされていたので、サイモンも満足していた。

僕は再び物書きとなり、その上ゴースト・ハンターの助手でもあり、すぐにロンドンの神秘学《オカルト》勢力図の一部となった。

一八九〇年代のロンドンを知る者であれば当時のクラブの重要性を知っているだろう。良家出身だが若く騒々しい無骨者たち向けのクラブがあれば、上級の使用人が遊ぶことのできるクラブ、海軍と陸軍、大学と職業人、政治信条とスポーツ習慣、美術への傾倒と個人的な嗜好、何にでもクラブがあった。もし誰かが素敵で、好ましい、感じのいい男を形容したかったら、ただクラバブルな男だと言えばよかった。

サイモンは、あえて言う必要もないと思うが、クラバブルな男ではなかった。そんな男が会員だったのはダイオジニズ・クラブで、彼を推薦したのはサイモンの知り合いの中でも最も特異な一人、その知的能力の巨大さに見合うのは本人の物理的な容積のみであったろう、とある政府高官だった。そのクラブはロンドンの最も非社交的な男たちを一つ屋根の下に集め、言葉を交わすことは厳禁とされ、そういう理由でサイモンの逃避場所だった。僕は入会申請をしようとは思わず（おそらくサイモン自身によって拒絶されていただろう）、何の変哲もないストラットン・クラブの常連で、そこでは物書き連中が情報交換に集まり、ダイオジニズが僧院のような雰囲気だとすれば、正反対の騒々しさだった。しかし僕たちは二人ともレムナントの会員だった。

その外観は決して魅力的ではなかった――リンカーンズ・イン・フィールドの角に建つ平

凡な赤レンガ作りの家――だが、そもそもあまり人目をひきたいと思っていなかった。レムナントは神秘学者の集うクラブだった。ここにはイギリス諸島で最大の超自然に関する図書室があり、中には施錠した籠に入れて保管されている書物もあった。ちなみに盗まれるのを恐れていたわけではない。ここには影の学徒たち、世界のその下に存在する世界の研究に没頭し、もはや抜け出せなくなった男性と女性たち（レムナントはどちらも会員として迎えていた）が集まっていた。ここに来れば忠実な番犬を傍らに連れたサイレンス博士に出会うこともできる。いつだって何かを語る準備ができている（それも長い話だ）トーマス・カーナッキもいる。恐るべきビアトリス・ファンは常に愛想はいいが、決して容赦をしない執拗な人だ。あるいはかのニコラ博士本人に遭遇した思い出深い日もあった。ミス・ケイでさえもがその暗く抗いがたい視線に魅せられ、博士はその語りで部屋中を支配し、やがてコートの下にチベット魔術の稀少本を隠し持ったまま立ち去ったのだ。

ここにはベリー博士は来なかった。博士のオカルティストとしての実力に間違いはなかったが、クラブの理事会が、会員に迎えるならば本人よりもその居室の方が望ましいと宣言したのだ。

「ここで歓迎されている人たちの個性を考えると」僕はファン夫人に言った。「ベリー博士がいかに耐え難い人物と思われているかがわかりますね」

「彼のマナーに抗議しているわけではない」夫人は保証した。「彼のやり方が問題」

一八九五年晩秋のある霧の日、僕たちはレムナントにいた。僕はサイモンのパートナーとなって、仕事のそれとしては公式に認められ、ベッドでのそれは秘密裡に、十ヵ月ほどが経つ頃で、事件簿の一冊目の読者ならご存じだろうが、忙しく過ごしていた。ちょうどあの忌まわしいハンプステッドの黒豚事件を解決したばかりで、そのご褒美として豪勢なディナーを楽しみ、その後ポート酒のグラスを片手にゆったりと座っていたところへ、ファット・マンがやってきた。

（なぜ本人の死後に書かれた記録においてさえファット・マンの本名を明かさないのか、読者は不思議に思うかもしれない。答えは簡単だ。出版されようがされまいが、著作の中では決して自分の名前を明かさないことを僕は彼に約束させられていて、彼が裏切りを許すまじと墓の中から復讐に来ないと自分に言い聞かせきれないからだ）。

ファット・マンはレムナントの常連ではなかった。唯一常連だったのはダイオジニズで、その理由はあちこち動き回るにはあまりに太り過ぎていたからだ。突き出た腹を支えるために小さな手押し車が必要なんじゃないかと思ったくらいだ。その巨体の重々しい登場は数人からの興味本位の視線と、男の正体を認識している者たち――カーナッキ、サイモン、そして僕――からは鋭い視線を引きつけた。

「フェキシマルさん」男はぜいぜいとあえぐような声で言った。「時間をくれないか。それから椅子も」

僕らは彼をレムナントで無数に用意されていた小さな書斎の一つへ案内した。秘密の会談にこれ以上適したクラブはなかっただろう。そうした部屋のほとんどには六人以上は座れず、壁は厚く扉には防音措置が施されていた。それは時として手遅れになるまで悲鳴も聞こえてこないことを意味したが、我慢のできる難点のように思われていた。

ファット・マンは大きな肘掛椅子をその重さできしませて腰をかけると、シェリー酒を一杯受け取り、両手を腹の上で組んで僕たちを見つめた。その目は僕がそれまでに見た中で最も狡猾で知的なものだった。

「教えて欲しい」前置きなく話し始めた。「ダンディ・ドッグの話は知っているか？」

「南部のワイルド・ハント伝説ですね。種類のたくさんある」

「遥かな時の彼方、正確には記録されていない悪しき昔のこと、ダンドーという名の牧師がコーンウォールの聖《セイント》ジャーマンズの教区を守っていた」ファット・マンは物語を語る者独特の、遮ることを許さない調子で始めた。「ダンドーは世俗の欲に耽ることで知られた男だった。食べること、飲むこと、それよりも暗い悪徳。自分が罪を犯すことに忙しく民のそれを咎めることをしなかったので、教区民からは人気があったが、隣人たちが許容しかねていた悪徳が一つあり、それが狩猟だった。麦畑や農家の庭を、与える被害にお構いなく狩猟の追い込みで駆け回り、とうとう聖なる安息日をも無視してその日にも馬と犬を走らせた」

サイモンは大きく息を吐いて、視線を垂れ、腕を組んで椅子の背に寄り掛かった（これは彼のファット・マンへの敬意の証と見るべきだ。話の長さがその内容への興味に見合わないと感じて、立ち上がって部屋を出るのを目撃したことがある)。

ファット・マンは無視して続けた。「ダンドーは荒くれ者の仲間たちと駆け回り、強い酒を飲んで興奮のあまり神を侮辱するような発言をし、それはやがて悪魔を呼び寄せた」片手を振った。「ここからはよくある状況だ。立派な服装の謎の男、乱暴なやりとり。謎の男はダンドーの狩りの獲物を奪う。怒り狂った牧師は男を地獄まで追いかけてでも取り返すと宣言する。『なれば汝、左様にするがよい』謎の男はそう言って、ダンドーを自らの馬の鞍へ持ち上げる。馬とその乗り手と狩猟犬たちは頭からリナー川へ飛び込んで、水が沸騰するほどの火焔をあげながら水底へ消えて行った。悪しき牧師は二度と目撃されることはなかったが、嵐の夜にはコーンウォールの空を番犬たちの霊と共に駆け回ると言われている」

「牧師がまた目撃された、ということかな」サイモンが言った。「そうでなければこの長話に付き合わされた意味が想像できない」

「その通りだ。そう、ダンドーがまた駆けている。あるいは似たようなものが」

「ワイルド・ハントの目撃談の正体は大抵、野生の雁の群れであることがわかっています」僕は提起した。「何かもっと具体性のある出来事が起きたということでしょうか」

「複数の目撃情報。昔風の衣装をまとった年配の、ふくよかな体型の牧師が」——ファット・マンは自らの巨体を示す動作をした——「立派な黒い馬を乗り回しているところが目撃された。その横を狩猟犬の群れの幽霊が、盛んに吠えながら付き添っていたと」

「どこで目撃された？」サイモンが訊いた。

「最初は地元のパブの上空で、真夜中過ぎに。その後、神経質な未亡人の住むぽつんと建つコテージを通り過ぎた」ファット・マンは陰気な笑みを浮かべた。「そして、黄昏時の聖ジャーマンズの市場広場で」

僕は口笛を吹いた。「目撃者は？」

「少なくとも五十人、いずれも酔っておらず神経質でもない。あるいは、少なくとも市場広場に狩猟隊《ハント》の亡霊が現れるまでは普通だった。さらに……」ファット・マンは顔をしかめた。

「より深刻な事態が起きた。地元の牧師が、この人は教区民に少々厳しいところがあったとはいうが誰に聞いてもまともな男で、一人で荒野《ムーア》に遠乗りに出た。乗っていたのは年寄りののろまな馬だったというが、それだけが汗だくで怯え切った状態で戻ってきた。まるで限界まで走らされたかのようだったという。牧師の死体は数マイル離れた川の中で発見された」

「どの川？」僕がそう言うと同時に、サイモンが訊ねた。「死因は？」

「リナー川だ、ダンドーが運命に遭遇したという川。死因は溺死、地獄の業火の痕跡はなかったが、その顔は恐ろしさで歪んでいたと言われている。もちろん、偶然である可能性はある。しかし次に起きたことに疑いの余地はない。マシュー・トレガウという人物がパブの前に五人の仲間と一緒にいた。仲間たちは全員、ハントが現れた――どこからともなく舞い降りた

――――と言い、騎乗の人物が荒々しく笑いながら鞭でトレガウを指し、犬を放ったという。トレガウは逃げた。黒い馬に乗った狩猟者は男を追いかけ、追いついた。馬が空中に舞い上がり、騎手は逃げようとする男の体を摑んだまま、上空へ消えた。男の死体は野原の真ん中で、骨が折れてひしゃげて、かなりの高さから落とされたような状態で発見された」

サイモンは眉をしかめた。「なるほど深刻だな。しかしなぜあなたが？」

ファット・マンは息を吐いた。「聖ジャーマンズの最も著名な住人の一人がウェストベリ卿なのだ」

サイモンは僕を見た。頼めば僕がいつでも情報を提供できるので、政治に関して一切の興味を失っていた。

「ウィントン将軍として、アフガニスタンで戦った。カブールの虐殺を命令した人だ」僕は言った。「将軍は英国に戻ると称号を冠されたが、職は与えられなかった。経歴に問題があり過ぎたのと、その政治的野心においても、ええと、野心的過ぎるとされた。数年前に田舎に引っ込んで、政治的な会合の主宰を務めている」

「その通り」ファット・マンは言った。「ウェストベリ卿は権力者の座を与えられなかったため、自力でそれを作り出した。コーンウォールの所有地所ペンマダウン・ハウスに地位の高い様々な来客を迎えて……会談をしている」

サイモンは無表情だった。「会談？」

「策略だ」僕は補足した。「どこかの党の党首の首をすげかえたい、ある代議員の評判を落としたい、とある議案への投票に影響力を行使したい、そういう時に、ペンマダウン・ハウスは陰謀を練るための安全な場所を提供する」

「ストラットン・クラブの物書きのゴシップだ」ファット・マンは言った。「私にはそのような噂の真偽を裏付けることはできない。しかしながら、あと二日で雉狩りが解禁になるところで、ペンマダウンには財務省の長官と投票へ影響力を持つ議員が四名、他数名と共に招かれている。そしてその荒野《ムーア》を殺し屋の幽霊がさまよっている」

「ならば、どこか別の場所で集まればいいのでは」

「それはない」ファット・マンの声は苦々しく聞こえた。「ソールズベリ卿の首相の座がかかっている。ウェストベリ卿の権力の黒幕としての評判も。戦時中のソールズベリの行動を疑問視する反対勢力が形成されつつあるが、まだ初期段階だ。反抗分子は怪しい行動はとれない。それにもしウェストベリが勝手に会を延期したら、彼は二度と信用されまい」

「つまり集まった高官たちに被害が及ぶ前にハントをやめさせたい、ということだな」サイモンは言った。「よかろう。誰か他に関わっている者は？」

「ベリー博士が既にコーンウォールに向かった」

サイモンは口元をきっと閉じた。「それでは俺たちは行かない。俺はベリーとは仕事をしない、それはあなたも知っているだろう」

「残念ながらお願いしたい」

「いやだ」

ファット・マンの灰色の目は無情だった。「フェキシマルさん、これは国家的な重要事だ。君の助力に高名な人々の命がかかっている」

「命を賭けるのは本人たちの勝手だ」サイモンは言い返した。「たかが権力争いだろう？　何かの信条が危機に陥っているとでも言うのか？」ファット・マンは咎めるように片眉を上げたが、その言葉を否定したわけではなかった。サイモンは続けた。「俺の仕事にはたくさんの人たちの命がかかっている、サー、その一つ一つが重要だ、それが本人たちにとってだけだとしても。あなたの言う人たちは成り行きに任せるがいい」

「彼らは国家にとって重要だ」ファット・マンは言った。その口調には嫌な響きが含まれていた。

「俺は国家ではない」サイモンは気にすることなく応えた。「ベリーは実力のあるオカルティストだ。奴が役目を果たすと信じろ。そうでなければ、呼び戻せ」

「残念ながら、ベリー博士はパーカー氏に雇われて――」

「ではパーカー氏が呼び戻せばいい」サイモンは性急に遮った。「もう一度言おうか？」

ファット・マンの鼻の孔が少し膨らんだ。「フェキシマルさん。君は聖ジャーマンズへ行き、そこで起きている出来事が何であろうと、終わらせるんだ。ベリー博士と共に。これは命令だ」

　ファット・マンはここでは記さない政府のとある役職を務めていた。彼は巨大な蜘蛛の巣の中心に座する蜘蛛であり、政府ホワイトホールの域内に留まらない広い影響力を持ち、特異な才能を持つ者たちを使っていた。僕らは前にも彼の依頼を受けたことがあったが、それは常にお願いであり、命令ではなかった。彼にそんな権限はなかった。

　サイモンの拳は椅子の肘掛の上で硬く握られていた。「あなたの命令など受けない。ベリーを現地から取り除くか、カーナッキを送るか、ウェストベリ卿に会を中止するように言うか、どれだって構わない。それらはすべてあなたの権限でできる」

「そうだ」ファット・マンは前傾した。「すべては私の権限内だ」

　サイモンは無表情になった。「どういう意味だ？」

「私は会が予定通り開催されて欲しい。ベリー博士が何をするのかを知りたい。君が私に報告をするのだ」

「お断りだ」サイモンは立ち上がった。「俺は政治的な策略には関わらないし、あなたの駒にはならない。行こう、ロバート」

　僕は立ち上がった。サイモンは扉へ向けて一歩踏み出した。ファット・マンは椅子に背をもたれると言った。「いかなる男性も、公私を問わず、主体的にもしくは協力して――」

「何？」

「――別の男性とのわいせつ罪の行為を提供するもしくは提供を試みると――」

サイモンは顔を険しくして男の方へ大きく振り返った。僕はその腕を掴んだ。

「――その罪で有罪となり、有罪となった者は、裁判所の裁量により二年以内の、労役ありまたはなしの投獄の刑に処される」

「それが法律ですね」僕は可能な限り平静を装って言った。「何のおつもりですか?」

「法律を超越する者は少ない」ファット・マンは言った。「パーカー氏でさえもそうだし、君は間違いなく違う、フェキシマルさん、君のこのご友人と共にね」僕はサイモンの上腕に力が入るのを感じ、掴む手の握りを強めた。「君たちの私的な関係に私は興味などない。私が知りたいのはベリー博士が実行するパーカー氏の命令の中身だ。私が行けと言ったら、君たちは行くのだ」

サイモンは僕の手の中でこわばっていた。僕はファット・マンに言った。「話し合います」そして、サイモンを引っ張って部屋を出た。かなりの努力を要した。


聖ジャーマンズはタマー川の河口から遠くないところにある小さな村だ。高台に位置し、絵画のような白塗りの家々が灰色の細い道に連なり、夏にはとても美しいのだろうが、今は秋の宵だった。海風がコートの裾を翻し、耳元でごうごうと鳴っていた。人々は恐れているように見えた。

村の宿泊場所はジョージ・アンド・ドラゴンという宿一つだけだった。僕は二人で泊まれる広い部屋を一室、好んで手配した。別々の部屋になった時に廊下を忍んで歩くのが大嫌いなのだ。とはいえサイモンは部屋で何かしようという気分にはなっていなかった。ファット・マンと話して以来激怒していて、僕にはそれを責めることはできなかった。

僕のせいだった。僕に会う前のサイモンは独身人生を送っていて、数少ない邂逅《かいこう》は束の間で名無しのものだった。僕の方はと言えば、用心はしていたが、僕たちの指向の男たちにロンドンが供する数々の娯楽に好んで参加してきた。ギルデッド・リリーに行ったことがあったし、クリーブランド通りやアルハンブラに行ったこともあり、さらには――恥ずかしながら告白するが――ホリウェル通りの専門的なポルノ出版社にエロティックな文章を提供して小銭を稼いでいた駆け出しの時期もあった（僕はなかなか才能があると言われていた）。もしファット・マンがサイモンの弱点を見つけようとしていたのなら、それは僕で、数日どころか数時間もかからずに色々と探り出せたことだろう。

サイモンの怒りはそのことに起因しているわけではなかった。そのことで僕を非難したり咎めたりすることは一切なく、そう思ったこともなかったんだと僕は信じている。しかしファット・マンの脅迫には怒り狂っていて、参加したくもないゲームに操り人形《パペット》として参加させられたことに憤慨しつつ、僕がまたしてもあの忌まわしいベリー博士と顔を合わせなければならないことに恐ろしいほど激怒していた。当初僕に一緒に来るなと言ったくらいで、僕は力の限り抵抗して同行したのだ。

「一人で出かけるな」サイモンはそう言って、試すように片方のベッドにどっしりと腰を下ろした。しっかりした木製のフレームのもので、何の音も立てなかった。「ベリーはずる賢い男で信用ができない」

「そのつもりはない」僕はもう片方のベッドにグラッドストーン・バッグを放り、コートを脱ぎ捨て、一日中焚かれていたのであろう暖炉の火の暖かさに感謝しつつ、サイモンの隣に座った。「ファット・マンも彼を信用していない。呪いを終わらせるのが目的ではないとしたら、博士の目的は何なんだ？」

「知らないし、気にもならない」サイモンは噛みつくように言った。「一刻も早く片付けて家に帰るつもりだ。ベリー博士について報告などしない。俺は政府のスパイなんかじゃない」

そう、もちろんその通りで、それは僕がその役目を果たさないとファット・マンの機嫌を損ねることを意味した。僕はため息を押し殺した。「きょうはもうウェストベリ卿を訪ねるには遅過ぎる。ここで夕食を摂って地元の人たちの話を聞かないか？」

サイモンは頷き、僕が立ち上がろうとすると、腕を掴まれた。「少し待て。気をつけると約束してくれるか？」

「僕はいつだって気をつけてるさ」そう指摘した。「臆病だからそうせざるを得ない」

「冗談を言うな。俺は心配なんだ、ロバート。この事件は気に入らない。俺たちは二人の権力者のゲームの駒にされている」

「ああ、それは明白だね。ファット・マンはどのゴースト・ハンターをここに送ることもできたが、わざわざベリー博士を最も嫌っている者を選んだ。つまり僕たちの役割は博士を挑発するか、反発するか、その両方か。難しい役目ではないが」

「君が何よりも奴に反発してくれていればいい」サイモンは断固とした口調で言った。

サイモンは細心の注意を払って僕をあの恐ろしい博士に会わせないよう、同じ場所に居合わせるようなことになる事件はすべて断っていた。それは僕を信頼していないからではなく博士に対する警戒心だとよくわかっていたので、僕は気にしていなかった。サイモンは僕がベリーの力に取り込まれることを恐れていて、僕はその可能性を考えるだけで震えを感じていた。

「もし君がいない時にベリーと遭遇するようなことがあったら、彼に見えるのは僕の踵だけだよ」そう保証した。「でも訊かせてくれ、サイモン。もし僕らが嫌々ながらもこの代理戦争を戦うのであれば……ベリーは僕らの関係に気づいているんだろうか？」

サイモンは肩をすくめた。「ファット・マンにわかったことはパーカー氏にもわかる」

「クソッタレ連中。下で別々の部屋を頼むべきか？」

「ダメだ。君を一人にしたくない」

僕は片眉を上げた。「攻撃を受ける危険があるっていうのか？」

サイモンは僕の腕を強く引くと、その牛のような力でもって、僕は彼の両膝の上に突っ伏した状態になった。「ベリーからではないがな」

僕はわざとらしく声をあげたが、やがてその声は本物となり、サイモンの指が僕の太ももを上へ下へと愛撫し、脚の間をまさぐり、僕の玉をぎゅっと摑んで誰が主導権を握っているのかを見せつけた。僕は小さく悲鳴を上げた。サイモンは僕を体ごと持ち上げると瞬く間に硬くなっていく僕の長さをその太ももに押しあて、さらに探り続け、衣類の上から僕を撫でまわし、やがて昂《たかぶ》り閉じ込められた僕は、我を忘れてあえいでいた。

ここで僕はベッドに放り投げられて好きにされるのかと思った（言うまでもないが、それは大いに僕の好みでもあった）。しかしサイモンはそうしなかった。片方の手が僕のズボンを緩めると下着ごと引き下ろし、シャツの裾を横へ追いやった。そこで動きを止め、その間僕は震えながら待ち、やがて指先が肌にわずかに触れるのを感じた。とても軽い愛撫。片方の尻、太ももを下へ、再び上へ、指先でやさしく触れ、丁寧に時間をかけ、その間僕にできたのはサイモンが楽しむのを見守ることだけだった。

「サイモン」僕は吐き出した。

「シーっ」

自分を擦りたいが一心でサイモンに向かって不器用に動き始めると、サイモンは軽くしかししっかりと僕の尻を叩いた。「じっとして」

「じっとしていたくない」僕は苦情を呈した。

「それなら反対を向け」サイモンは僕を軽々と持ち上げると体を反対側に返し、僕はサイモンの広げた脚に支えられて仰向けに寝ていた。その顔を見上げると、昏《くら》く強い両目は僕の身体にその全神経を集中していて、徘徊する亡霊たちを世界から追いやる時と同じ献身を僕の悦びに捧げる様子、没頭している時のその小さなしかめ面を見た僕は、心臓がぎゅっと縮むのを感じた。

「ロバート」片手は僕の股間を這い、僕が好むと知っているやり方で揉んだり押したりしては、じらすように指を走らせていた。もう片方の手のひらは僕のイチモツの皮膚の上をなぞり、僕は陸に上げられた魚のようにぴくぴくとあえいだ。完全に囚われた魚だ。サイモンは動作を繰り返し、一定の調子と力で押しては悦ばせた。「俺のロバート」

「君のものだ」僕は囁いた。

サイモンの手が僕のモノを包み、先端に親指で触れた。「君が墜ちるようなことはさせない」僕が弱々しい音のようなものを発すると、サイモンは微笑みながら僕を見下ろしたが、その時の瞳の表情ときたら。何という献身だったろう。

何という愛だったろう。

「俺のものだ」サイモンがやさしく言うと、僕は小さな声を上げてその手の中で絶頂に達し、何とかもっと触れて欲しいという思いで彼に向かって体を押し上げながら小刻みに震えた。

僕は身体を走る快楽の残滓《ざんし》を感じながら、はぁはぁと息をしていた。サイモンはポケットのハンカチで汚れを拭きとり、強い両腕で僕を抱き上げるとキスをした。僕は下から両腕をその肩に回してキスに口を開いた。快楽で弱ってはいたが、二人の間に存在する紛れもない真実に、震えるほどの確信を覚えていた。

ヴィクトリア朝はその感傷で有名だが、サイモンは感傷的ではなかった。頑固な外見の下は非常に情熱的で、極めて思いやりが深かったが、そうした炎は隠されていた。サイモンにとって感情表現は拷問のようなもので、他の誰かから何か感情を示されてもどうしていいかまったくわからないのだった。サイモンが聞きたいと願ったならば、僕は日に何度だって愛していると伝えただろう。そして、愛の証を示す品をいくつも渡したことだろう。受け取ることが苦痛だという反応をされなければ。

サイモンは愛情表現が苦手で、それは変わらないだろう。単純にサイモンには合わないのだ。しかし、僕は口を外してにっこりと笑い、サイモンは頷くとまたキスをして、僕は完璧に満足だった。

夕べをそのままサイモンにくるまれて狭いベッドで過ごしたかったが、仕事をしなければならなかった。階下へ下り、マトン・パイの美味しい食事とイラクサで作られた皮に包まれたほろほろのチーズを地元の良質なエールで流し込んだ。混みあったパブに入店した時、僕はとても前向きな気分だった。

サイモンが先に扉を入った。いくつかの顔がこちらを見た。日焼けで荒れた用心深そうな顔が無表情になった。すべての会話が止まった。長い沈黙の後、わざとらしく石に木をすりつける音がして、太った男が椅子を押して立ち上がった。

内気な田舎の人たちなだけだと願うのは、どうやら高望みのようだった。

「それで」僕たちにではなく、バーの後ろをゆっくり横へ移動している店の主人に、男が言った。そのコーンウォール風のアクセントをここで完全に再現することを試みるのは、意味不明になってしまう恐れがあるのでやめておく。「ゴースト・ハンターだって？」

「ああ」主人が呟いた。「なぁ、ジェム――」

「もう一人ってことけ？　へぇ」ジェムが足を一歩前に踏み出した。サイモンもそれにあわせて一歩前進した。意識してか無意識なのか、ボクサーのような体勢だった。

正々堂々と戦ったらどちらが勝つかについて疑いはなく、あるいは多少不利でも問題はなかったろうが、店の中には二十人の男がいた。僕はサイモンの横に回って言った。「もう一人と言いましたか、サー、誰のことですか？　他のゴースト・ハンターが？」

数人が視線を交わし、ためらいの後、一人が渋々と呟いた。「博士」

「サイレンス博士？　ええっ、まさかベリー博士？」僕は相応に狼狽した風に見えることを願いつつ言った。

さらに視線が飛び交った。「そうだ」ジェムはズボンつりに両手の親指をひっかけた。「お知り合いっすか、ザー?」

「我々は――知り合いではある」僕は注意深く言った。「でも、仲間ではない。来ていることを知って驚いた。彼がここにいるなんて知っていたか?」僕が訊くと、サイモンは茶番に付き合う気はないぞという視線を返してきた。そもそも芝居などできなかったから別に問題はなく、ただその表情に含まれていた侮蔑はいい働きをした。人々が少し落ち着きを取り戻し、陶器のポットが幾つか持ち上がるのがわかった。「僕の名前はロバート・コールドウェル、こちらはサイモン・フェキシマルさんだ」僕は店全体に向かってそうつけ加えた。「最近の事件について、話してくれる人がいれば、情報を得たいと思っている。それから、ご主人?」僕は意味ありげにバーに向かって動作をすると、僕たちは数分のうちに市場での霊の出現についての目撃者少なくとも四人と共にゆったりと陣取っていた。うち一人は無神論者マシュー・トレガウの誘拐を目撃した男だった。

ほぼファット・マンから聞いた話の通りだった。黒い馬に乗った騎手が一人、地獄の番犬たちが寄り添っていた。

「昔風の衣装を着て」一人の男は保証した。「太った立派な男だ。派手な色の衣装で顔が赤くて、でも……」男は言葉を探した。「何だか暗かった」

「そうだ」仲間が同意した。「蜘蛛の巣がかかってるみたいだった。灰色の」

男たちは、馬は巨大で黒色だったという点で一致した。周りの客たちからはその目や鼻から炎が出ていたという話が出たが、目撃者たちは否定した。犬についても意見が分かれた。「煙の群れみたいな」市場での目撃者の一人が言った。「灰色の犬たちが、互いに重なりあっていた。数を数えられなかった。それにあの目」

「燃えていた！」周りの誰かが言った。

「黒い穴のようだった」苛立ったように目撃者は応えた。「光はなく、白目もなく。炎もなかったよ、ビル・ペニー」呼びかけられた先の野次馬は恥じ入ったように見えた。「ただの真っ黒な――」

「穴だ」二人目の目撃者がきっぱりと言った。「あれは穴で、目じゃなかった」

「そうか」サイモンは言った。「そうだったろうな」

その口調は重々しかった。周囲の男たちは不安そうにお互いを見合った。

サイモンがさらにいくつか質問をした後、話はマシュー・トレガウの誘拐に移った。

「犬たちは吠えていた、全力で」目撃者は進んで話をしたがっていたが、注目を集めたいからではないだろう、と僕は思った。見たことから解放されたいのだ、言葉にして吐き出して。その欲求は僕にはよくわかった。「馬の蹄が土に叩きつけられる音、犬の吠え声、それから鳴らされるラッパの音」

「狩猟者は声を上げたか？」

「いや、ラッパの音と犬の声と馬の蹄、それだけでもういっぱいだった。それからマシューの悲鳴と」

「そして馬は空中に浮かんだ」サイモンの低い声で話すとどんなことでも分別のあることのように響いた。

「そう、それでマシューは助けを呼びながら抵抗していた。俺たちは後を追ったんだが、でも――」

「追いつかないでよかった。君たちにとってよいことにはならなかった」サイモンは座り直し、眉をひそませて考えに耽っていた。

「トレガウと牧師」サイモンの出番が終わったようだったので、僕は言った。「二人に共通点は？」

答えはわかりやすく、なし、だった。アダムズ牧師は禁欲主義の極めて宗教的な人間で、倫理的に真っすぐで妥協を許さないが、困窮した教区民のために教会の金をすべて使ってしまうほど慈愛深く、他の住人にも同じようにすることを要求したので彼ほど心の広くない住人たちからは嫌われていた。聖書の富める者と針の穴に関する引用は説教に度々登場したという。

一方トレガウはというとロクに教育を受けていない鉱夫で、酔っ払いで、結婚をしないまま三人の子を持つ女たらしでもあった。酒を飲むと政治の話をし、革命を叫び、日曜に教会へ行くことを公然と拒む無神論者であった。

それがダンドーとその犬たちが狩った二人の男だったが、どうしてその二人が選ばれたのかは誰にも分からなかった。

サイモンが思索に没入していたので、もう一つの気の進まない仕事を推し進めるのは僕の役目だった。「ベリー博士。ここに滞在しているわけではないですよね？」

「神様に感謝する、ザー、ここにはいない」日焼けした若者が言った。「今回はペンマダウンにいる」

「ウェストベリ卿のところに滞在を？」

「そう、で、そこでじっとしていて欲しいもんだ」同意する呟きが聞こえた。ベリー博士の個人的な魅力は改善していないようだ。僕はウェストベリ卿がなぜこんな時期にそのような来客を許したのかが気になった。導き出した結論は、歴戦の勇者たる将軍が、実は怖がっているからだ、というものだ。

僕たちは翌日ウェストベリ卿に面会するためペンマダウン・ハウスを訪ねた。陰気な荒地の高台に建つ、壮大な灰色の石造りの館だった。風はナイフのように鋭く、雨と共に水平方向から吹きつけてきた。ちなみに夏のコーンウォールは最高だという情報は僕も持ち合わせている。

ウェストベリ卿は当然の如く僕たちの来訪を知らされていたようだ。書斎に通されると、そこは戦争の記念品で飾られていた。部隊の集合写真、旗、ライフル等々。アフガン製のじゅうたんや現地の物品はなかった。かの地でのことは思い出したくないのだろうと思われた。

卿は中背の小柄な男で、六十代、ドーム型の禿頭に沿って髪は短く切りそろえられていた。

どこかの焼けつく陽射しの要塞の城壁から大声で命令を発する姿を想像するのも、煙の充満した部屋で政治チェスボードの駒を動かす様を想像するのと同じくらい容易かった。立派な人物、しかし紛れもなく何かを恐れている男だった。

少なくとも怖がっていることの一部が何か明確だったのは、書斎の扉まで従僕が一人密かに僕たちの後ろを歩き、ウェストベリ卿が扉を閉じると共にその場で守備につく様子が見えたからだ。

「ベリー博士がここに滞在しているんですね」僕は言って、その反応を試した。

卿は扉を一瞥した。「そうだ。君たちは普段一緒に働くことはないとか」

「ええ。彼と我々とは用いる方法論が違います」

ウェストベリ卿の直立の姿勢は厳格には緩むことはなかったが、ほっとしたことは明らかに思えた。「私はこれまで超自然に遭遇した経験がない。オカルティストがどんな方法を用いるのかは知らない」

「どういった現象が起きているかによります」サイモンは言った。「ハントを目撃されたので?」

ウェストベリ卿は首を横に振った。「話を聞いただけだ。もちろん、誤解である可能性も、例えば――」

「――野生の雁――」サイモンと僕は館の主と一緒に呟いた。

「――であることもありえるが、しかし隣人の目撃談を無視することはできない、あのトレガウという男の末路も」

「しかしあなたはパーティを中止しようとはしない。明日始まるというのに」サイモンは言った。

「客を迎えるのは私の問題だ。君たちの関わるところではない」ウェストベリ卿は即刻、権威を持って言った。

「その通り」サイモンは言った。「しかし荒野《ムーア》に馬で出かける来客にとっては関わりがあるかもしれない。教えて欲しい、トレガウとアダムズ牧師との間に何かつながりは？」

「私が個人的にトレガウを知っていたとは君たちも思わないだろう」ウェストベリは固い口調で言った。「極度の革命派の無神論者だと聞いている。アダムズは多大かつ過剰な公正さを持つ男だった。二人が信じていることに対して狂信的であったという点以外に共通点は考えられない」卿は鼻を鳴らした。「見方によっては、二人は同じことを信じていたと言える。牧師は中程度以上の富を持つ者たちは皆弱者に対して財布を開くべきだと主張していた。トレガウはさらにその先まで行った。奴は財産を盗んで私をダイナマイトで吹き飛ばすべきだと言っていたんだ、ごろつきめ」

「それは具体的な計画だったんでしょうか、それともただの理論上の話で？」僕は訊いた。

ウェストベリ卿は片手を否定的に振った。「は、酒の上での大口だ。奴はろくでなしだった。

今さらそれに何の意味が?」

「問題は狩猟者が標的を無作為に選んだのか、それとも理由があったのかだ」サイモンは言った。「あなたは二人が嫌いだったようですね、ウェストベリ卿?」

「そうだ、しかしダンドーに私と利害が一致する理由などないだろう? 一体三世紀前に死んだ牧師が何を恨むって言うんだ、んっ?」

「ふーん」僕は言った。「それではあなたはダンドーだと信じているんですね。古い伝説が蘇ったと?」

「疑いの余地があるか? ベリー博士は幽霊をダンドーだと言っている」

「いつやってきたんですか?」僕は訊いた。「ええと、ベリー博士のことです。ここにどのくらい滞在している?」

「きょうで三日だ」既に長過ぎるといった口調だった。

「あなたの要請でやってきたので?」

「いや、向こうから接触があった」ウェストベリ卿は言った。「自ら助けを申し出た。ホワイトホールから人が派遣されるとわかっていたら、待っていたものを。君たちがここに来た今、感じているかもしれないが、船頭が多過ぎる状況かもしれない……」何かを期待するように卿はそれ以上のことを言わず、サイモンが博士を解任するよう勧めるのを待っているようだった。

「俺が話をする」サイモンは僕に視線を送った。「話をしている間、同僚にはあなたから必要な情報をさらに聞いておいてもらうというのはどうです?」

それに抗議すること自体バカバカしかった。サイモンがベリー博士と一人で十分に渡り合えるのは明白だった。それでも、僕は自分が安堵したことに少し羞恥を覚えていた。

ウェストベリ卿は召使の一人にサイモンをベリー博士のところへ案内させると、僕の方を向き直った。「さらなる質問があると?」

「あります。まずこの部屋で聞いたことはここから外へ出ることはないという保証を受け止めていただきたい――」

「受け止めていいのかな?」ウェストベリ卿の声は少し命令口調だった。「君は記者だ、コールドウェルさん。秘密を託すには適した人種ではない」

「確かに僕は記者でした。今はフェキシマルさんの同僚です。彼は顧客を落胆させたり、信頼を裏切るようなことを許さない。顧客を落胆させると言えば、なぜパーティを延期しないのですか?」

この質問は賭けで、僕が館から即刻追い出されることに繋がりかねず、暫しそれが現実になるのかと思った。するとウェストベリ卿は再度扉を一瞥して言った。「君がこの件に関わることになるのなら……」

「秘密は厳守します、閣下」僕は保証した。

「それではこれだけはお伝えしよう。私の客の何人かはロンドンの喧騒から離れたところで重要な事柄を話し合う機会を必要としている。誰からも会話を聞かれることなく、内容に圧力を加えられることがないような機会だ。私はそうした議論の……手助けすることを得意としている。軍隊で交渉術について多くを学んだ、コールドウェルさん。隔離された場所、それが鍵だ」

武器を持たない群衆に対して騎馬隊を送り込んだやり方もずいぶんと効果的だった。僕はその件には触れなかった。「そうした議論は緊急を要するんでしょうね。他の場所はなかったのですか？」

「この家が最適なのだ」ウェストベリ卿は眉をしかめて言った。

「他に土地はお持ちではないので？」

「ない」

言い方を変えれば、手柄を手放したくないのだ。別の場所は別の主人《ホスト》を意味する。ウェストベリ卿は自分の持っているものを易々と手放す男ではなかった。

「教えてください、サー」僕は言った。「他にあなたの富を分配したいと言っているのは誰ですか？」

「何が言いたい？」

「アダムズ牧師は説教壇から持てるものを貧者に渡すように勧めた。トレガウは富の再分配について一番大声で主張していた者だ。どちらもあなたにとっては個人攻撃のように感じられたでしょうね。今やその二人が死んだ。僕としては二人の間をつなぐものが何なのか、考えざるを得ないのです」

僕は卿が発作を起こすのではないかと思った。僕の言っている意味を理解するにつれて顔が徐々に赤くなり、憤怒の度合いが強まり、その後五分も経たずに僕は表玄関の外、雨の中にいた。

「嫌われたようだな」寒く濡れそぼった十五分ほどが経ってから僕と落ち合ったサイモンは言った。

「そうだ、でもその甲斐はあった」

「歩きながら話してくれ」

「どこへ行く?」

「荒野《ムーア》だ、もちろん」

「もちろん」僕は諦めを交えて言い、いいブーツを履いてきたことに感謝した。冷たい風が帽子に吹きつけ、コートの裾をはためかせる中、僕たちは泥に汚れ石でごつごつした道を歩き出した。「運動するには素敵な日だな。ようは、ダンドーが殺したのはウェストベリ卿が最も嫌う二人の地元住人だったということは明らかで、本人はそれに気がついていなかったということだ。君がほのめかした時には反応せず、僕がもっとはっきりとそう言ってみせた時の怒りは本物だった。二人の死で得をするのが自分であることについて思いが及んでいなかった」

「他にも得をする人物がいた可能性はある」サイモンは言った。

「そうかもしれない。だが、昨夜聞いたことと照らし合わせると――君は聞いていなかったかもしれないが――、この地には他に裕福な住人はいない。違うな、ダンドーの行為はまるで……何て言ったらいいのか……鞭のように使われた飴、というか」

「それはあまり効果的な武器とは思えんな」

「僕の言いたい意味はわかるだろう。脅迫だったら『私は殺せる』と言う。しかし勧誘だとしたら『私は君の敵を殺せる』となる」

サイモンはしかめ面で、ざーっと降ってきた雨に肩をすくめた。「何か考えがあるのか」

「政治。首相を陥れようという陰謀と同時期にダンドーが戻ってきたのは偶然じゃない。また、大きな影響力を持つ権力の仲介者を苛立たせていた二人が標的になったのも。ベリー博士が助けを申し出たのも」

「本人はそうだと言っている」サイモンは言った。「いつものように呪いについて伝え聞いて、助けを買って出たのだと」

「何て親切な男だ。パーカー氏に送り込まれたのかどうかは訊いた?」

「いや。なぜ訊くかを尋ねられただろうし、ファット・マンについて話すのを君は避けるだろうと思ったから。俺も君から狡猾さを学んでいるようだ」サイモンはそうつけ加え、ちょっとした自己満足に浸っている風だった。

「よくやった。では、ファット・マンの言ったことが正しいとして――」

「今まで彼が間違っていたことはない、俺の経験では」

「――パーカー氏がベリー博士をここへ送り込み、ベリー博士はそのことを秘匿したい。いつやってきたか訊いたか？」

「三日前」

「おかしいと思わないか」僕は指摘した。「パブの男たちは『今回は』という言い方をしていた。ベリー博士は以前にも訪れている」

「そしてそれを俺に隠した」

僕らは話しながら坂を上ってきており、小さな丘の上、もっと恵まれた天気だったら素晴らしかっただろうと思われる眺めを見下ろしていた。周囲は雑草とヒースの緑、コケと地衣類の生えた花崗岩の地だった。ペンマダウンの森は背後にあり、前方にはただ荒野《ムーアランド》の地が広がっていた。

「呪われたヒースの地とはこのことだな」僕はぶるっと震えながら言った。

「君は都会の人間だからな」サイモンはとても冷たい空気を大きく吸い込んだ。「これは清めだ」

「凍えるほど寒いだけだ。サイモン、ダンドーが誰かの意に沿うように召喚された可能性はあるか？　誰かが彼というか、それを使って、ウェストベリ卿を操ろうとしている可能性は？」

サイモンは嫌悪の表情を浮かべた。「政治。しかしファット・マンが俺たちをここへ送り込んだのには理由があると考えるべきだ……いや、俺たちではなく、君だ。記者であり、色々な方面に鼻を突っ込む政治的な動物。それが他のゴースト・ハンターではなく俺を選んだ理由なんじゃないか？　俺には君がいるから」

「そう思う」背中を走った凍えるような感覚が、帽子の縁を滴り落ちて襟元から流れ込んだ水のせいなのか、そうではないのか、わからなかった。「彼は僕らの考えを陰謀に向けて、パーカー氏も法を超越しているわけではないとさえ言った」

サイモンは渋い顔をした。「一体その意味は？」

「パーカー氏は影響力を行使する」僕は考えをまとめながら言った。「ウェストベリ卿はそのライバルになりつつある。パーカー氏は卿を制御するか、もしくは取り除きたいが、相手は裕福で、友人知人が多く、スキャンダルもなく、簡単には折れない。そこでパーカー氏はベリー博士に命令したとする、霊を召喚しろと――できるのか？」

「召喚はどんなバカにだってできる。問題は制御できるかどうかだ」

「ベリー博士が霊を召喚した。ウェストベリ卿が計画したパーティを中止すれば、その影響力のある地位に大きな傷がつく。中止しないとなったら、選択を迫られる。パーカー氏と敵対することを選ぶと、今後どうなるかは二人の死者の存在が密かなヒントだ。あるいは、新しい主人からの贈り物として二人の死を受け取るか。皮肉が過ぎるかい？　パーカー氏ですらここまではやらないと思うか？」

「パーカー氏にはやらないことの方が少ない」サイモンは苦々しく言った。「彼は常に世界の下に存在する世界を利用すべきものとして捉えてきた。そしてベリー博士はそれを助けることができる」

風が鞭うつようにコートに吹きつけた。僕は片手で帽子を押さえ、暗澹たる思いで前方を眺めた。「僕らに何ができる？」

「仮定を試そう。これが召喚なのかを確認する。それがわかったら、召喚者を見つける。そして終わらせる、これ以上死者が出る前に」

「そしてファット・マンにパーカー氏のことは任せる？」

「そうだ。俺たちは俺たちの役目を果たそう、ロバート」

雨が顔に降りつけ、僕は向かい風に体を背けた。「使えるのか、君の――――？」僕はサイモンの胸を指さした。

「おそらくできまい。ダンドーの霊がこの世に存在しているのなら、霊が声を上げることはない。いずれにせよあまりに古い霊は……」

サイモンは顔をしかめた。僕はあの大昔の蝶の主教と接触した時のことを思い出し、急ぎ言った。「そうだ、やめておけ。ではしかし、何を？」

「シオドーシアがここにいてくれれば」サイモンが呟いた。「これは彼女の専門だ。しかし……」持っていた小さなグラッドストーン・バッグを持ち上げた。「俺にもやれることはある」

「ダンドーを呼び出すのか？」僕はあまり気乗りせずに言った。

「もちろん違う」サイモンは水浸しの土の上に跪き、鞄の中を探っていた。「〝クアエロ・ヴェスティジース〟をやってみる。いわば足跡を探す術だ。これを見たことはあるか？」ベルベットの袋から何かを取り出し僕に渡した。それは石なのかガラスなのかどちらとも言えない材料で作られた円盤で、色は真っ黒だった。極限まで磨かれた表面はあまりに滑らかで、触り心地はこの世のものと思えず、まるでそこにないかのようで、表面を見つめると、煌めくような光沢にも拘わらず、何も反射していなかった。僕は指で円盤を捻ってその奥を覗こうとした。

「バカなことをするな」サイモンは言って僕の手から円盤をもぎ取った。

「それは何？」

「黒曜石。占い用の鏡だ。少し難しいので、どうしても必要でない限り俺は使わない」サイモンはしゃがみこみ、厚い太ももの上にそれを乗せると何かを呟き始めた。唱えながら、持っていた瓶のコルクを親指で外し、円盤の上に内容物を垂らした。細かい灰色の粉末だった。それはすぐに風に飛ばされてしまうのではないかと思われたが、そんなことはなかった。その代わりに粉は小さな山を作り、やがて円盤の滑らかな表面を外側へゆっくりと広がり始めた。

サイモンがペンナイフを取り出して自分の小指の先を切ると、それなりに深い傷で、すぐに血が溜まって流れ出した。囁き続けながらその手を占い鏡の上に円を描くようにかざした。血が粉の上に滴り……沈んだ。土に水が浸みこむのとは異なり、まるで磨かれた黒い物体が突然トンネルになったかのように、遥か下方に通じる穴になったかのように。

僕はサイモンの顔を見た。抱えている穴を一心に見つめていて、何が見えていたのかはわからないが、青白い肌の上に血管が硬く浮き彫りになっていた。

再び黒曜石の円盤に目をやると、滑らかな表面に戻っていて、血や粉の痕跡はなかった。ただ黒いだけだ。

「さぁ」サイモンの声がかすれた。「オステンデ・ミヒ」見せてくれ。

鏡が息を吹きかけられたように曇ったが、それは表面で起きていたのではなかった。どちらかというとその下から何かが息を吐いたかのようだった。

やがていくつかの場面がその表面に、ミニチュアの光景を形作り、鮮明に出現した。

「暗い鏡に映して見る」僕は聖書の言葉を呟き、サイモンは軽く頷いた。

何もない空間に小さな人影が見えた。荒野《ムーア》にいるのだと気がついた。屈んだ姿の男が何かをしていて、その横に大きな黒い馬がつながれ、頭を傾け、不安げに動いていた。

「星形の五角形《ペンタクル》の中にいる」サイモンはつぶやいた。「馬は生け贄なのか、それとも騎乗用？」

「顔が見えない」僕は言った。「あれは――」

「名前は言うな」

まるで僕たちの視点が近くなったかのように、光景が拡大した。男はなるほど大きな五角形の中におり、それは土と石で出来ていて、青白い枝が枠を形作っていた。骨だ、僕は悟った。五角形のそれぞれの先端には動かない丸まった塊が置かれていた。死んだ動物だ。

「狐だ」サイモンが言った。「賢いな」

男は五角形の中での仕事を終えた。目を閉じたまま口で何かを唱えながら頭を上げると、僕らは同時に「ああ」と声を上げた。驚きではなく確認だった。

ベリー博士。

占い鏡の中で唱えている呪文は聞こえなかったが、それによって力を集めているのを感じることができ、博士の周りでは空気中から光が吸われていることがわかった。鏡は震えているようだった。その表面が再び濁った霧のように曇った。つながれた馬が後退り、前脚が空中を蹴り、サイモンが呻いた。「デ、シ、ス、テ、ィ、テ！」

鏡の表面が即時に元に戻り、この時初めて――ようやく気がついた――、雨の粒がその上に降り注いだ。サイモンは後ろへ倒れ込んだ。僕が体を支えなければそのまま転んでいたかもしれない。小指が白く縮んで見え、まるで大量に血を失ったかのようだった。

「大丈夫か？」僕は無駄に訊ねた。サイモンは応えず、数秒間だけ、深く息をしながら僕に寄りかかった後、気を取り直して占い鏡をベルベットの袋へ戻した。「ダンドーが来るのを見たくなかった？」

「鏡にあまり圧力を与えると壊れる可能性がある」サイモンは言った。「取り替えるのにバカ高くかかる。疑いの余地はないと思う、ロバート。またベリー博士と会わなければ」

僕たちはずぶ濡れかつ凍えながら丘を下ったが、ペンマダウン・ハウスではウェストベリ卿とベリー博士は既に外出した後だった。

「荒野《ムーア》へ行きました」従僕は繰り返した。その表情はサイモンが恐ろしい顔で迫るのでこわばっていた。「ランジョアの丘を登っています」

「それはどこだ？」サイモンは詰問した。「クソッタレ、緊急なんだ」

従僕は小道を指し示し、一マイル（約一・六キロ）も行かないくらいだと説明し、主人が馬車を使ったことを告げた。

「急ごう」サイモンは駆けださんばかりの速さで歩き出し、自分の体調についてこれ以上聞くなという意志を明らかにした。

「ベリー博士を警戒させてしまったんだろうか」僕は半ば小走りでサイモンにあわせながら言った。

「おそらく。いずれにせよ、政治的な来客は明日やってくる。ベリーは早めに選択肢を提示する必要がある」

僕は呼吸を節約するためにも小さく頷き、サイモンの背中に付き従った。

小道は坂を上って行った。ある地点で分かれ道となり、田舎道でのお決まりよろしく、何の目印もなかった。サイモンは一時停止し、遠くを見つめ、何かに襲われたかのように大きく息を吸い、少しの間両腕を体の横へぐっと寄せた。

「サイモン？」

「奴が来る」

「ベリー博士のことか？」僕は希望をこめて言った。

「違う」

僕らはより険しい方の小道を滑り転びそうになりながら、必死の呼吸でほぼ走って駆け上がった。今や雨は本格的になり、灰色の波のように横殴りで降り、空はどんどん暗くなっていた。目から濡れた髪の毛を除けながら丘の上に到着すると、目的の男たちの姿が見えた。

ウェストベリ卿、無双の兵士で洗練された政治家は、泥に膝をつき、恐怖に顔を青白くして身を縮めていた。ベリー博士がその前に立ち、空を指さしていた。白い毛先が水でびしょ濡れの狐の尾を振り回し、何かを叫んでいるのが聞こえた。言葉は不明瞭だったが、その口調には聞き覚えがあった。ああ、あまりに覚えがあって、その音に僕は骨から髄が消えて行くように感じた。

「ベリー！」サイモンが怒鳴った。

ベリー博士は大きく振り向き、驚いた様子で、僕らを見ると表情が変わった。シューっと蛇のような音を出し、それは風と雨にも拘わらず伝わり、サイモンは言葉のない唸り声で応じた。

この二人の間に入りたくはなかった。僕は端へ身を寄せ、ウェストベリ卿の様子を見るために数歩回り込んだ。僕を見るその目は恐れおののいていた。多数の部隊を率いて虐殺の監督までした男だというのに……。

僕はベリーの方を一瞥した。叫びながらサイモンに向かっていたので、僕は古参兵の元へ走った。

「動けますか？」

「あの男が」ウェストベリはぜいぜいと息をしながら言った。「私が協力しなければ……あいつは言った……」

「この丘を離れなければ」僕はその腕を引いた。「起き上がって。立って。ハントがやってくる」

「イエスよ、助けたまえ」ウェストベリは囁いた。「神よ、救いたまえ」

今や空からはっきりと聞こえていたのは猟犬の吠える声で、それは雁の鳴く声よりも数音深く、恐ろしく騒々しく、その上に狩猟のラッパの金属の響きが乗っていた。僕はウェストベリの腕の下に両手を通して持ち上げたが、男は微動だにせず、死体のように重く譲らず、残されていた感覚のすべてが空に、僕らに覆いかぶさるように迫る闇に、そしてハントに集中していた。

ベリー博士はサイモンに向かって大声で叫んでいた。何を言っているかは風に流されて聞こえなかった。サイモンはというと、僕らの立っている丘の岩のように硬い表情で、迫りくる嵐を見ていた。

逃げるには遅過ぎた。何もない丘で隠れるところもない。サイモンの後ろ以外は。しかし、彼は忙しかった。僕は膝に力を入れて立ち、ウェストベリの肩に片手を置き——励ましとってくれればいいと願ったが、実のところ僕には支えが必要だった——やってくるものを待ち構えた。

狩猟のラッパが再び鳴った。何にも当たっていない蹄の音が雷のように僕たちの方へ向かってきた。黒い馬は汗を吹き口から泡を飛ばしながら丘に着地し、悲鳴のように聞こえるいななきと共に後ろ足で立った。その毛皮の黒い毛に雨粒が光り、四本足に戻った姿を見て、空中を走ってきたとはいえ、しっかりと実在しているものなのだと僕は結論づけた。

犬たちはその周りを水のように浮かび、決して観察することをやめない僕の一部分は、目撃者たちの証言が正しかったことを確認した。〝煙の群れ〟、そう犬たちを呼んでいたが、その通りだった。形は定まっておらず、一匹を視線で捉えて集中すると犬に見えてきたが、すぐに集合体の一部に溶けていった。はっきりしていたのはこの世の地下へ続く黒い穴のような彼らの目だけで、それらは見たくなかった。

馬が実在して犬がそうでなかったならば、騎乗のものが何だったのかは神のみぞ知る。でっぷりした体型で血色のよい、典型的な英国人の年配の男性のようで、その騒々しい陽気さの薄皮の下に、残酷な気性を隠し持っている類だ。悪意を放つその目を見れば正体が透けて見えた。赤ら顔で明るい色の狩猟コートを着ていると描写するところだが、何か影を通して見えているようではっきりしなかった。

ウェストベリは力なく小さな悲鳴を上げた。それを責めることはできなかった。

ベリーは何かを唱えていた。サイモンの声がその上から大きく、狩猟者に向けて発せられた。

「行け。ここから去らなければ追放する。去《い》ね！」

「私の命令を聞け」ベリーが同じくらいの大きな声で呼びかけた。「私がお前を召喚し、解放し、馬を与えた。駆けるのだ」博士は再び呪文を唱え、それはおぞましく侵食してくるような囁き声だった。それからサイモンがサーマー儀式の不思議な響きの音節を発するのが聞こえた。

〈六行目を使っているのか〉僕は認識し、同時に恐怖がもたらす奇妙な放心を覚えた。〈ということは、僕らは死ぬのか〉

ダンドーは怒りの咆哮を上げ、口を開けるとそこには舌も歯もなく、ただ深く暗い穴が見えた。ベリーはサイモンに対抗して自分の呪文を叫ぶように唱え、もしサイモンの言葉が銅の鐘のように響いたとしたら、博士のそれは吐き気がするような濡れて生々しい音だった。二つの音はまったく、全然、調和しなかった。互いにいがみ合って絡み合っているように思われ、耳の中に嫌な響きを残した。空気からはブリキの臭いがした。

「お前は私のものだ！」ベリーが叫んだ。「獲物を捕らえろ！」ボロボロの狐の尾を持った手でサイモンを指さした。騎手は顔の向きを変え、狙いを定め、犬たちは絶え間ない動きを止め、一気に襲いかかる準備をしてそろってじっと固まった。

サイモンは儀式の音節を、両脚を開き、いつか倒すことのできない敵に遭うまで変わらないだろう、すべてに対して身構えた体勢で叫んでいたが、今まさにその敵が現れたのではないかと僕は恐怖した。儀式はこの世の地下世界の存在に命令するもので、ダンドーはその血と肉の実体を持った馬と共に、明らかにこの世に存在していた。

騎手は鞍の上で体に力を入れ、サイモンを指し示し、ラッパを口元に持っていった。ベリー博士は眼鏡を雨で濡らしながらその様子を見つめ、口元には恐ろしい笑みを浮かべていた。

僕が体当たりをした時、こちらを見てもいなかった。

前にも言ったように、僕は大男ではないが、不意打ちの威力というのはなかなかのもので、恋人が目の前で死にそうになっている時はなおさらだ。僕はベリーを横から、大昔に学校のラグビーの試合で習ったように押し倒すと、博士はよろめき、体勢を整えようとしているところで、僕はその手から狐の尾を奪った。

ダンドーの頭がハッと向きを変えた。僕の方へ。ベリーが僕に飛びかかってきたが、僕は後方へ避け、足元をぐらついた石に乗せてよろめいた。腕を投げ出して何とか転ばないようにしたが、風が鞭のように吹き、狐の尾は僕の手から空中へ飛んでいき、瞬く間に消え失せた。

ダンドーは再び頭の向きを変えた。今度はゆっくりと、ベリー博士の方へ。博士の口が動いた。再びあの恐ろしい確信の表情が浮かぶのを予想していたが、それは訪れなかった。博士は一歩、また一歩と後退した。体が震えていた。

馬はゆっくり、じわりと歩みを進めたのだが、驚くべきことに、そこでサイモンが大きく一歩踏み出してその前に立ちはだかり、両手を広げた。「逃げろ、クソッタレ！」そう叫んだ――僕にではなく、ベリーにだ――そして、騎手に向かって言葉を唱えたが、それは空虚に消えて行った。

今や空気は熱く、あまりの熱に、じゅっと音をたてて雨粒が蒸発していた。馬はさらに一歩進み、その息はサイモンの髪を揺らし、僕は恋人の腕を摑んで全体重をかけて引いた。

サイモンは横へ投げ出された。ベリーは小さく絶望的な悲鳴を上げた。悪夢を見ている時に上げるくぐもった精一杯の、音とも言えない音だった。博士は体を反転させ、走り出そうとしたが、犬たちが浮き上がってその周りを囲んだ。

そこで犬たちが彼を八つ裂きにしていた方がまだよかったかもしれない。その輪の中に捉えられているよりは。ダンドーがさっさと前進していた方が、まだ情け深かったかもしれない。一歩一歩、ゆっくりと歩みを進めるよりは。

サイモンは僕に向かって抵抗した。僕はその首の周りに腕をかけ、両脚を片方の脚に回し、持てる力すべてを使ってその動きを止めていた。

ダンドーは手を伸ばしてベリー博士を肩から持ち上げた。博士は再び叫び、今度は声が出て、僕たちにもはっきりと悲鳴が聞こえた。馬が一歩前進し、速足になった。筋肉が隆起し、空中へ飛び上がった。犬たちがその横を吠えながら続いた。ベリー博士はダンドーに抱えられた姿勢で暴れ、子供の持つ操り人形のように足を蹴る中、ワイルド・ハントは空へ昇った。そしてすべてが去った。馬、犬の群れ、騎手とその囚人は、耳に響く悲鳴を一つ残して、いなくなった。

僕はサイモンを押さえる力を緩めて、その体から地面に滑り降りた。濡れて泥だらけの、氷のような雨の降るごく普通の固い地面だった。顔を空に向けて深呼吸をした。

少ししてサイモンが僕の横に腰かけていることに気づいた。

「僕が反省していることを期待しているなら、それはない」僕は言った。「君の命に値する相手ではなかった」

「ただ見ているだけというわけにはいかなかった」咎めるつもりがあったのかもしれないが、謝罪のように聞こえた。

「君が殺されるかと思った」声が震えてしまったことについては恥じていない。

サイモンは僕を抱き寄せた。「大丈夫、無事だった。少なくとも俺たちは」

「言うのは簡単だ」僕は少しイライラしながら頬から水を拭った。雨が一層激しくなっていた。

「君は自分や僕にどんな結果が訪れうるのかまったく気にすることなく、頭からこういう状況に飛び込んでいく。自分でもどうして我慢できているのかわからないよ」

「俺にもわからないが、君が耐え続けてくれることを望むよ」キスの代わりに腕の力をぐっと強めると、手を離した。「ウェストベリ卿を助けよう」サイモンは立ち上がり、同時に僕を引っ張って立たせ、雨の降る誰もいない丘を、倒れている男に向かって歩いた。


ウェストベリ卿は回復しなかった。ベリー博士の影響によるものだったのか――卿のポケットから銀貨が数枚見つかった――、それとも目撃したもののせいだったのか、放心状態のまま元に戻ることはなかった。数ヵ月後に亡くなり、ダンドーとその犬たちの最後の被害者となった。

僕たちはファット・マンに得た情報と推理を伝えた。奇妙な案件が囁き声でやりとりされる裏回廊で何があったか僕には言えないが、そのすぐ後でパーカー氏は絶大な権力を誇った謎の役職を解かれ、その転落は大いなる野望と比例して険しいものだった。用済みとなった政府役人は職を失うと大抵は栄誉と共に引退することを許されたが、パーカー氏は権力をはく奪され、影響力と信頼をも一気に失った。彼とファット・マンはホワイトホール流の激しい争いを繰り広げ、勝者は情け容赦なかった。

ファット・マンは僕らに感謝していた、と思う。サイモンは感謝などクソくらえだと言わんばかりに、即刻ダイオジニズを退会した。

「なぁ、フェキシマル」ある晩レムナントでカーナッキが言った。僕らはメンバーズ・ラウンジで静かに本を読んでいた。「最近ベリーの姿を見かけない。どうなったか知っているか?」

サイモンは本を読んでいる時に遮られるのを嫌う。「地獄へ引きずられて行った」ページをめくりながら言った。「悲鳴を上げながら」

「そうなんだ?」カーナッキはさほど驚いた風ではなかった。「何とまぁ、参ったね。というか、奴の方が参っているか」

周りからクスクス笑いが応え――僕たちの職業はあまりデリカシーというものを持ち合わせない――、同業者の間でのベリー博士の弔辞はかくのごとしであった。

第七章　目には目を

夏のロンドンは不快だ。下水システムを考案することで、ロンドンをむき出しの汚水溜めから安心して空気の吸える大都市へと変身させた偉大なるバザルジェット氏は、僕の意見ではこの街の守護聖人だが、その驚くべき知性でさえも蒸し暑い一八九七年の八月を耐えられるものにすることはできなかった。暑く、雨は長い間降っておらず、街は悪臭がした。馬糞、排水、汗まみれで風呂に入っていない人体、汚れた衣類、なめし皮、作業場、煙、あらゆる種類の汚物、乾いた石、ほこり、そして二千年の人類の居住地、それも焼け野原になる機会が少な過ぎた場所、そのすべての臭気だ。

ベリー博士の最期とパーカー氏の失脚から一年半ほど経った頃だった。パーカー氏の後任はランジート・シンという非常に優秀な若者で、女王の親しい友人だった退位させられたマハラジャ、ドゥリープ・シンの遠縁にあたる人物だった。ミスター・シン、後のサー・ランジートは瞬く間に前任者と同じ奇妙な権力を掌握したが、その使い方はずっと魅力的だった。この時シン氏はその魅力を使ってサイモンが頑なに断り続けていた政府の仕事を再び引き受けるようくどいていた。

「フェキシマルさんは厳しい人ですな」格別にぶっきらぼうな拒絶を受けた後、シン氏は僕に言った。「パーカー氏はやさしい人ではなかった、ということですかな?」

「そうです」かといってファット・マンの脅迫が受け入れやすかったというわけではないが、僕は何も言わなかった。シン氏がファット・マンと情報共有していないことにかすかな望みを抱いていた。「ホワイトホールのために仕事をすることと、政治的策略の道具にされることとは違います」

シン氏は顔をしかめた。「率直に話してもいいかな、コールドウェルさん?」

「もちろん」僕はどんな策略が飛び出てくるのだろうと思いながら言った。王家に親類がいて上流階級のオクスフォード英語で話す男は、取るに足らない物書きに率直に話などしないものだ。

「パーカー氏は神秘の力に対して野望を持っていた。ベリー博士やフェキシマルさんやその他の皆さんが使う力を支配することを夢見ていた。私は違う。君たちの暗い世界に浸かりたいとは思っていない、コールドウェルさん、そこへ侵入することなどありえないし、いかなるオカルティストの独立性を阻害するつもりもない。フェキシマルさんに伝えて欲しい、そして再考してくれ、とな」

サイモンには伝えた。その返答は極端に短いもので、僕はシン氏にサイモンがホワイトホールの呼びかけに応えることはないと伝えざるを得なかった。

それは重要なことではなかった。僕たちには仕事がたくさんあった。この一八九七年の熱い夏の日、僕らは聖ジェームス・ガーリカイト教会の劇的な遺体盗難事件を解決したばかりで（教会に安置されていたミイラが蘇ったのだ、しかも空腹で）、久方ぶりのゆったりした朝を楽しんでいた。常に僕より早起きのサイモンがとても念入りに僕を起こし、へとへとになったので少し時間をとって体力を回復した後、応接間で朝食を摂っていた。時間は十時に近く、既に暖かくなっていた。

食事を終え、ポットの紅茶の残りを分け合っていると、コーネリアがやってきた。

傷痕を持つ舌のないサイモンの召使について、僕はあまり多くを書いてこなかった。彼女の話は僕が語るべきではないからだ（言っておきたいのは、語られるべきこともあるからだが、ミス・ケイがコーネリアからその舌と片目を奪った者たちに対して復讐を果たしたこと、そしてその復讐は明解で徹底していたということだ）。コーネリアはこの奇妙な家を切り盛りし、オカルトにも違法な行為にも気をとられることなく、おそらく、そうあって欲しいが、彼女なりに満足していたと思う。

コーネリアは両手を叩いた。稀に僕たちに何か聞いて欲しいことがある時に注意を促す方法だ。サイモンは即座に新聞から顔を上げ——サイモンは彼女のことを地上の他の誰よりも礼儀正しく扱っていた。少なくとも僕に対するよりはずっと——、訊ねた。「何だ？」

彼女は紙きれを差し出した。唖者の中には手話で意志を伝える者もいるが、コーネリアは習うには年を取り過ぎていると感じていて、そもそもおしゃべりではなかった。

「君の友人が俺たちに会いたいと」サイモンは紙を読んだ。その声は平静で、そのこと自体に気遣いが表れていた。束の間の平穏をいかに心待ちにしていたか僕はよく知っていたからだ。

「もちろんだ。日程を決めて――」コーネリアは指で床を指した。「彼女は下にいるのか？　よろしい、通してくれ。それから、紅茶のお代わりを頼む」

「受けなければならないんだろうね」コーネリアが去った後、気乗りがしないまま言った。

「とはいえ君には休みが必要だ、ねえ、疲れているように見えるよ」

「ナンセンス」サイモンは言った。「俺は全然疲れていないし、この案件をさっさと片付けられれば、どれだけエネルギーがみなぎっているか君に証明して見せる」

「ふん、君がそう言うなら」僕が少し疑いを含んで言うと、新聞越しにぎろっと睨み返され、そこには素晴らしい仕返しの約束が垣間見えた。

残念ながら――いや幸運なことにと言うべきか、なぜなら僕にはさらにもう一回戦交える元気はまだなかったら――階段を上る音が聞こえ、少ししてからコーネリアが紅茶のポットを持って現れ、女性を一人部屋に招き入れた。

「フェキシマルさん？」二人とも立ち上がったので、女は僕からサイモンへと視線を移しながら言った。サイモンは自らを指し、女は小さく会釈をした。「会ってくださってありがとうございます、サー。感謝します」

「おかけください、ミセス――？」

「ロビーです」女は僕が差し出した椅子に、少し安心したように腰かけた。六十歳くらいのふくよかな女性だった。濃い色の瞳と肌の有色人種で、髪はサイモンと同じくらいの灰色で、被っているボンネット帽は古かったが明らかに念入りに手入れがされ、アスターの生花で飾られていた。着ている服も同じように古いものだった。生活保護を受けている貧困層か、そう僕は結論づけた。必死で細かな仕事をして節約し、世間体を保つためなら空腹をも厭わない婦人なのだろう。

「何が問題だ？」サイモンが訊ねた。

「ええと、サー……」女はコーネリアをちらっと見上げ、見るからにためらっており、スカートの一部に指をからませていた。財布を持っている場所の近くだろう、僕はそう推測した。

「無償《プロボノ》だ」サイモンはほんの少し苛立ちを見せて言った。

「フェキシマルさんが言っているのは」僕は言い添えた。「コーネリアがあなたを連れてきたのですから、僕たちは彼女のためにもできることは何でもします。自由《フリー》に話していただいて結構です。あらゆる意味で無償《フリー》、という意味です」

　女は感謝の表情を僕に向けた。「ご親切感謝いたします。否定はしません、それを聞いて安心しました。ええと、サー、私の問題は何かとお訊きになりました。それはこうです。孫に恋人がいます。いい子なんですが、でも、ゴミ集め《トシャー》一家の娘なのです」

この完璧に小ぎれいな女性がゴミ集めの一族とつながりを持つことに反対するだろうことは容易に想像できた。トシャーはひっそりと暮らす奇妙な共同体で、男性も女性も、下水道の中や、脂の浮く灰色のテムズ川の川沿いを密かに徘徊して泥の中に貨幣や貴重品がないかを探るのを生業としており、ある種の誇りを持って社会から自らを隔絶していたものの、大多数の者からは疎まれていた。

僕が理解できなかったのはなぜこれがサイモンの問題なのかだ。サイモンは結婚の仲介をしてくれと頼まれているのかと疑い、その表情は明らかに怪訝なものだったので、夫人は急いで付け足した。「このことがあなたの問題だというわけではないんです、サー、もちろん。違います。問題は、つまり、その娘が消えてしまったんです」

「消えた？」

「いなくなったんです。ある夜はいたのに、次の夜にはいなかった。月曜日の夜からあとかたもなく」

「今は水曜の朝だ」サイモンが静かに言った。

「つまり、現状で何か気にかかる理由はあるのですか？」僕は通訳した。「何かこの案件がフェキシマルさんの特殊能力と関わりがあると？」

女は椅子の上で姿勢を変えた。「あの、ペギーは――これがあの子の名前です、ペギー・

フラワーズ――ペギーはまだらなんです。トシャー出身の。まだらの娘」

「まだらの娘とは？」サイモンは訊いた。

女は心底居心地が悪そうに見えた。「それが問題なんです、サー。私が話していいものなのか」

サイモンは鼻から息を吐いた。僕は急ぎ割って入った。女は確かに回りくどかったが、その態度は真実困っている者のものだった。「まだらというのは、彼女の見た目のことですか？」素早い頷きと安堵、言葉にせず同意ならできるとでも言うように。「肌の色？　混血なんですか？　それとも何か傷痕でも？」首を振って、否定。一体何を伝えたいのかまったくわからなかった。「髪の毛が一部色違いとか？」

椅子の後ろからコーネリアが指で自分の片目に触れた。

「目ですね」僕が言うと、ロビー夫人が安堵したのが見えた。まるで推測遊びのように思えたが、夫人にとっては明らかに重要なことのようだった。「目が奇妙な色をしている？　違いますか？　それならば……異なった色。両目の色が異なっている」

「空のような青と川のような灰色。左が灰色で右が青。それがまだらの娘です」

どうやらその事実がサイモンの興味を捉えたようだった。「そして、どういう意味です、いなくなったとは？」

「家に帰らなかった。誰も見た者がいない。トシャーたちは何も語らない。孫息子のスキップは老スウィートリーさんのところへ助けを求めに行ったが、何もしてくれない。ペギーは消えて、トシャーたちは誰一人あの子を探してくれない……怖がっているんだと思うんです」

「誰かを？」僕は訊いた。

「何かを」サイモンが言った。

「何か、が正しいです、サー」女の声は呟きのように小さくなった。「暗闇からやってくる何か、見てはいけない、決して触ってはいけない何か。自分の所有物を取りに来た何か。ペギーはとてもいい子なんです、サー、神様を信じている、クリスチャンのように洗礼も受けている、でもあの子はまだらで、消えてしまった。私は本当に怖いんです、あの子に何があったか。怖いんです」


僕の最も嫌いな類の事件を挙げろと言われたら、生命や手足や魂を奪われる危険のある場合を除くと、最初に取り組まなければならないことが、物語が何なのかを見つけることから始まる事件だ。話をしたがらない目撃者から情報を聞き出すのはえらく骨の折れる仕事だ。しかしながらロビー夫人の気後れは礼儀や引っ込み思案から来ているものでないことは明白だった。何か口に出せないことがあるのだ。なので、誰か話をしてくれる人のところへ案内を頼んだ。

僕たちは夫人をバモンジーへ伴った。川の南のあの怪しい地域、冷たくそびえるロンドン塔の反対側に位置する場所だ。埠頭は湿気を帯びて濡れそぼっていた。川の水位は低かった。腰を屈めた人々が川岸を行き交い、身を低くして船を出入りし、堆積物や下水から排出される形容し難い物体に取りついていた。下水ができる以前は一体どんな状況だったのか、神のみぞ知る。今でさえも悪臭がひどく、その臭いは倒れそうな建物が互いにもたれあい、陽の光を遮って立っている迷路のような街の細道を進んでもなお弱まることなく、辺りを青白い顔の半裸の子供たちが騒ぎまわり、やる気のなさそうな女たちが家の扉の前に座って汚い男たちに下品な言葉を投げていた。

僕は当惑すべき事象を数多く目撃してきた。地球で一番偉大で裕福な都市における貧困の激しさはその中で最も驚くべきものだと時々思う。

バモンジー・ウォールに沿った場所にある家まで案内人について行った。家は小さく暗く、衣類をかけるためのフック以外には壁に何もなく、部屋にはいくつかの長椅子と椅子、そして作りの雑なテーブルがあった。何人もの人間が共有している場所だった。掃除は行き届いていて可能な限り清潔だったが、それでも悪臭がしている事実は否定できなかった。屋内に入ると、人間の排泄物の臭い、腐臭、ネズミ、さらには何かの死体、とにかくありとあらゆる種類の不快な臭いの強烈さで僕は呼吸ができなくなり、胃が反乱を起こしたため、その場で嘔吐して家の主人たちに恥をかかせてしまうのではないかと思った。サイモンの方を見ると、薄く口から呼吸をしているのがわかった。

「これに慣れるには時間がかかりますよ、サー」女主人は僕たちの様子を見て言った。どんなに隠そうとしても無駄だった。「でもここはトシャーの家で、トシャーは臭うものだよ」

彼女は四十歳くらいに見え、苦労は顔に年齢を加えるので正確ではないが、ロビー夫人より一世代若かった。女主人はロビー夫人をそっけなく迎え、僕たちの方をちらちら見ていた。髪は灰色になりかけて、肌にはしわが寄り、その目は片方が灰色でもう片方が青色だった。

身なりの整った紳士が二人訪ねてきたことを歓迎している様子はなかった。

「こちらはフェキシマルさん」ロビー夫人が言った。「ペギーを見つけてくれる。サー、こちらがモリー・フラワーズ」

「ペギーのお母さん？」僕の問いへの答えはその顔にはっきり表れていた。両目が大きくなり、希望と恐れが垣間見えたが、すぐに隠された。

「一体どうやって？」故意に毒のこもった口調だった。それは表出した自分の感情に対する反応だろうと僕は推測した。「いい恰好をした紳士にあたしたちの何がわかる？　どうやって——」

「願わくは、あなたが僕たちに話をしてくれるからです」僕がそう言うと女は僕の方を向いた。

「話す？　やなこったね！　そもそも話をしたからペギーはさらわれ、あたしのマは死んだんだ！」今や両手を腰にかけ、典型的な下町女《コックニー》の戦闘態勢をとっていた。僕が返事をする前にバタンと扉が開き、若い男が一人駆け込んできた。小売り店の従業員のような服を着て、まくられた袖からは筋肉質の見事な上腕、その褐色の肌と短くカールした髪はロビー夫人との関係を想起させ、それは発した叫びによって確認された。

「ばあちゃん、例の紳士を連れてきてくれた？」

　一時の間、フラワーズ夫人が若者に何を出しゃばっているんだと怒って問い詰め、ロビー夫人が孫に状況を説明しようとするゴタゴタがあり、サイモンが少々苛立った様子で自分が何かの役に立てるかどうかを訊ねた。そのすべてが上の階からの大きなドンという音で止まった。

「ほら、怒らせた」フラワーズ夫人が咎めた。「マーサ・ロビー、あんたのせいだよ」

「紳士たちに彼と話してもらってください、おばさん」スキップが前に進み出て夫人の手をとった。このハンサムな青年の懇願をはねつけられるのはよほどの強い女だろうな、と僕は思った。「ペギーのために。お願いだ、今すぐ。俺はペグに戻ってきて欲しいし、あなただってそのはずだ。話して何の損がある？」

「あんたはわかっていない」フラワーズ夫人が硬く結んだ唇の間から言った。「何一つね。上に行きたいのなら行けばいい。あたしは関わらないよ」夫人は椅子の一つへと歩き、腰をかけ、頭の上に身に着けていたエプロンを放って被った。

　ロビー夫人はその様子を一瞥すると孫に僕たちを上の階へ案内するよう促した。青年が道を示してくれる中、最後に見えたのは、フラワーズ夫人がエプロンの下で静かにすすり泣き、ロビー夫人がその震える肩に手を回している姿だった。

扉を閉じると、僕たちは崩れそうな階段の下の暗く湿った小さな空間にいた。「上がる前に……」

「何が起きているか知りたいんですよね」若者は頷きながら言った。「俺はスキップ・ロビー。ペギーとは結婚を約束しているんだけど、彼女は行方不明になった。何かトシャーの秘密があるんだ。わかりますか?」

「いや」サイモンは言った。

「言葉にしてはいけないんだ」スキップが拳を握った。「俺たちも話すべきじゃなかった。でも、じいさんが――」スキップは階上を指さした。「じいさんは、ペギーはトシャーと一緒になるべきだと、ペギーはまだらだから。さらに俺の母さんはトシャーの娘は俺にふさわしくないと言ってたんだけど、ジェリー・スウィートリーじいさんが俺ではペグにふさわしくないと言っていると聞いたら、今度は怒っちまって。だからペグは話したんだ。まだらであることの意味をね。話すべきじゃなかったけど、老スウィートリーが何を言いたいのか、母さんにわかって欲しかったんだ。その二日後、消えてしまった」

このロミオとジュリエットもどきの状況は僕らの責任範疇からは程遠かったが、スキップは見目のいい青年で、その顔には恋人の無事を心配する気持ちが明白に表れていた。僕はおそらく感傷的な男《センチメンタリスト》と呼ばれるだろうが、その端正な顔が苦悶と喪失で歪むのを見たくはなかった。

サイモンは逆立ちしても感傷的ではないが、根っからの騎士道精神を持ち合わせている。どんなに恋愛沙汰を煩わしいと思っても、即時に論理的な方法で情報を吐き出さない人々からどんなに苦労して話を聞き出すことになろうとも、行方不明の女性を無視することはない。

「一体何があったと思う？」サイモンは訊いた。

「男にさらわれたと言えたら」スキップの顔が無意識に好戦的に険しくなった。「誰か悪者にさらわれたと……しかしトシャーたちはよりひどい状況を恐れている。パ・スウィートリーと話して欲しい、俺より色々知っている。サー？」

「ん？」

「彼女を見つけてくれますか？」スキップの目は驚くべき褐色で、栗色の温かい深みがあった。そこには懇願がこもっていた。「俺のペグを？　頼むから？」

「全力を尽くす」僕は言った。「でも情報が必要だ」

若者は頷いた。「イエス、サー。ありがとう。上に案内するよ」


ジェレマイア・スウィートリー氏は小さな部屋の片隅で横になっていた。この場所は個室の贅沢とは無縁だった。間に合わせのベッドや脚輪付きの寝床の数から推理するに、六～七名の大人が寝泊まりしていて、おそらくその全員が下水と川岸を探って日々を過ごすトシャーたちだろう。暴力的な異臭がした。今が夏で、小さな窓が開いていたことが救いだった。少しでも新鮮な空気が通っていなかったら、世界のどんなエチケットを以てしても僕がハンカチを取り出して口元を押さえるのを止めることはできなかっただろう。

氏はしわだらけのしおれた男で、こびりついた埃と油の黄色い染みで汚れていた。瘦せこけた頸部にはどうやら人の嚙み痕と思われる白い痕が際立っていた。長年ロンドンから廃棄される浮遊物を調べるために身を屈めて過ごしたため、立つことができたなら間違いなく腰が曲がっていると思われた。しかし現在は寝たきりとなり、体全体を震わせる湿った咳に悩まされていた。

「パ・スウィートリー」スキップが言った。「この紳士たちがペギーを見つけるのを手伝ってくれる」

スウィートリー氏は明確な鋭い視線で僕たちを捉えた。「ダメだ、子供《ボーイ》よ。これはトシャーの間の話だ。警官なんか関わらせない」

「僕らは警察ではありません」僕は言った。「こちらはサイモン・フェキシマル。そして――」

スウィートリー氏はこれを聞いて咳の発作を起こし、そのあまりの激しさに、白状すると、僕は少しだけ怖くなった。肺の一部を吐き出したとしても驚かなかっただろう。

「フェキシマル?」氏はかすれ声で言った。疲れ切って、目が濁っていた。「ゴースト・ハンターの?」

「そして俺の相棒のロバート・コールドウェルだ」

　スウィートリー氏は息を吸った。「あの本を書いている？　わしの家にか？　何と、わしの孫のペグ――」その名前にかすかな震えが顔に出た。「あの子が読んでくれた、二回もね。それは何とも。コールドウェルさんにフェキシマルさん。わしのようなトシャーと握手はしてくれないものかな？」

　僕たちの生きる高度に伝統的な時代において、サイモンの伝統に対する配慮のなさは度々困難や恥ずかしさに直面することを意味してきた。今回の場合、そういったことはなかった。サイモンは老人の震える手をとるために既に一歩前に出ていて、そこにはためらいや恩着せがましさは一切見えなかった。僕も同じようにしないわけにはいかず、とはいえスウィートリー氏の手が触れた部分が気になってしまったこと、そして少しでも早く手を洗う必要性を感じたことは認めなければなるまい。

「お二人に椅子を」スウィートリー氏はスキップに命じ、青年は周りを見回してガタガタのスツールを二つ持ってきた。「お前の考えか、ボーイ、サイモン・フェキシマルさんに助けを求めたのは？」

「ばあちゃんのだ」スキップが言った。手柄を自分のものにしようとしないところに一層好感を抱いた。

「鋭い女だ、マーサ・ロビーは。いい女だった、盛りの頃はな、とても。さぁ、ボーイ、お前は去れ。お前の聞くべき話ではない」

スキップは僕たちをちらっと見やり、僕たちと老人のどちらを心配していたのかは不明だが、部屋を出た。僕たちは病床の横のスツールに座った。

「さて」サイモンが言った。「あなたの孫、ペギー・フラワーズが行方不明になっている。彼女はまだらの娘と呼ばれる子だ。片方の目が灰色、もう片方が青色。消えたのは人間の仕業ではないと思っているのか？」

「ああ、人間ではない」スウィートリー氏は首を横に振った。しわだらけの手が首の傷口を触った。「まったく人間ではない」

「そして誰もこのことについて口にしてはならない。あなたの考えでは、ペギーは話をしたからさらわれたと？」

「話しちゃいけないんだ」スウィートリー氏は呟いた。「不幸を呼ぶ。厄介ごとが起こる。俺は知ってるんだ」

「あなたの不幸は？」

「幸運はたくさん、でも愛には恵まれなかった。最初の妻はお産で死んだ。二番目は六人の子をくれたよ、一人はまだらの子。いい女だった、あいつは、でも埠頭から落ちてはしけが衝突した。安らかに眠れ」

僕は同意を呟いた。サイモンは言った。「不幸はあなたではなく、彼女らを襲ったようだな」

「ああ、でも俺はしゃべらなかったぜ？　他に怒らせることはしたけど、その代償は払ってきた。でも、何とか生き抜いた。チビたちを食わせて服も着せて、孫だって育てた。俺には運がついてて、決してしゃべらなかった。それでも、彼女は俺のペギーをさらっていった」スウィートリー氏の声はそこで震え、両手が擦り切れたシーツを摑んだ。

「取引をしたんだな」サイモンは言った。「そしてその相手が今、孫をさらったとあなたは信じている。それは彼女がまだらの娘で、その相手の支配に属するものだからか？」

ここで言っておくべきだが、サイモンはその仕事において、殊の外才能があった。スウィートリー氏は頷き、その表情に希望が浮かんでいた。

「なぜまだらの娘はトシャーと結婚しないといけないと考えているか、訊かせてくれますか？」僕は訊ねた。

「その娘のチビたちは溺れないんだ」スウィートリー氏は言った。「まだらの娘の息子は絶対に溺れ死なない、それはトシャーにとっては大事なことだ。排水溝の中は大変なんだよ。トンネルの中、地中にいるんだ。雨が降り出しても何も聞こえない、足元の水が撥ねる音以外は何も、それから彼女の一族が足元をうごめく音と、自分の声の響き以外は。地上ではざあざあ降りかもしれないが、わからないんだ。でも雨は排水溝とパイプを伝って流れ込んでくる、下水にね、それである時どーっと水がやってくるんだ。そういう時にトシャーは彼女が見守ってくれていることを望むんだ。そういう時に、自分は溺れないと知っているのはいいことなんだ」

サイモンは僕の方を見てからスウィートリー氏に向き直った。「彼女について話してくれますか?」老人と同じアクセントをその言葉につけた。

「いや、いやだ」

「彼女」サイモンは感慨深げに言った。「下水道の中の彼女の一族……」

僕ははっとして辺りを見回した。サイモンは僕を一瞥した。「何だ?」

「何でもない」実際、僕は何か小さな音を聞いたのだった。ネズミの鳴き声。ロンドンのこの地域の家では決して珍しくないが、気持ちのいい音ではない。

サイモンは目を細めて僕を見ていた。僕は当然のごとく嫌な予感がしていた。「質問をするんだ、ロバート」

「何の質問を?」

「君がしたいと思っている質問だ」

そろそろこの感覚に慣れてもいい頃合いだったが、それは常に何かが間違っているという感覚と共にやってきた。僕はスツールにしっかりと座り直した。「スウィートリーさん。あなたのその首の傷はどうしてできたんですか?」

老人は答えたのかもしれなかった。僕がそれを聞くことはなかった。

サイモンが僕の感覚と呼ぶもの、幽霊との接触によって強化された、物語を認知する能力は、通常切れ切れの光景として浮かんでくる。好きなこと、印象、でたらめの思考や感情。過去数年でだいぶ慣れてきていた。

その時の体験は別物だった。その時見たもの、感じたこと――。

〈少年、あるいは青年、あるいはその間の男性。十五歳くらいの、悪徳を秘めた魅力的な笑顔のハンサムな若者、その手を引いて、クスクス笑いながら暗闇を行く女。五十年ほど前に使っていたような形のランタンを持った通行人を追い抜くと、女の目が一瞬光り、それは黒く、光沢がない。すると二人はどこか声の響く空間にいて、ボロじゅうたんの上に共に倒れ込む。鼻腔には埃、目に見えるのは闇。性交のあえぎと唸り声、男の性急さと女の求め、男の手が女の胸に、女の脚の間で奉仕する男、でもその脚は奇妙なことに普通のようには曲がらない。男には女の足の指先が見えない、その長く丸まった爪、というか鉤爪。二人は共に声の音量を上げていき、その周りで、影の中や隅の方で、黒いビーズのような目が光る。ピンクの鉤爪が宙でもがき、裸の尻尾が硬くなる。少年は絶頂に体を反らせ、倒れ込む。女の白い白い歯がその首を突き刺す〉

僕ははっと息をして両目を開けた。スウィートリー氏は怪訝な顔で僕を見ていた。「サー？」

「あなたは、ええと、女と愛し合った」僕は言った。少し震えを感じた。「じゅうたんの倉庫で。女はあなたを噛んだ」

老人は口をぽかんと開けた。「わしはその話はしていない。その話は誰にもしていない」

「おそらく彼女が僕に話したんだ。今」僕は片手で顔を拭った。指先が小刻みに震え、唇の上にうっすらと汗が浮かんでいた。「ネズミ女《ラットウーマン》」

「女王」スウィートリー氏は言葉を発するというより口をその形に動かした。安堵と不安の両方が争っているような表情をしていた。

サイモンは眉をしかめていた。「その女性はあなたには黙っていろと言い、一方でロバートはその秘密を見ることを許可された。ミス・フラワーズを探さなくては。大至急」

言うは易し、行うは難しだった。サイモンと僕は警察ではない。僕たちは、例えば『フェタI・レーン探偵団』とか、情報を集めてくれる浮浪児の群れといった、利用できるような捜索手段を持ち合わせていなかった。サイモンの肌には何も現れていなかった。

「少なくとも死んではいないということだな」僕は言った。

「まだな」サイモンが応えた。

僕たちは川岸に立っていた。油とゴミを汚れた岸に残し、潮が引きつつあった。生気を取り戻したスウィートリー氏は階下へ運んで欲しいと主張し（サイモンが眉一つ動かさずこれに応じた）、トシャーたちを呼び出させた。男たち――息子、孫、従兄弟と友人たち――を消えた少女の捜索にあたらせると言う。僕の耳に届く範囲では、誰一人その決定が遅過ぎたと意見する者はいなかった。

僕は腐りかけの手すりに前腕を乗せて、大きく広がる水と、灰青色のうねりの上に波がまばゆい白さで煌めいているのを見つめた。川の向こうには、堅固なロンドン塔の姿。サイモンのために、僕らはその近辺にいくことを避けていた。物語が多過ぎて、死が多過ぎた。

「僕たちに何ができる？」僕は訊ねた。「警察にいくのは無理だ、誰も証言する者がいない。でももしミス・フラワーズが超自然とは無関係に誘拐されたのだとしたら、僕らはどうしたらいい？」

「わからない」サイモンの両手は固く結ばれ、緊張が見て取れた。「でも何かすべきだ」

「コーネリアのためだから？」

「それに若い女性が危ない目に遭っているかもしれないからだ。それに加えて……君が見たものをもう一度聞かせてくれ」

僕は再度、見たことの印象を細かく伝えながら話すと、サイモンはますます深く眉をひそめた。「あれが何だったのかわかるか？　あの女は誰なんだ？」

「俺たちが通常使う意味での女、ではないと思う。おそらくは『デア・シヴィタティス』なのだと思う」

僕は学校で習ったラテン語を動員した。「都市の女神？」

「その通り」

「何だか不穏な響きだ」

「まぁ、『神』というのは緩い概念だ」サイモンは吐き捨てるように言った。「代わりに『精霊』と呼びたいのなら……」

「その方がいい。ずっと」

「それでは、都市の精霊だ。トシャーの生活は暗く危険だ。お互いを頼って、共同体を作り、物語でそれを強固なものにする。そして君が知っているように、物語は力を持つ」

「でもこれは語られてはいけない物語だ」僕は反論した。「でも……実は皆知っていた、あるいはその存在は知っていた。そういうことか？」

「儀礼的な秘密。本物と同じではない。彼女――あえて名前を呼ぼう――ネズミの女王《ラットクィーン》はトシャーたちにとっての特有の神だ。幸運と多産。ハンサムな若い男に弱い。若者は一晩女王に奉仕する。以降、若者は仕事で幸運に恵まれる。危険が伴う職業にはこうした言い伝えはよくある」サイモンは僕の表情を見て笑みを浮かべた。「色々な形の神がいるんだ」

「何てこと。僕たちのような人間にもいるんだろうか？」

「もしかして、君がトシャーなら、ネズミの王《ラットキング》に出会ったかもしれないな」サイモンは言った。

「君を選ばないネズミはバカモノだ」

僕は驚いてサイモンを見上げた。その視線は灰色のテムズの眺望を向いていたが、組んでいた片手を外すと軽く僕の手の上に置いた。

「サイモン？」

「ロビー青年が恋人について話した時、もし君がそんな風に連れ去られてしまったなら、とそれしか考えられなかった」サイモンの声は低かった。「もし君がどうなったかわからなくなってしまったら。君を失ってしまったら」

サイモンが自らの命を賭ける様を何度も目撃してきた身からすると、この発言は僕を暫し無言にさせた。でもこれこそがサイモンだった。僕の身のことを常に案じていて、僕自身がどう感じているかについてはほぼ考えたことがない、鈍感で、不器用な男が彼だった。でも僕に触れているその手は温かく、ここは公共の場で、その声には感情が詰まっていた。

「僕は簡単には消えないよ」そう保証した。

「君はひっつきむしの草みたいに離れない」サイモンの重ねた手に力が入った。「早くロビーの彼女を探し出して家に帰ろう」

「そうしたら君がネズミの王《ラットキング》で僕がトシャーになる？」僕は提案した。ちょっとしたお遊びで言ったつもりが、一瞬あの不思議な感覚が戻ってきて遥か過去の交わりの場面を僕に見せたので、血が股間に集まり、突如サイモンがベッドで神を演じる図に甚だ説得力が増した。

「何を考えている？」サイモンの声には笑いと少しかすれた息が混じっていた。

「どんなに君が欲しいか。今朝がもうずいぶん昔のことのように思える」僕はサイモンの愛撫で目覚め、片手でモノを摑まれ、もう片方で腰を押され仰向けにベッドに押しつけられた。懇願しながら意味不明の音を発するようになるまで僕をさんざんいたぶった後、サイモンは僕にまたがり、両手を肩に乗せて体重をかけ、じっと僕を見つめたまま、マットレスに押しつけたのだ。僕はサイモンに首を噛まれることを想像した。永遠に残る痕を、彼の所有物だという印を残されるところを想像して、その思いにぶるっと震えた。

サイモンの手が強く僕のそれに押しつけられた。その体を使ってよくそうするように、僕の指の骨を広げるようにして指を押しつけた。その力、その重さ、その欲求。「君をこの手すりに向かって前屈みに押しつけられたなら」低いかすれた声で言った。「今ここで君を俺のものにして、ロンドン中に聞こえるように声を上げさせたい」

想像することができたので、僕は痛いくらい硬くなっていた。触れているのは手だけだったのものの、サイモンもそうだったのは間違いない。切れ切れの息遣いが聞こえていた。

夜、誰もいない場所で二人きりで仕事をしたことは何度もあって、そういう時ならばリスクを冒してもよかったかもしれない。その時にやらせてあげていればよかった、求めるがままに僕を好きに犯させて、僕はサイモンの肌で叫び声を隠すのだ。危険を顧みずにサイモンの欲求だけを吐き出させて、僕自身は満足しないまま、昂《たかぶ》りを抑えたまま、夜が明けるまで過ごして、その後でようやく自分を慰めるのを許してもらえる……。

しかし、もちろん、今は人通りのある公共の場所にいた。もちろん、そういうことだ。

「クソ」僕が息の詰まりそうな声で言うと、サイモンは同意の唸り声を上げた。二人でそのまましばらくの間そこに立って、深く呼吸をしていると、サイモンは握っていた手を緩めたが、手を動かしはしなかった。

「やらなければならないことがある」やがて気乗りしない様子で言った。「仕事だ」

「そうだね」僕は収まり難い思考を無理やり義務感に転じた。「おそらく、三つの可能性がある。事故にあった可能性、彼女の生まれとは無関係の犯罪、そしてその生まれだったからこその犯罪」

サイモンは頷いた。「最初の二つだった場合は、俺たちの出番はなく、親族は警察もしくは今やっているように、自力に頼るしかない。しかし君が何の理由もなくあれほど激しい反応を示したとは考えにくい。ミス・フラワーズはまだらの娘だったからさらわれたと考えて行動すべきだ」

「でもなぜ？　何が得られるっていうんだ？」

スウィートリー氏は許可を受けたかのように感じて、まだらの娘について追加で話をしてくれていた。ネズミの女王に奉仕した後、若者の人間の妻はまだらの娘を一人だけ授かる。その子は耳が格別によく、夜目も利く、そうスウィートリー氏は主張し、娘が生む息子たちが溺れることはない。その他の特徴としては、娘は必ず一人はまだらの娘を産むということだった。あまり参考になる情報とは言えなかった。

「彼女たちはネズミの女王の娘というわけではない」僕は考えた。「血のつながりはない」

「しかしそこに何らかの影響は残る。ネズミは子供の面倒を見るものなのか？」

「ちょっとサイモン、僕にそんなことがわかるわけないだろう？」

サイモンは肩をすくめた。「君は雑学の泉だ。俺も知らないし、時間がどんどんなくなっているのが何より気になる。最良の選択は、シオドーシアに訊いてみることだと思う」

ミス・ケイが仕事をしている様子を見せてもらえることは滅多になかった。女史は極端に孤独を好む人で、彼女にとって他の人間は退屈で疲れる存在だった。ミス・ケイとサイモンは一言も言葉を交わさないまま応接間で何時間も座っていることができて、二人にとってそれは充実した夕べの過ごし方なのだった。そうした夜、僕は自分のクラブへ逃避するのを常にしていた。女史のサイモンへの愛情は疑いようのないものだったが、僕の登場によって、一人で自分の研究に打ち込めるようになったのを喜んでいたことも確信している。

事件ではなく、研究。ミス・ケイは言うなれば学者肌のオカルティストで、片やサイモンは現場を好むタイプだった。とはいえミス・ケイがその知見を利用した時に導き出される結果は恐るべきものだった。

僕たちは応接間にいて、床に座っていた。サイモンは上半身裸で、周りに二つの鏡が戦略的に配置されていた。この作業はサイモンに対して霊を呼び出そうとするものではなかったが、もし何らかのメッセージが届いたら、読むことができる。他にも置いてある品々があった。彼女が占いのために使っているいびつな形の骨製のサイコロのセット、ロンドンの詳しい地図、石板と鉛筆。じゅうたんはめくられて床板が見え、ミス・ケイはその上に二本の交差する線をチョークで描き、さらに不思議なシンボルが書き足された。彼女は東の端、サイモンは西に座り、僕は南に、各々前にロウソクを置いて座った。北の場所は大きな茶色いネズミの入った籠が占め、交差する中心部分にはリボンで結ばれたくすんだブロンドの髪の房が置かれていた。それはペギーの髪で、スキップ・ロビーが渋々手放した記念の品だった。

ミス・ケイはめくっていた分厚い本を床に下ろした。その本は何か乾いた皮のようなもので覆われていて、僕はそれには絶対に触りたくないと思った。彼女はロウソクに火を灯すと何かを呟き始めた。

僕の場合は鼻に来る。幸運な方なのだと思う。知り合いだった可哀そうな男は胃腸が反応してしまうので、神秘学の召喚術の時には傍《そば》に尿瓶を用意しておく必要があった。サイモンの場合はもちろん皮膚だ。ミス・ケイは左手――不満は言わないものの、指がかぎ状に曲がり、骨が白く透ける。でも僕は鼻で感じるのだ。

最初に臭いが来る。目の前のロウソクが何で出来ているのかは神のみぞ知る。人間の脂というのを読んだことがあって、本当だった場合に備えて訊くのを避けていた。臭いは濃く、粘り気があり、汚染されている。呼気の中に入り込み、そこに居座る。僕はポケットのハンカチを鮮やかに意識し、それを使いたい切迫した欲求を感じた。

次に来るのが圧力だ。鼻柱にやってきて、鼻腔に沿って眼孔の周りに響き、下は歯に広がる。空気が重く厚くなっていくかのように、徐々にその強さを増す。呼吸をするのが難しいと感じるようになり、それよりもあまり息をしたくなくなる。なぜなら今や空気には味がして、それはすえた香料と古い乾いた皮の味で、吸い込むと霧のように肺の中へくるくると入りこむことを感じるからだ。

ミス・ケイは呟き続け、圧力は強くなる。視界が少し暗くなる感覚があり、今や眼球に親指を押しつけられているようだ。痛みはないが、ほんの少しの加減で痛くなるのは間違いない。サイモンの肌の上でルーン文字が激しく踊り、互いの上にぎざぎざと記されている。僕は読みたくなくて鏡の方を見ない。何ら恐れることなく再びその肌に触りたいからだ。

世界が一点に集約される。ミス・ケイの声とロウソクの光、香料の臭い、召喚はまだ始まったばかりで永遠に続き、そして――。

そして一斉に、僕たちの周りで、空気が聞き耳を立てる。

サイモンがはっと息を吸った。ミス・ケイは「ほう」と言った。籠の中ではネズミがゆっくりと慎重に後ろ足で立って体を伸ばした。

「ペギー・フラワーズ」ミス・ケイは虚空に向かって話した。「まだらの娘。ネズミの女王の子」

目の奥には執拗な圧迫。口の中は腐敗の味がした。腐敗と汚水。

「ペギー・フラワーズ、マーガレット・アン・フラワーズ。どこ?」ミス・ケイの目は一心に何もない空間を、あるいは何か僕には見えないそして見たくもないものを見ていた。

女史は体を前に乗り出してペギーの髪の房に片手を置いた。

サイモンが大きく息をした。僕は舌を噛んだ。ネズミは子供のように高い悲鳴を上げた。

ミス・ケイは開いた片手の上に屈んで、その指先の深淵を見つめていた。もう片方の手で石板をたぐり寄せて鉛筆を手に取った。ネズミは籠の中で暴れ、痙攣を起こし、あまりの振動に籠ごと床から飛び上がった。鉛筆が石板の上できしきし音を立て、鼻には毛髪の燃える臭いが這い上がり、ネズミはさらなる高音で悲鳴を上げ続けた。僕は両耳に手をあてて、立ち上がって逃げ出したかった。サイモンは歯を食いしばっており、その肌の上のひっかき傷のような震える書き文字はげっ歯類の足跡のようにしか見えなかった。ミス・ケイは突然手を離し、その下にはリボンの燃えかすしか残されていなかったが、そこで――止まった。

開かれたその何かしらの門は当然閉じられなければならなかった。僕が舌の痛みを弱めようとしつつ、こわばった筋肉を緩ませてそこに座っている間、ミス・ケイはその義務を果たした。サイモンは頭を垂れていた。ネズミは籠の中に横たわっていた。動かない。

「死んでいる」やがてサイモンが言った。

ミス・ケイは死骸を確認した。「そうね。背骨が折れたように見える」

サイモンは片眉を上げた。〈一体何なんだ?〉ミス・ケイは静かに両手のひらを開いて返事をした。〈まったくわからない〉髪の房が触れていたところに火傷があった。

「いくつか見えたことがある。一時間ちょうだい」彼女はさっと部屋を出て行った。サイモンは僕の手を掴み、体を引き上げ、静かにベッドルームへと先導した。僕は黙って従った。棍棒で殴られた後のような気分だった。これは常の事で、実用的な対処法は横になって休むこと、あるいは回復のために少しだけ眠ることだった。

実用なんて知ったことか。

僕はサイモンの頭を引き寄せて激しくキスをした。その口の中にも血があった。

「ロバート」サイモンは囁いて、僕を体ごと持ち上げると壁に押しつけた。僕はその腰に両脚を廻して、自身の口と腰を強く押しつけた。先だっての欲求が蘇っていて、さらに強力になっていた。

「今すぐ」僕は言った。「今」

サイモンは既に上半身裸で、僕はシャツとつりズボンの状態だった。ほんの数秒で衣類を全部取り払うことができて――すべてを脱ぎ捨てたわけではなかった、そんな時間はなかった――サイモンは僕の両肩を掴んで持ち上げ、体をひっくり返し、僕はベッド枠の金属部分の上に下を向いてもたれかかった姿勢になっていた。

言葉はなく、下準備もなかった。サイモンはオイル瓶を掴んで急いだあまり中身をこぼしながら自身のモノを濡らし、僕の腰を掴み、僕はあまりの欲求の高まりにその瞬間、そのままイってしまいそうになった。

サイモンは僕を荒々しく容赦なくファックし、僕を自分の望む位置に据えておくために腰と肩をきつく摑んだ。僕は目を閉じて灰色の川と夏の太陽を思い、サイモンが大空の下で僕をファックしているところ、世界中に見えるところでそうしているところを想像した。サイモンが僕を通して悦びを得ることこそ、何よりも重要だったからだ。ベッドカバーを摑むと手には荒い木製の杭の感触があり、息を吸うと海の塩と川の腐臭がして、単調で止めることのできない潮の流れと共に彼が僕の中で動くのを感じた。僕のモノに触れてはいなかった。その必要はなかった。そこにはもはや痛いくらいに血が溜まっていた。彼は僕の上半身を抱え上げると、僕の首に顔を埋め、そこの皮膚を激しく嚙んだ。それで僕は達し、テムズ川に向かってまるで犠牲を捧げるように精を放ち、むせびながらサイモンの名前を呼んだ。

フェター・レーンの僕らの部屋の中、僕たちは体を捻じ曲げたまま肩で息をしながら立っていた。やがてサイモンが指で注意深く首の歯型をなぞった。「何てこったクソ」

「感じた？」僕は必要もないのに訊いた。「川を？」

サイモンは歯の間から長い息を吐いて、僕はぞわっとした。「チクショウ」

「君のせいじゃない」

「俺の歯だ」嚙み跡にキスをした。「すまなかった、ロバート。大丈夫か？」

僕が頷くと、サイモンは僕をすくいあげて注意深くベッドの上に下ろし、僕の身体を抱きかかえて髪の毛に唇をつけたまま、一緒に横になった。安心と力強さと。その時の僕には必要なことだった。おそらく、サイモンにとってもそうだったと想像する。

「これ以上仕事が僕たちの関係に絡んでこないことを望みたいね」僕はやがて、つとめて明るい口調で言った。鼻にはまだかすかに下水の臭いがしていて、それ以上に自分が穢れて感じられた。「二人の時間をコックニーの安売り神様なんかに乗っ取られるのはごめんこうむりたいよ」

サイモンはおかしげに鼻を鳴らし、ミス・ケイの見つけたことを聞くために着替えなければならない時間まで、僕たちは横になっていた。

見つけたのは場所だった。暗く湿った地下。煉瓦ではなく石造り。ドーム型ではなく平たい天井。洞窟の中の水路——〝のたくっている〟という表現を、ミス・ケイは説明なしに使った。川の近く。

そしてペギーは生きていた。それについては確信があった。

僕たちは三人でバモンジーへ戻った。今や午後七時近くなっていて、悪臭のするテムズ川に黄昏の光が照り返し、空気は風呂の水のように熱く、同じくらい湿っていた。

ジェレマイア・スウィートリーは狭苦しい家に将軍のように座り、周りには幾人ものトシャー仲間がいた。暑さにもかかわらずトシャーたちは収穫を仕舞うための大きなポケット付きのロングコートを着て、その裾は筆舌に尽くしがたいほど汚れていた。その姿はロンドンの廃物そのもののように見えたが、皆誇り高く振舞った。

僕は集まった男たちに自分とサイモン、そしてミス・ケイを紹介し、ペギーがどこにいるのか大体の場所はわかったが、正確な場所を知るにはロンドンの内臓に関する彼らの知識が必要だと説明した。僕の発表に多少の懐疑的な呟きが聞こえたが、スウィートリー氏が威厳を持って片手を上げると全員が口をつぐんだ。

「コールドウェルさん」老人は自分の首の白い痕とよく似た、僕の首の横の赤い噛み痕を叩いて言った。「彼女か？」

僕は肩をすくめた。氏は頷いた。「この人の言うことを聞け、お前たち。彼女が許可を与えた」

それですべて収まった。男たちはミス・ケイの話に耳を傾け、より社会的地位の高い男たちにも負けない賢明な注意力を注ぎ、サイモンが下水道の地図を広げたテーブルの周りに集まった。僕は一歩退いた。僕がそこでの議論で役に立てることはなかったし、正直なところ、居心地が悪かった。首の噛み痕が熱かった。傷にこれ以上注目を集めたくはなく、誰がどうやっていつといった質問をされたくなかった。そして男たちが密集している臭くて窮屈な空間は地獄のように暑かった。僕は外へ出た。

通りに出てもさほど違いはなかったが、少なくとも空気の流れがあった。僕は壁にもたれ、恐ろしく気分が悪く、ふらついていた。吐き気もした。胃か痙攣していた。なんと、吐いてしまうのか、しかしこの日に触れた汚れの量を考えるとおかしくはなかった。

気分が悪く、そして辺りを見回すと、怖くなった。

人。あまりにたくさんの人。狭い通りに群れる人々、地面に靴音が響き、何を踏もうと気にせずに歩いていく人、小さな子がスカートにすがって、食べ物をねだる。あまりにもたくさん。たくさんの害獣。

それも危険な害獣だ。目には知性と、悪意と、欲望。すべてを食い尽くし、消費し尽くし、腐らせて、破壊する。都市は彼らの糞尿の潮に浮いているのだ。

そして彼らに僕が見えたなら、僕を殺すだろう。首に恋人の噛み痕のある僕、僕のカインの印。もし彼らが知っていたならば、疑ったならば。譬《たと》えどんなに空腹だとしても潜んでいなければ。僕が影から少しでも姿を現したなら、鋭い歯を覗かせて、罠が僕を待っているのだ。

僕には影が必要だった。

無意識に、どこへ向かうとも知らずに歩き出していた。首の傷痕がじんじんと鳴り、吐き気が腹の中で渦巻く中、小さな通路を歩き、天井のある小さな路地の低い柱の下をくぐって行った。灰色の階段を見つけるとそこを下り、留め金の錆びた門扉を抜け、夏でも足元が濡れている通路を、尿の悪臭のする中、進んだ。何も考えることができず、ただ性急に、地下へ行かなくてはという思いに突き動かされ、なぜか開いていた扉を幾つも通り抜けた。それは突然後ろで扉がバタンと閉じられ、僕が振り向いて覚醒しようと目を瞬かせるまで続いた。

「クソッタレ」男の声がした。「コールドウェルだ」

僕は驚いて振り返り、周りの様子を見た。

地下の部屋、石壁と石の天井、オイルランプの灯りは光と同じくらい影を作っていた。床は壁にたどり着く手前で終わっていて、そこから下に大きな溝というか、汚水溜めがあり、黒く脂っぽい液体で満たされていて、それは僕が見ている間にも奇妙に揺れた。ミス・ケイが見た場所だ。

籠があった。僕たちがネズミに使ったものとよく似ていたが、大きな犬もしくは小さな人間なら中に入れられるほどの大きさで、実際に入っていた。濃いくすんだブロンドの髪の若い女が丸くなっていた。身動きしない。

部屋の中心には小さな石のテーブル。四隅にロウソク、鉄の輪に括りつけられた縄。ナイフが一本、薄暗い金属の光沢。僕の心に浮かんだ言葉は〝祭壇〟だった。片方の端に仰向けのネズミが一匹、ピンクの鉤爪に幾本もピンのようなものを刺されて気色悪く広げられていた。動くことはできないようだが、その尻尾がぴくぴく動いていた。

籠に閉じ込められた女、拷問された獣、その前には僕を囲むような半円で、三人の男。一人は扉に鍵をかけた後で背後から、皆僧侶のような頭巾のついた黒いローブ姿だった。

この時の僕は、楽観的な気分ではなかった。

咳払いをした。「どうやら状況は僕に不利なようだ」誰かがあまり気持ちのよくない笑いを漏らした。「その女性はペギー・フラワーズですね」名前を呼んでも動かなかった。果たして生きているのだろうかと訝《いぶか》しんだ。「僕を知っているのであれば、ミスター・フェキシマルとミス・ケイも追って到着することはお分かりのはずだ」

二人の男がはっと体を動かし、片方が呪詛を吐いた。三人目は微動だにしなかった。「邪魔が入るだろうことは予想していた。誰か来るだろうと。でも、それがフェキシマルならば嬉しいね」

同僚たちはその考えに同意できないようだった。「あいつはひどい乱暴者――」片方が話し始めると、もう片方が言った。「でもあの女も――」

「静かにしろ、優柔不断な愚か者たちめ！」リーダーが怒鳴り、僕はその声を知っていることに気づいた。

「ミスター・パ、パ、パーカー？」

男は頭から頭巾をはらった。最後に会った時より間違いなく年を取って見えたが、ほんの三年弱しか経っていなかった。年を取り、痩せ、怒りが増していた。その目は影があまりに黒くほとんど塗られているか、もしくは腫れているように見えた。眠っていないように見えた。

「お前」唸るように言った。「お前とあの呪わしい乱暴者。あいつが私にやったことは――

こいつを押さえろ」命令だったが、他の男たちは動かなかった。パーカーは二人を罵った。「こいつを押さえろ！　それともフェキシマルを待ちたいのか？」そう叫ぶと、二人は動いた。

可能な限り抵抗したが、僕にできることは少なかった。サイモンは一対三でも十分戦えるが、僕はボクサーではない。恥ずかしいほど恐ろしく短い時間で僕は祭壇の上に仰向けに寝かされ、二人が僕をたやすく押さえつけている間、パーカーは僕の手首と足首を括りつけた。僕は無駄にあがいたが、それは結び目をきつくしただけだった。

「一体何をするつもりだ？」僕は訊いた。「ネズミの女王へ生け贄にするのか？」

パーカーは吠えるように笑った。「まさか、それはない。我々は彼女自身を生け贄にするのだ」

「何だって？」

パーカーは僕の上に身を傾けた。銀のナイフを手にし、その先端を僕の頬に、目の下に押しつけた。くすぐったい感触に近かった。

「この売女の身体に閉じ込めたが、それが終わる前に彼女はお前に呼びかけた。だからお前も殺さなくてはならない。それから女を殺して、ネズミを殺して、女王の持っている力を奪う」極めて論理的であるかのように話した。政府の仕事のように。「私はネズミを操る。目の軍団を支配して、すべてを知るようになる。もう一度力を手に入れるのだ」そう言いながら唸り、口を結んだ。「私は復讐を遂げるのだ」

僕はファット・マンが間違いを犯したことに気づいた。間違ったゲームをしてしまったのだ、あるいは間違った相手と。ホワイトホールでの敵はその権力の座から追い落とせば簡単に取り除くことができる。しかしこの取り除かれた駒は、武装して戻ってきたのだ。

パーカー氏はオカルティストたちの力の及ぶ範疇を目撃し、それを自分のものにしたいと願った。誰からも奪われる心配のない力。サイモンが三年前、彼のオフィスで僕のためにしたことに対する防戦。

ロンドンという広大なる排水溝において、パーカー氏はネズミの王になることを願っていたのだ。

僕は括りつけられた手足を動かし、絶望して辺りを見た。壁には渇いた血で魔法のシンボルが描かれていた。使われたのがネズミの血であることを祈った。もちろん、パーカー氏が自らの血を使うのは勝手だが。

他の二人の男は盛んに何かを呟いており、その音が嫌な感じで耳に響いた。祭壇の端、僕の足の間に横たわっているネズミはもがいて悲鳴を上げた。パーカー氏は銀のナイフの先端を僕の首の嚙み痕に沿ってあて、考え込んでいた。

「これは誰がやった？」そう呟いた。「というか、その必要はない、予想はつく。これでファット・マンがフェキシマルに言うことを聞かせたのか？　君が奴の弱点なのか？　ああ、楽しみだ。君を奴から奪い、そして奴も終わりにしてやる」

僕はここでは反復しがたい呪いの言葉をパーカーに投げつけた。それしかできることがなかった。

その時の僕の心のありようを説明することはできない。言うまでもなく恐怖し、次に来ることを考えて恐れおののいていた。僕は勇敢な男ではない。戦士ではない。僕の武器は言葉で、その言葉に力がない時、僕もそうなる。しかし心の中で別の何かが唸り声を上げていて、諦めることのない反抗心でこう言っていた。〈お前の方が強い、勝てないかもしれないが、せめて噛みついてみせる〉

〈彼女はお前に呼びかけた〉そうパーカーは言っていた。

呪文がより早く、音量が大きくなった。パーカー氏は口を祈りの真似事のように動かして、頭を後ろに引いた。囁きが聞こえた。「目を、我に目を与えよ。最初にこいつの目を奪う、そして女の目を、お前がお前の目を渡すまで。私はすべてを奪う。私はすべてを見通す」

目の軍団。ネズミによってもたらされるのはそれだ。ネズミは街中のどこにでもいた。壁の穴や裂け目、テーブルの下、排水溝にも路地にも、窓辺にも石の下にもいて、光る黒いボタンのような目ですべてを見ていた。

ネズミたちは僕がふらふらと召喚されてアヘン中毒者のように歩くのを見ていた。ネズミたちは細い通路を僕の後をついてきていた。ネズミたちは僕の居場所も、サイモンの居場所も知っていた。

僕は首の傷に心を集中させせた。背中にあたる冷たい石でも手首の荒縄でも、僕の周りに立つ、唱える呪文がどんどん盛り上がっていく三人の男でもなく、ひたすら嚙み痕に、ネズミの女王の印に。

〈僕に幸運をもたらしてくれ〉僕は念じた。〈それよりももっといいもの。サイモンを連れてきて〉

パーカーはナイフを僕の顔の上に持ってきた。僕の目の下に。もう片方の手で僕の頭を強く押さえ、動けないようにした。先端をぐっと押し込んだ。

誰もが一斉に叫んだ。僕。祭壇のネズミ。籠の中の女。パーカーはナイフを表面で動かし、痛みの中でも何か形を描こうとしていることに気がついた。

再度ナイフの方向を変え、今度は肉を少し削り取ると――皮膚が持ち上がるのがわかった――、扉に怒涛のようなノックが響いた。

パーカーは頭を上げ、手の動きを止め、両目をショックで見開いた。噴き出た血が僕の頰を伝って流れ始めた。

激しい音が再度あり、僕は全力で叫び声を上げた。「サイモン！　僕はここだ！」

鈍い音がした。体重の重い男が扉に肩をぶつけているような。侍者の一人が呪詛を漏らした。もう一人が高い声で言った。「ああ神様、フェキシマルだ。フェキシマルに違いない。一体どうしよう？」

「殺すんだ」パーカーが鋭く言った。

「何を使って?」ローブの男が悲鳴を上げるように言った。「ピストルを持ってきてるか?」

「僕を逃がしてくれたら、殺されることはない」僕は言った。猛烈な力に扉の蝶番が外れつつあった。言葉を発するとひどい痛みが伴った。

頭巾の男たちは僕の言ったことを僕と同じくらい信じていないようだった。パーカーは無言で唸って、再度片腕を上げナイフを高く掲げ、僕の胸に振り下ろそうとした時、扉が不平等な戦いを諦めて内側に砕かれるように開き、木片と金属片が辺りに飛び散った。

サイモンとスキップ・ロビーが部屋に雪崩れ込んできた。サイモンの険しい顔は邪悪な怒りに染まり、その場の様子を眺めると表情が一層暗く変化したため、二人の侍者は後退った。

「ああ、神よ」スキップが囁いた。「ペグ?　ペギー?」

「筋肉一つでも動かしてみろ。こいつを殺す」パーカー氏の目はサイモンのそれをじっと捉えていた。ナイフは僕の心臓の上にあてられていた。

「お前が籠に閉じ込めたのか」スキップはパーカーから、動かないまま倒れているペギーに目を向けた。その声は信じられないという怒りに満ちていた。「籠に。お前――」

「動くな」パーカーは繰り返した。

「知るか!」スキップは前に突進して、籠の格子を素手で引き裂かんばかりに掴んだ。「ペギー!」

パーカーの手が揺れたが、サイモンの方が脅威であり、僕を殺しては何一つ状況を有利にする可能性がなくなることも承知していたのだろう。その時、計画を邪魔されたことに男がどんな怒りを抱いていたかは神のみぞ知るが、話をし始めるとその顔は政府役人の穏やかなマスクをまとった。

「この薄汚れた物書きに傷をつけて欲しくないなら、ミスター・フェキシマル、私と交渉すべきだ。私の条件に君が従うかに彼の命がかかっている」

サイモンは母指球に体重を乗せたまま体の均衡を保っていた。その体は巨大に見えた。素手で人を殺せそうな様子で、パーカーの首をへし折って先のことは知るかと言いそうな勢いだったが、薄くした唇の間から声を出した。「言うことを聞く。どんな条件でも、言うことを聞く」

僕はその時まで、サイモンの僕への愛の深さを知らなかったように思う。

パーカーは勝ち誇ったような顔をした。籠から何かが砕けるような音がした。僕は首をひねってその方向を見た。スキップが叫んだ。「ペグ！」そしてペギー・フラワーズ、まだらの娘が、閉じ込められていた場所からまるで――他に形容のしようがない――罠から跳ね出たネズミのように、飛び出した。

娘は体に骨がないかのような滑らかな動きでスキップを撥ね退け、素早い大きな跳躍でパーカー氏を後ろから襲った。パーカーの手からナイフが飛び、前のめりで僕の上に倒れた体の上に娘の全体重が乗り、僕は一瞬息ができなくなったが、娘はすぐにパーカーを床に引きずりおろした。その後はひたすら悲鳴が響いた。スキップとサイモンはそろって二人の侍者の方に向くと、愛する者を失っていたかもしれない恐れを清算するように激しい殴打を繰り出し、その間ペギーは爪と歯でパーカーをずたずたにしていた。

「サイモン！」殴っていた侍者が崩れ落ちるのを見て僕は叫んだ。スキップはまだもう一人を殴りつけていた。僕はペギーの方へ頭を振った。

若い恋人たちを穢したくなかった。真っ黒な目と鋭い歯で血だらけの口のサイモンを見ても、僕ならば忘れることができたかもしれない。スキップには無理だと思った。そして、ある時点で、ペギーが我を取り戻した時——僕はそうなることを祈った——、人殺しの罪を抱えていて欲しくはなかった。もう十分に耐えたはずだ。一方、僕たち二人は、また一つ死を抱え込んだとしても、もはや大きな違いはなかった。

サイモンは僕の意図を悟った。パーカーとペギーに近づいて力ずくで二人を引き離すと、パーカーの両襟を掴んで床から持ち上げた。サイモンは祭壇にあえなく広げられた僕の姿を一瞥した。辺りを見回した。そして血を流してあえいでいる男を引きずって汚水溜めへと歩き、その中へ落とした。

大きな水音がした。パーカーはショックで叫んだ。その後、悲鳴を上げた。

サイモンは銀のナイフで僕の手首の縄を切っていた。縄が解けると僕は体を持ち上げて座り、黒い水が激しく揺れて煮立つように、黒く細いリボン状にパーカー氏をからめとって、水底へ引っ張っていく様子をあっけにとられて見つめた。

「神よ、サー、ウナギがいる」スキップの目は恐怖で丸くなっていた。「ウナギ。どうしたら――サー、このままじゃ助からない」

「それでいい」サイモンは言って、僕の足首の縄を切りに動いた。

「ネズミを」僕は波打つ汚水から目を離して言った。パーカーはもう沈んでいた。「逃がすんだ」

サイモンは拷問を受けていたネズミを見下ろし、注意深くピンを引き抜いた。獣は四本足で跳躍し、くるっと身を翻した。耐えてきたであろう痛みの兆候はなかった。嚙もうともせず、むしろ僕たちの方を瞬きすることなくじっと見て、威厳のあるとしか表現のしようのない様子で、僕に向かって頷いた。

「ありがとう」僕はやっとのことで言った。

爪と尾の軽やかな印象を残して、それは暗闇に消えて行った。スキップは床にしゃがんで恋人に囁いていた。サイモンは呪わしいテーブルの上に座って僕を抱き寄せ、僕はその肩に頭を乗せた。強く抱きかかえられた時、その体が痙攣しているのを感じた。

僕の首の傷は痕になることはなく、薄まって消えて行く様子をありがたく見守った。超自然の幸運は時として歓迎だが、これ以上印を抱えるのはごめんだった。僕の目の下の傷痕、深過ぎて消えることのない涙のような痕だけで、もう十分だった。

　パーカー氏の小さなカルト集団の生き残りメンバーの一人はレムナントで何度か会ったことのある人物で、割と気の合う相手だった。これはかなりの衝撃だったと言わざるを得ない。サイモンは両者に神秘学の研究を諦めること、パーカー氏が僕たち二人について語ったことを何であれ口外しないこと、もしくは絶対に僕たちの耳に届くことのないように説得した。その説得のし方はよほど念入りだったと見えて、二人はその後移民した。

　ペギー・フラワーズはその体験の後遺症を患うことはなかった。パーカーを襲ったことは覚えておらず、スキップはその様子を見ていたとしても、あまり長い間気にしていなかったようだ。三ヵ月後、僕たちは二人の結婚式に出席した。その七ヵ月後、ペギーはユージン・サイモン・ロビーを産み落とした。ジーンは今十八歳で、強く気持ちのいい若者となり、北大西洋で戦艦に乗っている。一族の伝説が真実であることを僕は祈っている。彼が決して溺れ死ぬことがないことを。

　一方で、ジョーニー・ロビーは片方が灰色、もう片方が青色の目で生まれ、その瞳は褐色の肌とは対照的な淡さだった。どうやら女王は相変わらずその眷属《けんぞく》を見守っているようである。

第八章　予見された運命

僕は今や少々有名な作家になっている。少なくとも黄色い背表紙の大衆娯楽小説を楽しむ人々の間では（小説、か。『クライテリオン』誌の書評で〝コールドウェル氏の文章能力は中程度のものだが、そのグロテスクな想像力には果てしないものがある〟と書かれたことがある。最も恐ろしい事象については触れずに隠していたことを考えると、これは辛辣な批評のように感じた）。とはいえ、出版された作品群、僕たちの最初の数年の事件簿だが、それらを見返すと、僕には穴を繋ぎ合わせたパッチワークにしか見えない。そう、それらは僕とサイモンが一緒に働いた初期の事件について語っており、そこで僕はこの時代の上品な表層の下を走る謎や秘密についての知見を深めた。しかし、あまりにも多くのことが抜け落ちている。二人の生活について、互いに対する愛情と欲求がいかに深く情熱的な絆へと成熟していったのかを書くことはできなかった。サイモンの弱い部分についても書くことはできなかった。

サイモンを弱点のある男として見るのは難しいだろうと思う。大部分の人は〝威圧的〟とか〝不機嫌〟とか〝恐ろしい〟といった形容をするだろうし、それはもっともだが、しかし神よ、サイモンが耐えていた圧力がどんなものだったかを知っていたならば。どんな危険を冒し、代償に何を支払ったか。僕自身が支払わなければならなかった代償を知っていたならば……。

　この話は今まで語ったことがない。

　今、話すことも恐ろしい。


　事件については繰り返さない。事件簿の三作目『ラベンダー・ガールズ』という題名で大衆向けに著した事案だった。呪いによって男たちが窒息死し、その現場にはまとわりつくような花の香りが漂っていた。複雑で恐ろしい事件で、復讐をしていた霊たちは殺された男たちの被害者で、耐えきれないほどの超自然の力が介在していた。サイモンは滅多に使うことのないサーマー儀式の二行目の冷酷な音節を使わざるを得なくなった。ラベンダーの香りは未だに僕を不快にする。

　作品の中で描かなかった事柄、当然隠さなければならなかったのは、当時の僕らの個人的な関係だ。

　非常に精神的に圧迫された時期だった。数ヵ月の間進行中の事件が二つ三つ、仕事は深夜にまで及ぶことが多々あり（オカルトには真夜中に行われる怪しい術が数限りなくあるため、つくづく睡眠を好む者の職業ではない）、二人の関係に影響を与えていた。その時点で僕たちは既に四年ほどを一緒に過ごしており、初期の頃の荒々しい欲望は自然と薄れていた。今や僕らはゆったりと愛し合うことができた。互いに触れた時に初期の性急な衝動を感じることはなくなっていた。そして、疲れていた。

それでも……。

数週間に亘《わた》って、サイモンはベッドで寝巻を着るようになっていた。正確にはフランネルのパジャマだ。季節は夏で夜は暖かったので、僕は奇妙だと思った。体調は大丈夫かと訊ねた。サイモンは唸り声を返した。

実際、あまり調子がよさそうではなかった。肌には気になるほどの青白さがあった。目は赤く、不眠の隈ができ、ほんの一、二回だが、動くときにビクッとするのを目撃した。痛みを抱えているようだった。

そう、サイモンはベッドにフランネルのパジャマを着て、ファックしようとしなかった。誘ってても疲れていると言って僕の探る手を退かし、それは既にサイモンが寝ているところへ僕がやってきた数少ない場合のことで、実はもう一つその月にサイモンが始めた新しいことがあった。後からすぐにベッドに行くからと僕に言っては、半時間ほど経ってからやってきて、部屋に来る頃には僕が寝入っていた方が都合いいとでも言いたげだった。そして僕が目を覚ます前に起きていた。それ自体は新しいことではなかった。サイモンには早起きの習慣があり（機嫌はあまりよくないが）、以前は少なくとも僕が起きるまでは本を読むなりしてそこにいて、あるいはちょっとした朝の素敵な行事で僕を目覚めさせたりした。今やそうではなくなっていた。しかし僕らは仕事で忙しく、サイモンは常に緊張していた。僕は最初あまり深く考えなかった。ラベンダー・ガールズの事件までは。

既に言ったように、厳しい事件だった。殺された男たちの霊が叫んでいた。彼らに虐げられた女性たちの霊の声はそれ以上に大きかった。というか、そうサイモンは僕に言った。鏡の中のルーン文字を見る時、僕にそれを見るように言わなかった。僕に他にやるべき仕事を与え、あるいは何か理由を作って一人姿を消し、地下世界から僕たちの世界に対する伝言が何だったのかを僕に伝えた。

事件にとりかかって三日目、人間と超自然両方の手がかりを追って十五時間を過ごし、何の結果も出せないまま深夜帰宅した。コーネリアとミス・ケイは既に部屋に下がっていた。サイモンはいつもの通り、自分が戸締りをして後からベッドへ行くと唸った。

「いやだ」僕は言った。「君は疲れ切っている。戸締りは僕がするから君は先に休んで。それから、サイモン。明朝は少し寝ていて欲しい」

「忙し過ぎる」サイモンは唐突に言った。その姿は憔悴しきり、異常に青白い肌に顎の灰色の無精ひげが際立った。

「眠るのに忙し過ぎることなんてないし、互いのことを気にかけるのに忙し過ぎることはない。君は自己犠牲も厭《いと》わないだろうけど、僕は違う。頼むから、サイモン――」

僕は手を触れようと一歩前に出た。サイモンは一歩退いた。

僕は瞬きした。傷ついたわけではなかった。傷つくというよりは何か説明のつかない状況のように思われた。サイモンは疲れているかもしれないが、僕を避けることはない。

「サイモン？」

「寝る」サイモンはそう言いながら後ろを向き、僕の目を見なかった。

僕はその後ろ姿を見つめた。何かが間違っているように思えた――いや、間違っていた。他の男だったらそこに罪の意識、あるいは別の誰かがいるのかと疑ったかもしれない。サイモンに関しては、それはあり得ず、実際、僕がそう思ったとしてもそんなことをする時間などどこにもなかったはずだ。しかしサイモンは僕の手を拒み、顔を背けた。

僕は片付けをして戸締りをし、四年一緒に過ごしてきたベッドルームへ階段を上がった……。

サイモンはそこにいなかった。パジャマと部屋着がなくなっていた。

僕は驚いて辺りを見回した。廊下に出た。「サイモン？」

隣の部屋、予備のベッドルームの扉が開いた。「今夜は眠れそうもない。君は寝るんだ。俺はここにいる」

「何だって？　でも――」

サイモンは扉を閉じた。

僕には理解できなかった。病気なのか？　僕が何かしたのか？　どんなにひどい状況にあっても、どんなに疲れ切っていても、僕らはお互いが支えだった。〝君といると息ができる〟何度もそう言われ、一緒に横になっているとその力強い体がリラックスしていくのを感じたものだ。

どうして今、僕を必要としなくなったのか？

予備のベッドルームの扉を叩いて答えを訊きたかったが、僕も疲れていて、疲れのあまり混乱と苦痛で涙が出そうだった。二人とも疲労しきっている時に感傷的な場面を引き起こしたくはなかった。一人のベッドへ行こう、僕はそう決意した。どうしてもと言うのなら僕を避けることを許そう、この事件が終わるまでは。でも次の事件にとりかかる前に一体全体何が起きているのかを問いただそう。

少なくともそう決意したが、なかなか眠りにつけなかった。一人の部屋で横たわり、恋人がどうして自分から離れて行ったのかがわからない状況で、どうして眠れようか？

翌日僕たちは事件を終わらせた。前述のようにラベンダーの臭いを放つものを消すため、サイモンはサーマー儀式を使わざるを得なくなった。少女のたちの霊をいさめ、怒りと悔しさと厳しさを伴って彼女らの加害者で被害者となった男たちの霊を鎮めた。人間の目には空っぽに見える部屋の中で肩を怒らせて物語を終わらせ、亡霊たちを追いやり、そして――。

わかっていただきたい。サイモンは本当に強かった。重量級のボクサーで、毎日リングで緊張をほぐしつつその肉体を分厚い筋肉の塊に保っていた。四年間で風邪ひとつひいたことがなかった。怪我をしたことは、もちろんあった。前腕を撃ち抜かれたまま、無傷の方の手で襲撃者に逆襲したところを目撃したことがある。

だから、霊たちを解放する最後の言葉を唱えた後、あえぎ声を上げ、体を丸くし、膝を曲げて床に突っ伏した力強い肉体を見た時の僕の気持ちを想像してみて欲しい。

「サイモン！」僕は直ちにその横にいた。「サイモン、どうした？ 何が起きた？」

「何でもない」その顔は恐ろしい灰色がかった白色で、汗をかき、ショック状態の男のようだった。「放っておいてくれ」

「バカを言うな」僕はきっぱりと言った。「一体何が起きているんだ？」

サイモンの顔は苦痛に引きつっていた。上着を着た体を丸めて床に跪《ひざまず》き、顔を歪めていた。口は一文字に結ばれ、首の横の筋肉が浮き出し、唇は白く、腕は不自然な形で胸の前にあり、しかし胸に触れることなく、両手首を体の前で重ねていた。

「何でもない」再び唸った。

「胸が痛いのか？ 見せてくれ」僕が手を伸ばすとサイモンは防御するように両腕をぐいっと上げた。

殴打されたわけではなかった。そういうことではなかった。第一両手首は相変わらず組んだままだった。また、もしサイモンが僕を殴ったのであれば、僕には何の疑いようもなくなっただろう。しかしサイモンは、僕が手を伸ばしたところ、触れられるのを嫌がってそれを払ったのだ。

　僕たちは見つめあった。衝撃と疲労でサイモンの暗い目は大きく見開かれていた。

「サイモン」僕は言った。「見せてくれ。僕に見せるんだ」

　一時、拒否するのではないかと思った。しかしサイモンはそこで、怒ったように頭を振ると、両手を胸の前から下ろした。それ以上は動かなかった。僕は上着の襟を掴むと、注意深く脱がせた。ウェストコートのボタンを外した。

　シャツには血が染み出ていた。一ヵ所ではなく、線となって。何か大きな獣の鉤爪で裂かれたかのようで、少しの間驚きとおぞましさでそれを見つめた後、やがてもっと悪質な真実に気づかされた。

「なんてこと」僕は不器用な指先でシャツのボタンを外した。過去に何度もやったように、でもこんな風にではなく。ああ、決してこんな風ではなく。僕はシャツを開いた。

　肌の上をのたうつ文字。赤と黒。どちらかというと赤。僕の眼前で、解読不能な文字が浮かび、端から血がにじみ出て、線に沿って溢れ、渦巻や点がその肌の上で幾つもの赤い星のようになって光った。緩慢なカミソリのような文字が胸を斜めに切り裂き、僕はサイモンの顔が苦痛で歪むのを見た。

「どうしてこんなことが起きるんだ？」僕は囁いた。

サイモンは首を横に振った。

「一体いつから——だからこのところ一緒に眠らなかったんだ、そうだな？　クソッタレ、サイモン！」

「俺が君にこれを見せたいわけがないだろう？」

「どうして見ちゃいけないんだ？　何も知らなければ助けることもできない——」

「無理だ」言葉で言い表せないほどの諦めがその口調にはあり、僕は沈黙した。「君には俺を助けられない、ロバート。実際のところ、こんなに長くもって幸運だった」

「どういう意味だ？」僕は乾いた唇で言った。「クソ、どういう意味なんだ？」

「俺はこれに耐えきれない」僕の肩に手を置き、体重を乗せて立ち上がった。その時のサイモンはとても、とても重かった。「人間には無理だ。行こう」


家につくと、僕らは黙ったままベッドルームへ向かった。

「脱いで」僕は言った。

サイモンは疲れた動きで服を脱いだ。見ているのがつらかった。肌の上のルーン文字はいつものように小さく囁いていたが、今や痕を残すようになっていた。体中に細いひっかき傷が走り、乾いた血で不可解なアルファベットの形を残していた。

「神よ」僕は言った。「どうしてこんなことになる？　今血が止まっているのはなぜだ？」

サイモンはベッドに重々しく腰をかけた。「君も知っているように、神秘に触れられた者にはしばしば痕が残る。俺は触れられる以上のことをされた。メッセージはもうずいぶん長い間俺の肌を伝ってきている。痕を残すようになっても仕方あるまい」

それは想像できた。例えば同じ紙に毎日毎日、書き続けた時のように。遅かれ早かれ文字は紙を突き刺してしまう。紙は破けていく。最初は何か重いペン先によってだったとしても、やがてほんの軽い筆致でも裂けてしまう。

まるで体への侵食が深まっていくように文字が書かれていくのを、僕は見ていた。

「悪化していく、そうだね？」質問にさえなっていなかった。

「おそらく。そうだ」

「止められないのか？　文字を？」

サイモンは喜びのない笑みを浮かべた。「止められるのだとしたら今まで放っておくと思うか？」

「ああ」僕は言った。「そう思う――というか、僕は知、っ、て、い、る――君は可能な限り文字が現れるままにしておくだろう、なぜならそれが仕事の助けになるからだ。自分の健康なんて小さなことのためにさまよえる魂たちに背を向けるなんて、君にできるか？　君はそんなことはしない、サイモン。それからもう一度訊く。止めることは、できないのか?」

サイモンは僕を見た。暗い目は数秒瞬きをせず、やがて腕を伸ばした。僕は隣に座り、おずおずとその体を抱いた。どちらかというとその体にすがりついて、迫りくる恐怖に泣き叫び、安心させてくれと要求したかったが、ここは男にならなければ。

「わからないんだ」サイモンは静かに言った。「わからない」

「何をしてそうなった?」

もちろんそれは以前にも訊いていたが、応えてはくれなかった。以前まではプライバシーを尊重した。今回はそんなことを気にしてたまるか。

僕はサイモンの体を後ろそして横へ押して、ベッドに横たわらせた。僕は着衣のまま横に寝て、腕をその体の上にかけ、忌まわしい細かいひっかき傷が書き足されている広い胸に頭を乗せた。その体勢では顔が見えず、そこでもう一度訊いた。「何をして、サイモン?」

長い間があった。

「あるオカルティストがいる」ようやく言った。「名前はカーズウェル。優秀な学者。世界の下の世界の研究に人生の何年もを捧げた。地下とそのさらに奥を見ようとした。君にはわかるな」ほとんど無意識のように、僕の体に腕を回した。「人間に赦される以上のものを見ようとして、降霊術《ネクロマンシー》と幻視《ディヴィネーション》の二つを研究した。君も知っているように、共に危険な研究だ」

知っていた。時として、人が深淵を覗くと、深淵が見返してくる。時々、ウィンクをすることもある。

「カーズウェルは用心深い男だった。理論から実地の実験に進む準備ができたと感じた時、他人を使ってそれを行うことにした」

「他人」僕は繰り返した。

「子供たちだ。数人の子を買った。最初の幾つかの実験は失敗した。しかしやがて――やり方が洗練されてきたのか、たまたま相応しい実験台が見つかったのか。八歳の男の子を買って、ペン先を尖らせて、ルーン文字を書き始めた」

「何てこと」

「最初は黒いインクだった」サイモンの声は他人事のように聞こえた。「生け贄の儀式に使われた黒曜石の刃を元に作られたペンを使った。赤いインクは骨で作られたペンを使った。インクを入れるのには――」大きく息を吐いた。「五年かかった、全部で、それは――苦痛だった」

僕はそのカーズウェルを殺してやりたかった。死んで欲しかった。誰に対してであろうと死を望んだことはあまりないが、その時は自分自身の手で殺したかったくらいだ。

「奴は同じ時期に自分の子供でも実験をした」サイモンは続けた。「同じようにインクを使って。インクは奴の専門だった。それは娘の左手の爪に刻まれた。幻視の鏡面となるように。シオドーシアは毎晩その手を抱えて丸まって、泣きながら寝ていた。そして昼間、奴は俺たちを教育した。奴の当初の意図は俺たちがそれぞれ奴のために死者の世界と未来の世界への生きた導線となることだった。奴に使われるためだけの存在。しかし俺たちはしぶとかった。そこで、少なくとも俺たちの肉体が奴のしたことに耐えられなくなるまでは、もっと役に立ってもらってもいいのではないか、と奴は考えたわけだ」

「サイモン……」僕の声はかすれていた。

「カーズウェルはシオドーシアの成果を中途半端だと感じていた」サイモンは続けた。「彼女の現在の出来事に対する幻視は深いが途切れ途切れで、明瞭でないことがあり、未来のことは見えない。やがて奴はもう片方の手に、別の処方を使って同じことをしようと決めた。そうなれば彼女にとってはどちらの手を使う時にも苦痛が伴うが、目的は果たされる」僕は古く深い怒りがサイモンの胸の中で渦巻いているのを感じた。

「何が起きた?」僕は訊いた。

サイモンは肩をすくめた。「俺たちは成長した」

「君たち……」

「シオドーシアは父親に対して、子としてこれ以上の義務を果たすことを拒絶することができる年になっていた。俺は十五歳で、背は今の高さに近く、定期的にボクシングをしていた。カーズウェルは能力のあるオカルティストで、悪意のある危険な男だが、身体的には大したことはなかった。俺が奴の首を摑んで壁に押しつけ、彼女がコーヒーに何を混ぜたか伝え、俺たちは独立した」

「よかった」僕は少し力をこめて言った。「殺してしまえばよかった」

サイモンは肩をすくめ、その力強い肩が動くと僕の頭も一緒に動いた。「罪の意識を抱えたくはなかった」

「ではどうした？」

「俺たちは、あー、取引をした。解毒剤と引き替えに、カーズウェルはフェター・レーンの家の所有権を譲って、立ち去ること。その頃には奴は既に気分が悪くなってきていた。俺たちは奴をその場で放り出し、シオドーシアが残しておきたくない奴の持ち物をまとめ、家は俺たちのものになった。奴は一度ならずとも報復を試みたが……何かあったら俺たちも報復すると奴が信じる理由を与えた」

僕は想像しようとした。がっしりした若者のサイモン、黒髪の誠実な男。ミス・ケイは――その少女時代を思い描くことがまったくできなかった。自分の父親に毒を盛ることができる性格であることにはまったく驚かなかった。情けをかけたことだけが残念だった。

「最終的にはカーズウェルも俺たちを制御できなくなったこと、二度と支配できないことを受け入れた。他の研究をするために田舎の地所へ引退した。俺たちはフェター・レーンに住み続けた」

僕は口をあんぐり開けた。「すべてここで起きたことだったのか？　僕らの家で？　一体なぜここに住み続けているんだ？　どうしたら耐えられるんだ？　奴が君たちにしたことは……」この家の空気が冷たいのにも、サイモンとミス・ケイが本当の意味で家として扱っていないのにも、それで納得がいった。

「奴が俺たちにしたことは常について回る」サイモンは言った。「それにここなら賃料は不要だ」

僕は言葉を失って見つめていた。サイモンは僕の髪の毛を撫でながら頭を手で丸く摑んだ。

「大丈夫だよ、ロバート」

「大丈夫じゃない。全然大丈夫じゃない。今までどうして話してくれなかった？」

サイモンは少しだけ震える大きな息を吐いた。「君が僕にとってあまりに安心できる人だったからだ。どれだけ助けられたか。君に苦痛を与えたくなかった」

「叫びだしそうだ」僕は言った。「ひどいよ、サイモン、一体いつになったら僕を守ろうとするのをやめるんだ？　君には耐えられても、僕がそのことを聞くのさえ耐えられないと思っているのか？　頼むよ、もう」僕はその胸の上に肘をついて、睨み下ろした。「君は自分自身についての広報を信じているんだ」

「どういう意味だ？」

「世間に対しては、僕は君の伝記作家で、格下の助手で、君のジョン・ワトソンなのかもしれないけど、二人の間ではそれは許さない。僕は君に従属するパートナーなんかじゃない」

　サイモンは大きく息を吐いた。「ああそうだ、そんなことはない、でも君にまで俺の荷物を抱える責任はない。クソ、俺のせいでこんな生き方に君を染めて、汚してしまっただけで十分じゃないか？」

「僕のせいだ」僕はいきり立って返した。「僕の選択だ、サイモン。実際、もう君の横に四年もいるんだ。僕は命を奪ったし、存在することも知らなかった生物にも対峙したが、逃げ出したり、君を一人にしたことは一度だってない。なのに君はそのしつこく身勝手な思い込みで僕がまるで弱々しくて、すぐに気を失う女性であるかのように扱う――」

「気は失っただろう」サイモンが指摘した。

「あれは三年も前のことだ！」僕は叫んだ。「腐った死体が僕に向かって歩いてきてたんだぞ！　誰だってあんな状況では気を失った可能性があるし、どうしてそのことを持ち出すのか――」

　サイモンは僕を黙らせるのに原始的だが効率的な、片手で僕の口をふさぐ方法をとった。僕は憤慨の音を出した。

「君は怒っているかもしれない」サイモンは言った。「でも間違っている」

　僕は手から顔を引きはがした。「何について？」

「君が弱いとは思わない、ロバート。俺は君が……軽やかなんだと思う。軽やかで明るく温かい。でもこれは――」自分の胴体と、静かに動く文字を示した。「これはとても冷たくとても暗く、俺はこれに長い間ゆっくりと呑み込まれてきた。君には触れさせたくない。そのままでいて欲しい。君を守るためではなく、あるいはそれだけのためではなく、俺自身を守るため。君がいなければ俺はもう負けていたと思う」

「あ……」怒りが体の中から流れ出て、僕は置いてきぼりになった。

「俺が考えているのはこうだ」サイモンは平静に続けた。「霊的な交信が強くなり過ぎて、体がもたなくなっている。これは悪化し、やがて取り返しのつかないところまで行きつく。何かできることがあるとは思えない。これが真実だ、ロバート、そうでないならどんなにいいか」

動き、肌に彫られるルーン文字。以前はインクで書かれていたものが今や皮膚に刻まれていた。突然、鮮やかなイメージが浮かんだ。包帯にくるまれたサイモン、隙間から血がにじみ出ている。

「ダメだ」僕は言った。「何かやれることはあるはずだ。霊のいないところへ行って――」

「そんな場所などない。彼らは自分たちの話を聞いて欲しいと大声を上げている。そして物語は語られるべきだ」

「頼むから、サイモン、君はもう十分にやっただろう？　死者に対する義務は果たしたんじゃないのか？」

「いや」その声は断固としていた。「それがルーン文字の代償だ。俺が望んだわけではないが、それでも支払われなければならない。俺がこれまで逃げようとしなかったと思うか？　少年の頃、死人が肌の上で声を上げるのを聞きたいと思っていたと思うか？　わかってくれ、この状態がどんなにいやでも、無視をすると事態はさらに悪くなる。俺が進んでやらなければ、彼らの方からやってくるだけだ」

「おかしいよ」僕は弱々しく言った。「不公平だ。なぜ怒らないんだ？　なぜ戦わないんだ？」

「いつかこうなると知っていたからだ」サイモンは言った。「カーズウェルがこれを刻む時に説明した」

僕は言葉を失ってサイモンを見つめた。

「こうなることはわかっていたんだ」サイモンは続けた。「俺が想定していなかったのは君だ。この数年。もっと年を取っていきたいと思う理由。これ――ではなく」顔をしかめた。「もう何年も前に諦めたつもりだった、その時が来たら愚痴をこぼすまいと思っていた、でも君が俺の決意を揺るがした。すまない、ロバート」

僕は急いで両手でサイモンの顔を抱えた。「何とかしよう。人に相談しよう。ミス・ケイ。必要とあらば、ニコラ博士にだって。きっと誰かが解決策を思いつく。それに――それでもダメだったとして、僕はここにいる。それは確かだ」

「ああ」サイモンは言った。「わかっている。君がここにいなければ、俺はこれをここまで気にしたりしない」

「いつか――」そう言いかけて、喉が詰まった。

言おうとしていたのは、〝いつか君に、誉め言葉が侮辱にならないような言い方を教えてやる〟だった。これまでに何度か同じように文句を言ったことがあった。今、その〝いつか〟が来ない可能性が衝撃的な強さで僕を襲った。その日は来ないのかもしれないのだと。来ることはないのだと。僕はこの頑固で、怒りっぽく、破壊的にぶっきらぼうな僕のサイモンを、その肌に書かれた呪いに連れ去られるのだと。

サイモンはおそらく僕の目に表れた気づきを読みとったのだろう、その時僕を体の下に引き寄せ、いつもより乱暴に唇を重ね、僕らはまるで聖なる行為であるかのようにキスをした。二人を覆う影に対して犠牲を捧げるように。

僕は言葉にできないほど怖かった。

「それが私にできるすべてなんだから、もう訊くのはやめて」

「何かあるはずだ！」僕は叫んだ。

当然ながら、ミス・ケイが僕たちのために問題を解決してくれるとは思っていなかった。ミス・ケイは無口で、無感情、そして畏敬すべき存在で、女性が自然に持つと考えられている母性的な資質を完全に欠いていたが、サイモンのためなら何一つ疑うことなく世界に火をつけたことだろう（これは女史のサイモンへの愛情の度合いと共に、人類全体をどう思っているかの表れでもあるが）。もし答えを持っていたのであれば、とっくの昔に実行していただろう。それでも、僕は望みを持っていたのだ。

ミス・ケイは怒りを含んだ歩みでスカートをこすり合わせ、応接間を行きつ戻りつしていた。「もっと先のことだと思っていた。彼はあんなに強いんだもの。でもいつかは来ることだった。防ぎようはない」

「何かやれることは――――」いつものように固く握られた彼女の左の手を示した。その手のひらには硬く長く磨かれた爪で長年押さえられてできた傷痕があった。

「何が起こるのかを見ろと？　ええ、そうすることもできる」ミス・ケイは顔をしかめた。「私が見るものをあなたが見たいとは思えない。明白な事実はこれ。カーズウェルがサイモンにしたこと、私たちにしたこと、それは取り返しがつかないということ。以前やってはみた。取り除くことも、出し抜くことも、治療することもできない」

「説明して」僕は言った。応接間には彼女と僕の二人だけだった。その日はそれより前に、サイモンは町中で、僕にでも感じられたほど重度に過去の罪に祟られている物乞いの男に声をかけられた。サイモンはゆっくりじっくり男と話し、いつもそうするように、目に見えない重荷をその肩から下ろしてやった。このやりとりは物乞いの目に安堵と希望をもたらした一方、サイモンの胸には数本の深い、えぐったような傷を残した。今話している最中にも、コーネリアが階上で傷に包帯をあてていた。「どうしてその男、カーズウェルはサイモンに文字を書いたんだ？　つまり、人に文字を書く必要性はどこに？」

「生命」ミス・ケイは簡潔に言った。「幻視や占いには色々な手段がとられるが、大なり小なり、常に生命の代償が伴う。動物が生け贄にされ、その臓物を読む。水晶を血に浸し、鏡を人間の皮で磨いて、効果的な占い鏡を作る。ソルテスで占う時でさえ、最もよい結果が出るのは人間の骨を使った場合。カーズウェルは幻視の力が人間の死よりも生命に寄生した方が強力なものになると気がついた最初の人間ではない。彼の研究の最も大きな成果は、幾多の実験の結果、被験者の肉体が耐えられるぎりぎりまでに負荷を抑えるというもの」

被験者。僕はミス・ケイの、何年も苦痛に耐えてきた痕跡を残すその顔と、無意識に押さえた手を見つめた。「でもやがて負荷は耐えられないものになる」僕は質問というより事実を述べるように言った。

「当然よ。何であれ物はすり減っていく」

「あなたは――」

ミス・ケイは僕が言い終えるのを待たなかった。遮るように言った。「カーズウェルは私にはより小さな負荷を与えた。私は大丈夫、ありがとう」

「それはあなたが彼の娘だから？」

ミス・ケイは小さく笑いになりきらないような息を吐いた。「まさか、違う。サイモンが私より強かったから、その方が実験の成功する確率が高かったから」

僕は大きく息をした。「彼とは連絡をとっていますか？」

「カーズウェル？　なんでまたそんな――」突然、目を細めて言葉を止めた。「何を考えているの？」

「君とサイモンは共にこれをどう終わらせるかわからないと言った。僕から見ると、その方法を知っている人間は一人しかいない」

ミス・ケイは頭を振った。「助けてなんてくれない。恐ろしく執念深い男よ。どんなに小さな侮辱をも見逃さない。受けた恥辱は千倍返しにする。彼は何年も前からこの時を待っているに違いない。サイモンか私が助けを求めに来ることを心から願っていると思う。そして私たちの願いを断って状況をさらに悪くするか、あるいは助けるふりをしてさらなる報復を果たすか、どちらかしかありえない。サイモンにカーズウェルに助けを求めるよう頼んではいけない、コールドウェルさん。それは絶対にダメ」

「それはしない」僕は保証した。「サイモンには頼まないし、言っても拒否されるだけだ」

「あなたが頼むことで、サイモンが許さないことはほとんどないと思う」ミス・ケイは無感情に言った。「だからこそ、サイモンに頼んではいけない。約束して欲しい」

「約束する。このことについては彼には何も言わない」

ミス・ケイは僕を見透かすように見つめた。「それからあなたもカーズウェルに近づかないこと。危険な男よ」

「もちろん」僕は言った。「それはよくわかっている」


カーズウェル氏の居場所をつきとめるのは簡単だった。僕は最初からレムナントで最も話好きなメンバーと親しくするようにしていて――情報集めができる味方は常に傍《そば》に置いておくべきだ――、ファン夫人からはカーズウェルのキャリアについてある程度の情報を得ることができた。二十年ほど前にオックスフォードに引っ越して、大学という巨大な樫の木に寄生的な役職を得たのだが、一八八九年に『魔術の歴史』という本を出版して、そこからも追い出されていた。

「恥知らずだった」ファン夫人は言った。「一体何、をしていると思っていたのだか」

夫人はインドシナ半島生まれで、短身かつ短気な女性だった。クラブの理事会の中でただ一人の女性で、さらに唯一の有色人種だったので、時として新しいメンバーにぞんざいに扱われることもあったが、それは二度繰り返されることはなかった。

「通常の本として出版したんですか？」僕は訊いた。「一般人向けに？」

「研究本としてね。極めて愚かなこと」

「どうしてそんなことを？」

「有名になりたかったんでしょう」ファン夫人は軽蔑したように言った。「自己顕示欲が強い男でしたよ、カーズウェルさんは。非常に強い《very great》」夫人はフランス語風に美しくRを巻く発音をした。「出版によって研究者としての地位を築きたかったのでしょうが、失敗した。内容がよくなかった。その上、開示されるべきではない情報が多く含まれていた。私たちはその本を……流通から回収せざるを得なかった」夫人は遺憾だったと言うように小さく頭を下げたが、同様に流通禁止になった男たちに同じような尊重を示したかどうかは怪しい。「全然いい本ではなかった。まったくね。とはいえ、本を破壊するのは好きではない」

「当然ですね」僕は同意した。「そしてカーズウェル氏は?」

夫人はその癖である、鼻腔から息を吐き出す小さな音を出した。少しだけ竜を思わせた。

「彼に何の用なの、コールドウェルさん」

「話がしたい。助言を。助けを求めたい」

「人を助けるような男ではないわ。すぐに怒って人を攻撃する。それにあなたの友人たちを好きではない」夫人は眉をひそめた。「一体どうして彼らではなくて私に情報を求めているのかしら?」

「もちろん、あなたがロンドンで一番の情報通だからです。僕の探している情報を見つけるのを助けてはもらえませんか?」

サイモンの許を離れるのは簡単ではなかった。いったん強まった苦痛は急速に悪化していた。最初は死霊の中でも最も声の大きなものだけがサイモンの肌を傷つけたため、僕からも痛みを隠すことができていた。症状が進行するにつれて声はより多くの深い傷を残すようになった。今や、常にそこに存在している静かな霊のゆっくりとした書き文字でさえもが白い爪痕をつけるようになっていた。まもなくそうした痕が皮膚を切り裂くようになることを、僕は知っていた。血が泡のように噴き上がる。サイモンは切り刻まれる。

このことについての僕の気持ちを書き記すことはできない。これまでも、いつだって、サイモンが危険な人生を送っていることは知っていた。共に死に直面したことも度々あった。彼を失うかもしれないと覚悟したことが一度ならずともあった。でも僕が想定していたそれは突然来るだろうこと、拳銃の発射音か振り下ろされる爪と共にもたらされるだろうと思っていた。こんな風にではなく。この緩慢とした、恐ろしい、情け容赦のない状況の悪化ではなく。

ミス・ケイは皮膚がこれ以上傷つかないようサイモンをベッドに留め、さまよえる亡霊をよせつけないように守護陣や護符を多数配置した。長くはもたないだろう。「霊たちはやってきてしまう」彼女は僕に向かって呟いた。「話をしたがっている」

サイモンは何も言わなかった。自身の肉体的な弱さを嫌悪し、体がゆっくりと自分を裏切っていくのは耐え難いことで、苦痛と共に恥辱ももたらした。と、少なくとも僕は思った。なぜなら当然サイモンはこうしたことについて話をしなかったからだ。

「少し家を離れる」僕は彼に言った。「やらなければならないことがある」

サイモンは何をとは訊かなかった。おそらく僕がいなくなることで少し安心したのだと思う。僕が気を利かせたのだと思ったかもしれない。自身の判断に任せていたら、サイモンは手負いの動物のように穴に潜り込んで、孤独な死を選んだことだろう。誰かに、特に僕に、弱さを見られるよりは。

しかし事はサイモンの判断には任されていなかった。

僕は事前に訪問を伝える電報を送ることはしなかった。カーズウェルに準備をする時間を与える必要はない。パディントン駅からスウィンドン駅まで鉄道に乗り、そこからは箱馬車でラフォード・アビーまで行った。古い建物を形作るくすんだコッツウォルズ産の石は午後の陽光に輝いていて、それは目を楽しませてくれたが、何かが神経に引っかかった。辺りの空気には年を取った肌のようなカサカサして渇いた感触があった。

僕はドアベルを鳴らした。少しして女中が出てきた。僕は自分の名刺を手渡し、重い樫の木の扉を見つめながら十分ほど玄関先で待たされたが、やがて再度扉が開いた。

「どうぞお入りください。サー」女中はおずおずと敬称を言い添えた。

僕は応接間に通された。そこには非常に古い家具類――重厚な木製のチェストやテーブル――と、座り心地のよさそうな現代的な肘掛椅子があり、がっしりとした体格の老人がそこに座って待っていた。男は立ち上がらなかった。

「ロバート・コールドウェルさん」男は言った。平静で、まったく普通の声だった。これがサイモンを切り刻んだ男なのだ。

「カーズウェルさん。会っていただき、ありがとうございます」

「会わずにはいられないだろう」男はとても小さく笑みを浮かべ、そこには抑えてはいたものの大きな満足感がうかがえた。「君の無価値で軽薄な文章のことは知っているよ」

これが会話の雰囲気を決定づけた。僕は勧められることなく腰をかけた。「それは嬉しいことです」

「扇情的な黄表紙のゴミだ」カーズウェルは自分の言葉に酔っているように言った。「フェキシマルは君のナンセンスによって露出されることについて、さぞ満足なんだろうな。金になるのならば。常々下品な奴だった」

「彼は死にかけています」僕は言った。「あなたが殺した」

カーズウェルの唇の笑みは大きくなった。「ほほっ」満足げな高い声。「ルーンがようやく傷つけるようになってきたか？　どうなったかと思っていたよ。もっと早くその時が来ると思っていた。始まったのなら、悪化するのは速いだろう」

「そうです。彼はあなたが望んでいた以上に苦しんでいます」

「いや」カーズウェル氏は言った。「それはかなり疑わしい」

僕は無理をして息を呑みこんだ。喉が痙攣しそうだったからだ。「あなたがやったことで彼はもう二十年以上苦しんできた。もう復讐は済んだのではないですか?」

「あいつと私の娘は私に歯向かった。私の実験を破壊した。奴らの不服従のせいで、何年もの仕事の成果が奪われた。成功が私の手から盗まれた」

「でもあなたは、再度他の実験台を使って同じことができなかった。それはなぜです?」

男は驚くほどの悪意をこめた視線を僕に向けた。「私は別の研究をすることにしたのだ」

僕はこの話題を一旦放置した。「カーズウェルさん、率直に言わせてください。あなたの助けが必要だ」

その顔に浮かんだ満足の笑みは言葉では言い表せないほど大きくなった。男は椅子に深く腰かけ、きつそうなウェストコートの前で両手の指を組み合わせた。「頭を下げて頼みに来たんだろうと思っていた」

「あなたがルーン文字をサイモンに書いた。生きている人間でその知識を持っているのはあなただけだ。何か知っているはずだ、止める方法を」

男はただ笑みを浮かべた。そのまま待っていた。

「どんな代償でも払う」僕は言った。「言ってくれ。何であろうと僕は払う。ルーン文字を取り除いてくれとは言わない。これ以上被害が広がるのを止めて欲しい。何かできるはずだ。お願いだ」

男は一度、ゆっくりと瞬きをした。「あいつが君を自分の代わりに送り込んだのか？　私にひれ伏して来いと」

僕は首を横に振った。「彼は僕がここにいることを知らない。知っていたら激怒するだろう」

「ではそれならばなぜ、君はここにいるんだ、何て名前だったか忘れたが――さん？　なぜ君が来た？」

「彼が友人だからです、僕は彼のことをとても愛している。彼がどんなに怒ろうと、放っておくことはできなかった」

「本人が言っていることを無視してやってきた友人か」カーズウェルは言った。「それは大した友人ではないな、私の意見では」

「僕は彼のただ一人の友人です。彼には僕しかいないし、他に誰もいないので、僕が彼のために戦わなければならない。『大した友人ではない』とあなたは言った。そうかもしれない。僕がここに来たことを知ったら、彼は僕を永遠に許さない。あなたに命を救われるくらいなら、死んだ方がマシだと言うだろう」僕は熱心に話をしながら、椅子に座って前のめりになっていた。今度は椅子の背にもたれた。「あなたは正しいのかもしれない。もしかしたら友人の義務として彼の希望を尊重すべきなのかもしれない。もう行かなくては」

カーズウェルは片手を上げた。「急ぎ過ぎだな、サー。私に会いにずいぶんと長い距離を移動してきた。十分に考えたはずだろう」

「考えました、ええ」僕は苦々しく言った。「でも気がついていなかった。あなたは私の書いた文章を非難しましたが、サー、サイモンはあなたが書いたものによって侵された。あなたは少年の彼を破壊しかねなかった。今、大人になった彼に対して、それを果たした。僕はあなたの行為をその残酷さと同じくらい、おぞましいと思う。僕自身としても、あなたに借りなど作りたくないと気がつきました。サイモンのためならなおさらです。僕たちの友情の最後の日々をあなたに毒されたくない。だから、あなたへの依頼は取り下げます」僕はふらつきながら立ち上がった。「彼は勇気と不屈の精神で運命を受け入れている。僕もそうしなければ。よい一日を。出口はわかります」

僕が扉まで歩くのを待って、男は小さく言った。「方法を見つけられるとしたら？」

僕は立ち止まった。振り返ることはしなかった。ドアノブに手を置いて、頭を垂れた僕の体勢はまさに優柔不断を絵に描いたものだった。でも、僕の表情には真実の感情が表れていたことは間違いない。

〝あの男は親切心で動くことは絶対にない〟ファン夫人は言った。〝でも、何か残酷なことをしているのだと思わせることができたなら……〟

「ルーン文字を肌から取り除くことはできない」カーズウェルは言った。「声を鎮めることもできない。しかし……君は雷に打たれた木を見たことがあるか？」

「もちろんです」

「教会の尖塔への落雷は？」

「何か言いたいことがあるのなら、どうか言ってください」

「教会の尖塔には避雷針がついている」男は猫なで声になっていた。

「空からの衝撃はそこを通り、それに沿って地面に吸収される。避雷針なしでは、この国の尖塔は悉く破壊されていることだろう」

僕は振り返った。「あなたが言いたいのはサイモンに必要なのは……避雷針だと？」

「そう考えてもらっていい」静かな笑顔のまま、丸眼鏡の奥から悪意が覗いていた。「しかし条件がある。避雷針は生きた人間でなければならない。すべての苦痛を引き受ける人間。すべての雷はフェキシマルの代わりにその人間を通過する」

「与える影響は……同じようなことに？」

「まったく見当がつかない」カーズウェル氏は満足げに言った。「やってみないとわからんな」

「その人間とは」僕は言った。「誰が……？」

カーズウェルはゆっくりと首を横に振った。「そうだ、コールドウェルさん。誰が重荷を負担するのか？　私の不義理な娘か、あるいは君、なんだろう」

僕の心臓の音はいつもよりも大きく、耳の中でドクドク鳴り、襟元でぴくぴく響いた。「ミス・ケイか僕」

「フェキシマルが生き続けたいのなら、最も近しい人間によって支払われるその代償を目撃することになる。毎日」最後の言葉は歯の間から漏れるように、悪意の悦びと共に発せられた。「その命があるのは私のおかげで、君の苦痛がその代償なのだと思い知ることになる。もちろん、君が彼の重荷を背負うほどよき友人でなければ話は別だが」

僕はここで即答したと書きたいところだ。恋人を助けるためにその機会を逃すことなく了承したと、ためらって見せたのは目の前の恐ろしい男にその性急さを隠すためだけだった、と。それは真実ではない。僕はサイモンの苦痛を目撃してきた。どんなに強い男かを知っていた。サイモンのような不屈の精神を僕は持ち合わせていない。苦痛に黙って耐えられるような人間ではない。

何よりそれは確かに残酷な行為だった。望んでもいない負い目を、いつだって僕を守ることが望みだったサイモンに、抱えさせることになる……怒るだろうことは疑いようがなかった。徹底的に激怒し、獰猛に憤慨するだろう。譬《たと》え赦したとしても、僕たちの関係は大きく変わるだろう。

さらに、悪意に満ちたオカルティストがサイモンとミス・ケイにしたようなことを自分にして欲しくはなかった。何をするつもりなのかは神のみぞ知るが、男の目に宿った光から、それが悪いことであるのは推察できた。

男はきっとやるだろう。それについては根拠があった。かろうじて子供と呼べない程度の年齢だったサイモンとミス・ケイは、カーズウェルを追放した後、著名なオカルト捜査官ヘッセリウスに相談をしたという。もっと前にそうしていればよかったのだが。ファン夫人によれば、ヘッセリウスはカーズウェルに対し、生きた対象への実験を継続することを禁じた。僕は今回、許可を得るためにレムナントの理事会に状況を説明して、この狂人の思うようにさせる以外に道はないのだと説得しなければならなくなる。そしてカーズウェルは再び生きた肉体を実験台にすることができる。それを断ることはしないだろう。

カーズウェルは断らないだろうし、僕にも他に選択肢けなかった。これから起きることを思うと僕は喉の奥から何かがせり上ってくるような感覚を覚え、口の中で苦い味をかみしめながら言った。「僕がやります」

「やらせない」サイモンは言った。「絶対にやらせない。神よ、ロバート、一体何を考えていた！　よくもそんなクソ愚かなことを！　あの頭のおかしい男に君を渡すくらいなら自分の首を掻き切った方がマシだ――」

「君が死んでしまうからだ！」僕はサイモンの怒号の上にかぶせた。「わからないのか？　君が死んでしまうのを、ただ見ていろと言うのか？」

「そうまでして俺が生きていたいと思うか？」サイモンは吠えた。

憔悴しきっているように見えた。目は落ちくぼみ、顔は青白かった。露出された肌に巻かれた包帯がガウンの下の体にもぐるぐる巻きになっているのがわかった。立つことさえつらいので、座ったまま僕に向かって叫んでいた。

「思って欲しいよ！」僕は叫び返した。「生き続けたいと、さまよえる霊たちに平穏を与えて、困っている人たちを助けて、そして僕と一緒にいたいと思って欲しいよ、サイモン。本当に僕を一人残して逝きたいと思っているのか？」

「今のは、俺が今まで聞いた中で一番卑劣な脅迫だ」

確かにそうとも言えた。状況が異なっていれば、僕は自分を恥じたかもしれない。「僕がどうすると思ったんだ？」少し音量を下げて言った。「僕にできることがあるのに、苦しむ君を放っておくことができると思うか？」

「君にできることなんてない」サイモンは言い返した。「できるのはカーズウェルだ、あるいはできると言っているだけかもしれないが。奴の助けなどいらない」

「僕だってそうだ、他に選択肢があったら彼の所には行かなかった。でも他に方法はないし、解決策があるんだ。僕に助けられるんだ、サイモン。どうして受け入れない？」

「そういうことじゃ……俺は……」サイモンは苦悶していた。こうした会話がいつだって苦手だった。「頼むから、ロバート。俺がどうやったらカーズウェルが君に手出しをするのを黙って見ていられると思うんだ？」

「どうやったら僕が黙って君を死なせられると思うんだ？」

「一緒に過ごせた時間には感謝しているが――」

「僕はそう思っていない」僕は言った。「答えてくれ、サイモン・フェキシマル。君は死につつあると僕に言った。それは明白だ。助けが必要だという認識はあるか？　君が欲しくなくとも、受け入れたくなくても、必要なんだと認めることはできるか？」

「決していい状況であると言えないことは確かだ」唸るように言った。

「質問に答えろ！」

サイモンは眉をひそめて僕を見つめた。「どうしても言って欲しいのなら、イエスだ。俺には助けが必要だ。カーズウェルの助けは受け入れない」

二つ目の意見は無視した。「君には助けが必要だ。認めたな。僕にした約束を覚えているか、サイモン？　もうすぐ四年になる、僕には助けが必要だったあの時、でも君の助けはいらないと言った時？」

沈黙。居心地が悪くなるほど長い沈黙が続き、やがてとても小さな声で、サイモンが言った。

「チクショウ」

「『今、俺の助けを受け入れてくれれば、誓って言う、君の助けが必要になった時、俺は君にそれを求めてきっと受け入れる』君がまさにこの家で僕に言った言葉だ。でも、なんて絶対に言わせない、コンチクショウ。あの時君は約束した」

「こ、い、このことを言っていたわけじゃない」歯の間から言葉を押し出した。

「僕はそんなことは気にしない。君は僕の助けを受け入れなければならない、そうでなければ僕への誓いを破ったまま墓場へ行くことになる」

サイモンは目を閉じた。もし体力があったなら、僕のことを殴りたいと思ったかもしれない。いつだって追いつめられることを嫌う男だ。

「君への約束は礼儀上のことだった」ようやく言った。「君にはバカげた誇り以外に俺の助けを拒む理由はなかった。今回とは状況が違う」

「まったく違う。あの時、僕たちはお互いをほとんど知らなかった。僕が去っても、君が絶望するようなことはなかった。あの時は僕を愛してはいなかった」

「今だって好きではない」かすれ声で言った。その声には苦痛と怒り、恥辱と恐ろしいほどの弱さがあった。

その死を悼む準備ができていない僕の自分勝手が、サイモンを傷つけていた。

「この状況を切り抜けるには、僕らのどちらかが譲らないといけない」不安で生々しい沈黙を破って僕は言った。「僕が譲ったら、君は苦しんで死ぬ。君が譲ったら、僕が苦しんで――」

「後悔して生きる」サイモンは遮った。「カーズウェルが君に何をするかわかっているのか？」

「本当のところはわからない。君が僕の苦しみに耐えられないことはよく知っている。でも君の苦しみを僕が耐えられると思うなんて、僕を侮辱するな」急に激しい疲労を感じて、僕は暖炉の横にもたれた。「とても単純なことだ、サイモン。僕たちの関係は君があの約束をした時から始まった。君がそれを破ることで、僕らは終わるのか？」サイモンは拳を握り、長く激しく息を吐いた。「クソ、ロバート。クソッタレ。俺は赦さないぞ」

「それではカーズウェルを呼ぶ」僕はそう言って去った。

カーズウェルのフェタリー・レーンへの帰還は細心の注意をもって制限を加えられた。サイモンの次に僕のとった手段に反対していたミス・ケイは、自らも立ち会うと主張した。縁を切った父親に遭った時に送った視線は、まともな人間だったら恥ずかしくて膝を屈していたであろうものだった。カーズウェルはそれに対し顔をしかめただけだった。

術式は小さな金属片《カルトゥーシュ》を僕の手の甲に埋め込むというものだった。それはカーズウェルによって血の合金と呼ばれる方式で作られた。サイモンの血、僕の血、そして幾つかの珍しい金属。何の変哲もないくすんだ灰色のひし形の金属、その端全体からぎざぎざが突き出し、無数の肢を持つヤスデのように見えた。

「コールドウェルさんは避雷針となる」カーズウェルは説明した。「普通の状態であれば、衝撃によって害がなされることはないだろう。ほとんど無害。少し気分が悪いかもしれないが。もちろん、君たちは物理的に近くにいなければならない。百フィート（約三十メートル）以内くらいだ。そして強い力が来た場合は、物理的な接触が必要だ。肌と肌の」サイモンに向かって吐くように言った。「コールドウェルさんはお前の苦痛に耐えることになる。卑怯者のようにただ見ているだけのお前の目の前で――」

「進んでそうするのよ」シオドーシア・ケイが冷たい声で遮った。「さっさとやって」

ファン夫人とサイレンス博士が施術に立ち会った。それがカーズウェルに作業をさせるために課された条件だった。悪意のある仕掛けをするのを防ぐための用心で、僕は感謝していた。立ち会い人がたくさんいればいるほど、僕も気を変えることができなくなる。サイレンス博士の静かな威厳とファン夫人のあからさまな軽蔑にはカーズウェルを抑える効果があるようだった。一度だけサイモンに向かってあざけりの言葉をかけようとしたが、ファン夫人がたった一言「ノー」と言うと、オカルティストは再び黙って口を閉じた。

その時にはサイモンは弱り切り、包帯に巻かれ、血が流れ出て、顔は真っ白だった。横たわっているベッドルームに僕らはところ狭しと集まった。ミス・ケイはじっと爪を見つめ、ファン夫人とサイレンス博士がベッドの両側に立った。僕はベッド脇の木製の肘掛椅子に座り、両手首をそこに縛りつけられていた。カーズウェルがどうしてもそうする必要があると主張したのだ。本人は別の椅子に座り、脇のテーブルには金属片と必要な器具が置かれていた。ボウルが幾つか。外科用のメス。針。

施術について書くことはできない。書けると思って試みたが、それも五、六回やってみたが、

その結果床は書き損じの紙だらけになっている。事実は
彼のやったこと
その方法
言えるのは、痛かったということ。僕は叫び、血が流れるまで唇を噛んだので、ミス・ケイは僕が噛めるように革のストラップを持ってきてくれたこと。肉と骨と心、すべてが痛む中、恐ろしい金属の牙は僕の手に刺され、その下の神経を通って僕の存在の中心にまで突き通されたこと。その時のサイモンの表情が僕にとっては苦痛と同じくらい耐え難かったこと。怒りに震え弱り切っていたのにも拘わらず体を起こし、僕のもう片方の手をとり、術が終わるまで握っていてくれて、その感触が僕を正気につなぎとめた唯一のものだったこと。

事実だけを述べよう。ジュリアン・カーズウェルは僕の左手の甲に小さな金属片を埋め込んだ。それがすべてだ。

しかしそれだけではなかった。僕はその悪意を感じた。それが僕の手に根を張り、世界の下の世界との接続が成立した。最悪だったのは、恐ろしい確信と共に僕は知ったのだが、その接続が二度と切れないものであることだった。僕はこの世ならぬ力の知るところとなった。以前、超自然の力に触れられたことはあったが、今や僕は穢され、永遠に印をつけられ、サイモンの手を握っていると死霊たちが僕の肌の上で囁くのを感じた。

でも僕はサイモンの手を握り、二人で共にその長い時間を耐え抜いた。

この時のことについてこれ以上書こうとは思わない。

カーズウェルは無論家に滞在することを許されなかった。翌日、再び訪れた。僕は左手を抱えながら丸くなり、応接間に座っていた。左手は何かに侵されたように感じられた。もちろんそれが純粋に霊的なものだということを疑ってはいなかった。ミス・ケイが僕の横に立った。サイモンはまだベッドにいた。どうしているかは訊いていなかった。サイモンも僕の様子を訊ねなかった。

「うまく根付いたようだ」僕の手を観察してカーズウェルは言った。腫れた肌に親指をぐっと押しつけたので、僕は声をあげるのを堪えた。「君のしたことに満足していることを願いますよ、コールドウェルさん。フェキシマルは果たして君が毎日彼の代わりに自分が耐えられなかった苦痛に耐えていることを、どう思うかな」

「ああ、私のお父さん」ミス・ケイは言った。「何て無敵な復讐を果たしたと思っていることでしょう。あなたのしたことはサイモンに自分がいかに愛されているかを知らせただけ。あなたはコールドウェルさんの勇気と献身を、自分の狡猾さを買いかぶっているのと同じくらい、見くびっている。理由は一つ。その見当違いのプライドよ。あなたは虫けらで、さっさと私の家から出て行かなければ、自分で追い出す」見たことのないほど冷たい笑いを浮かべた。「今やサイモンにやってもらうまでもない」

「私の家だ」カーズウェルが言うと、ミス・ケイは父親を殴った。黒く長い爪の尖った左手を使い、カーズウェルは悲鳴を上げて顔を抱え後退りし、娘はさらに一歩前に出てその姿を見下ろした。

カーズウェルは顔から手を離すと居ずまいを正して立った。頬の長いひっかき傷から血が滲み出ていた。その表情には怒りと恐れが、娘の顔には軽蔑だけが浮かび、男が娘と目を合わせた瞬間僕は何かが男の中で壊れるのを感じた。

「出て行って」ミス・ケイは黒い爪で指さしながら再び父親に言うと、男は身を縮めて去って行った。


五日後、僕たちは繋がりを試した。

その間、サイモンが僕に声をかけることはなかった。ベッドに横たわって体力を取り戻し、僕は別の部屋で左手を抱えるように丸くなって、一体何をしてしまったのだろうとぼんやり考えながら、断続的に眠った。何度か夜中に起き上がって廊下に出て、サイモンの扉の前に行き、その寝息が聞こえるのを確かめた。

サイモンの傷は治っていた。新しいものはできてこなかった。金属片はうまく作用したのだ。

二度と話しかけてくれなくても、その価値はあった。すきま風の入る廊下の床に一人座って、その価値はあったと自分に言い聞かせた。

　今サイモンは顔をしかめて、上半身裸で立っていた。ルーン文字はこれまで通りその肌の上をうごめいていた。胸と腕にはまだ包帯が巻かれ、見えている皮膚は大小のひっかき傷や切り傷に覆われて、幾つかには縫い跡があり、幾つかは治癒しつつあった。やつれていたものの、顔色も元に戻っていた。その他すべてが崩れ落ちつつあったが、僕のサイモンは生きていた。

「では」僕は言った。「やってみよう」

　サイモンは頷いた。頭を後ろへ倒し、顔を緊張させ、切れ切れの音節で何か召喚するように呟いた。僕は空気中にわずかな震えを感じた。それは以前とは違う感覚で、サイモンの肌の上の書き文字が命を帯びて動き出した。サイモンが大きく息を吸い、僕は手を伸ばしてその手を摑んだ。

　衝撃が……あった。一秒の静けさの後、それは僕の中を駆け抜け、ひどく冷たい氷のようなものが僕の血を巡った。金属片は手の甲で凍えるように焼け、僕は思わず息を吞んだ。

「ロバート？」

「大丈夫」僕は言った。大丈夫ではなかった。痛かった。とげが刺さった時に感じるような、異物が体内に存在している時の吐き気のするような感覚、それを増幅したような。それも何倍も増幅したような感覚。

とはいえ、何とか耐えられた。苦しいが、堪えられる、そしてサイモンの肌の上の書き文字は皮膚を傷つけることはなかった。「何と」僕は言った。「うまくいった」

「どうやら」

「じゃ、鏡をとって」

「どういう意味だ?」

「霊を。せっかくやってるんだから、見てみるべきでは?」

サイモンは何種類もの苛立ちの表現を複合したような視線を向けた。「頼むよ、君は――俺たちは二人ともまだ回復中だ。後回しだ」

サイモンは手を離そうとした。僕はぎゅっと摑んで離さなかった。冷たい感覚が気持ち悪いほどの深さで金属片から染み込んだ。

「もうやってしまったことだ、サイモン。君が僕に不満なのはわかっているし、その理由は僕にも当然理解できる。でもこれがうまくいくには僕らは死ぬまでお互い百フィート以内のところで過ごさなければならないってことを思い出して欲しい。君がぐずぐずむくれ続けるとなると、あまり気持ちがよくない」

「俺はむくれてなんぞいない!」サイモンの叫びは壁に反響した。「俺は怒っているんだ」

「むくれてる」

「まったく――」サイモンはくるっと回って背中を向け、手を引き抜いた。僕は接触が途切れ、氷のような冷たさが骨の中から去ると同時に、安堵のため息を堪えることができなかった。

「ほら、わかるだろう？」サイモンの声はくぐもっていた。「ああ、ロバート。俺はカーズウェルが俺にしたことで一生を穢された。君には清いままでいて欲しかった」

衝撃的な言葉に僕の心は沈んだ。少し間を置いてからでないと返事ができなかった。「君は……君は僕が穢されたと思うのか？　この選択をしたから、君にとって価値が低くなると？」

「違う！」サイモンは驚くほど険悪な表情で振り返った。「君にあんなことをさせるのを許した俺がダメなんだ」

「君は僕に許可なんてしていない。僕の行いには許しなんて必要じゃなかったし、頼むからやめてくれないか僕を――」

「子供のように扱うな、か」サイモンは遮った。「君はいつだってそう言う。クッソ、わからないのか――？」

「よくわかるよ」今度は僕が遮った。「危険を冒す僕を見るのは耐えられない。僕が苦しむのを避けるためなら君はどんな苦痛も引き受ける。僕の命よりも自分の命を賭ける方を選ぶ」

「もちろんそうだとも。何千回でも同じことをする。君だって知っているだろう。どうして受け入れてくれないんだ？」

僕はため息をついた。「その理由はね、この威張りんぼの鬼くん、僕だって同じように思っているからだ」

僕たちは沈黙したまま少しの間立ち続け、やがてサイモンの肩が緊張した体勢から下に落ちた。傍へ歩いてくるととても注意深く僕の両肩に手を置き、それから指先で首をなぞった。

「俺が……触れると、痛いか？」

「もちろんそんなことはない」

「何も感じないか？　痛みは？」

「ううん、まったくない」僕は言った。そして、その言葉の重要性が徐々に思い起こされた。

「何てこと」

「今、気がついたのか？」サイモンは皮肉をこめて言った。「二人の物理的な接触すべてがあちらの世界に穢されていたかもしれないことに？」

僕は考えてみてもいなかった。サイモンに起こるかもしれないことと自分の身に起きるかもしれないことへの恐怖で、他のことなど考えてもいなかった。起こり得た事態を思って、僕は脚から力が抜けるのを感じた。ああ、もしカーズウェルが僕たちの関係を知っていたなら。僕たちからどれだけを奪い去ることができるかを知っていたならば……。

椅子を探すことになる前に、サイモンの力強い腕がいつもと違う丁寧さでぎゅっと僕を抱きしめた。

「もう二度とこんな無茶はしないでくれ」サイモンは僕の髪に向かって唸るように言った。「こんなバカなことをしたり、あんな男の手にかかったりするな。もう二度と」

「僕はいつだって自分の思う通りにするさ」僕は力強い胸に向かって言った。「僕を離さないで」

「もう二度と俺の目の届かないところへやらない。このドアホ」

「実際、できないよ」僕は指摘した。「百フィート、そう言われた」

「もっと近くだ」サイモンは僕の髪をつかみ、頭をひいて上を向かせ、僕の目を見た。「神よ、ロバート。この無責任で、向こう見ずなバカモノ。俺はものすごく怒っているんだ」唇が飢えたような熱情と共に僕のそれを捉え、激しくぶつかり、僕は圧倒的な安堵と共にそのキスに体を預けた。


僕らの新しい状況は容易なものではない。自分の払った犠牲に感謝を求めてはいなかった（実際、感謝されたことはない。いつだって礼儀知らずの僕のサイモン）。しかし僕はその時、盛大な怒りと愛のこもったキスをされた時、厚かましくもサイモンの命を助けようとした僕の決断が赦されたことを知った。それだけで十分だった。

カーズウェル氏には二度と会うことはなかった。神に感謝する。彼の物語の終わりのやや劇的な経緯はモンタギュー・ロード・ジェームズ教授の出版した『人を呪わば』の中で読むことができる。ジェームズ教授の出版社は明らかに僕自身のそれと同じくらい恥知らずで扇情的だった。カーズウェル氏が知ったらきっと地団駄を踏んだことだろう。

お時間があったら、その最期が彼に相応しくひどいものであったことをご確認いただけるだろう。

第九章　時代は変わる

それ以降、僕らの関係が変わらなかったと言うつもりはない。サイモンは何ヵ月もの間僕を繊細な陶器のように扱い、僕の苛立ちは次第に頂点に達して、その騎士道精神を忘れさせるちょっとした仕掛けをすることを思いついた（少々卑怯な手段を使ったその詳細はここには記さない。言えるのは多少の嫉妬は状況を刺激するのに役に立つ、ということくらいだ）。僕がその過剰な気遣いを許さないという事実を受け入れた後でも、サイモンは心配をした。

実際のところ、僕たちの関係は僕の方に被害をもたらしつつあった。三十八歳になったサイモンは、ルーン文字による消耗から解放されたため、馬のごとく健康だった。灰色の髪はその容姿を際立たせただけだ。筋骨たくましい体型は以前にも増して力強かった。それに比べて、僕は目の下に醜い傷痕と、禍々しい金属片を手に抱えていた。

普段、特段の苦痛はなかった。カーズウェル氏の仕事に対するプライドはその悪意と同レベルだった。しかし僕はサイモンといる時常に少し体力が消耗しているのを感じ、そしてサイモンが僕に頼る時、死霊がその肌の上で言葉を伝え、僕が避雷針としてその力を吸収する時は……どんな状態だったかというと、年明けから僕の髪から色が抜け始め、十二月にはサイモンと同じくらい灰色だった、と言えば十分だろう。

「この髪と傷痕じゃ」僕は少々怒り気味に、鏡を見ながら言った。「つくづく君と一緒でよかったと思うよ。他の男は僕に見向きもしないと思う」

「そいつらは幸運だ」サイモンは僕の腰を引き寄せて首にキスを置いた。「俺が許さない」

「染めてみようかな」僕は考えてみた。

「バカを言うな」サイモンは体を退けて手にしていた手紙を眺めた。

「バカなことじゃないさ。僕は三十一になったばかりなのにもう老人みたいに見える。君は気にしないって言えるか？ いや、君はもちろん気にしない。僕が頭を剃って青く塗りたくったって君は気づきやしない。そうしようか、サイモン？ 頭を青くしてみる？」

「君の好きなようにしろ、いいさ」

ぎろっと睨みつけたが、サイモンは手にしていた紙に完全に気をとられていたので何ら反応せず、僕は鏡に向き直って自分を見つめた。まだ髭を剃る前だったが、その髭も残念ながら髪と同様に灰色だった。果たして口髭を生やせばもう少し威厳が出るだろうか、それともより年寄りに見えるだけだろうかと思っているところへ、サイモンが手紙を渡してきた。

「これを読んでみてくれ」

僕は紙切れに目を通した。安物の紙、インクも安いものだ。ペン先が幾つかの箇所で割れていた。教育を受けていない書き手。そして極めて奇妙な請願。

「ロチェスター埠頭で標的落としを営んでいる男が、占い師が悪魔に憑りつかれていると信じている。こんな意地の悪いナンセンスをどうして見せる？　捨ててしまえばいい」

「そう思ったんだが、細かい証言を見てみろ。明らかに悪意のある部分を飛ばして読むと、どうだ？」

僕は長たらしい手紙を再度読んだ。飛ばして読むべき悪意が多量に含まれていた。男によれば占い師は〝不自然な生き物〟で、悪魔に身を捧げたため教会に足を踏み入れることができず、その占いはあまりに正確過ぎる、という（もちろん、悪魔の助けがあるからだ）。この点は確かに通常と違うところだった。

悪意のある申し立てを受け取るのは常だった。人種や宗教に基づいた非難は多数あった（ユダヤ人があぁした、カトリックがこうした、インドやマレー人がどうだ、など）。そうした手紙の中には書き手が不安定な人間である印象、もしくは酒に酔って書いたか、あるいはその両方ではないかというものがあった。何通かは純粋な憎悪に満ちていた。毎朝、届いた郵便を確認する作業をしていると、この世の同胞人類に対して落胆を覚えてしまうことが度々あった。

当然、僕らの職業は本物の事案と、悪意もしくは妄想の産物とを区別するのを少し難しくした。一度、隣家が蛇でいっぱいであるという数通の手紙を無視したところ、それが文字通り本当だったことがあった。しかし一般的にはこうした悪意のある手紙は皆似たような嫌悪感にあふれるものだった。

ただ、占い師、最も俗悪で人を騙して生きる類の者に対して、真実を当て過ぎると非難する……これは充分変わっていて、注目に値した。

「ミス・ケイに渡しては？」僕は提案した。「占いは彼女の専門だ」

サイモンは苦笑した。「遅かった。これは彼女から渡された」

つまりミス・ケイはこの占い師を確認するのは僕らの仕事だと判断し、偽物だったらそれで相手にしないいし、本物だったら知らせろと言う意味だ。または、もちろんだが、これが本当に悪魔憑きの類だったら僕らで適切に対処せよ、と。僕は諦めのため息をついて、再び口髭について考え始めた。


僕たちは一八九九年十二月三十一日の午後にロチェスターに到着した。

それは不思議な時期だった。僕たちの時代にその名前を与えた女王は今や非常に老齢で、変化の空気が漂っていた。驚くべき発明——自動車、電気製品、電話——がやがて普通のものになるかのように話題になっていた。女性たちは新しい権利を主張していた。世紀末《ファン・ド・シエークル》のムードは退廃が常にそうであるように大人気だったが、新しい世紀が訪れつつあり、それは生まれ来るものすべてがもたらす約束に満ちて、海からの冷たい風が顔に吹きつけるロチェスター埠頭に立っていても、未来と命と希望の匂いがするような気がした。

ロチェスターの街は祝賀ムードだった。大きな街ではない――もちろん都市ではあり、古い大聖堂と城があるのを誇りにしていた。それらの偉大な建造物は小さく囲まれた場所に不調和な状態でまとまって建っていた。市場広場は中世の城壁に囲まれ、街全体がナポレオン戦争時代に築かれた補強の内側にまとまっていた。海へとつながるテムズ川の河口部分に位置する地勢のため、大昔のデンマーク人や最近のフランス人まで、常に外敵の攻撃対象となってきたが、ドックや造船所は繁栄しており、古く狭い道は祝賀で明るく照らされていた。色付きのランタンや花火、かがり火や屋台が見られた。冬の最中の水辺の街で想定される突き刺すような寒さで、辺りは暗くなりつつあったが、お祭り騒ぎをする人々の祝日の活気が折られることはなかった。

実のところ、仕事というより遠出にやってきた気分だった。焼き栗を一袋買って、僕らは埠頭を歩きながらそれを割って食べた。この記念すべき日に仕事場が楽しい時間に変わった。人形劇、ジャグラー、踊る犬、綿あめを売る屋台、そして赤と金に光る色塗りされた馬のいる大きな回転木馬の横を通り過ぎた。

「あれが標的落としだ」僕は気が進まないまま言った。「情報源に会わないといけないいな」

それはエフライム・ジェンキンスという脂ぎった男で、絶え間なく手の関節で音を立て、非常に積極的に証言をしたがった。

「どっかおかしいとこがあるんだ、あの幻視者は。あの男が自分で自分をそう呼んでるんですがね」いわくありげな口調で僕らに言った。「見た目がおかしい、言っていることもおかしい。俺に言わせりゃ、自然じゃねぇ。あのオスカー・ワイルドみたいな類だね、俺の意見を聞きたいならば」

「聞きたくない」サイモンは言った。「もし噂話と悪口を言うために俺をここに呼んだのなら――」

「いやいやいや、サー、そんなことはねぇんです」ジェンキンスはあわてて言った。「俺が言いたいのは――」

「端的に言ってくれ」僕は提案した。サイモンが手を出したくなるまで放っておきたい気持ちもあったが、さっさと片付けて家に帰りたかった。「あんたはその幻視者の言うことが正確過ぎると言った」

「そうだ。知ってるべきじゃないことまで知っている。知るはずもないようなことまで。あることないこと言うんだ、あの盗み聞きの覗き見野郎は――」

「どんなことを言うんだ?」サイモンが遮った。

ジェンキンスは具体的な事象を証言することを拒んだが、そのはっきりしない仄めかしと呟いた文句から、どうやら自分の人生についての正確だが知られて欲しくない事情を語られたことがわかった。

「噂話なら誰だって知ることができる」僕は言った。「教会についての話は何だ？」

「はは、サー、あれが証拠でさぁ。俺自身の目で見たんだ。クリスマスの日、ロチェスター大聖堂。皆、中へ入って行っていた。あいつはあの異教のローブで、人をかき分けてやってきて……」劇的な間を置いてからジェンキンスは言った。「奴は敷居を通れなかったんだ」

「どういう意味だ？」サイモンは訊いた。「気を失った、床に崩れ落ちた、火柱になった、後ろを向いて去った？　何だ？」

「蛇に嚙まれたみたいな声を上げて、背を向けて逃げた」ジェンキンスは少々すねたように応えた。

「そうした理由はいくらでも考えられる」サイモンは言った。「あんたには明白に悪意があって、恐ろしく役に立たんな。今後は自分の仕事に専念して人のことには首を突っ込むな。それでは」

「僕は君のことが大好きだって知ってた？」標的落としの許を離れると僕は訊ねた。

「なぜだ？　ほら、あそこだ」

サイモンが示したテントは小さく、ボロボロの薄い紫のベルベット製で、入り口には裸足の少年が退屈そうに店番をしていた。文字の薄れたボードは中にいるのが〝秘密を見通す幻視者〟であることを喧伝していて、僕らが見ていると、怒り心頭の様子の婦人《レイディ》が一人、テントから出てきた。

「嘘つきが！」女はそう言い切った。顔は赤く、それは怒りとルージュと、ジンのせいか——レイディと呼んだのは寛大な表現だったかもしれない。「何の価値もありゃしない！よくもあんなことを。それどころか——」

少年は金を返すなんてよくあることだというような諦め顔で、硬貨を何枚か女に渡した。婦人はそれを確認し、鼻を鳴らし、テントの入り口に向かってさらに一言二言悪態を吐くと、そそくさとその場を去った。

間違いなく時間の無駄になりそうだったが、ここまで来たからにはちゃんと確認をするまでだった。僕らがテントの入り口に近づいていくと、裸足の少年が進路を塞ぎ、金切り声でこう言った。「一人ずつでお願いします、紳士方、代金は三ペンス」

僕はサイモンを見た。「僕が？」

「もちろんどうぞ」

差し伸ばされた汚い手にコインを落とした。店番の子供は少しだけ横へ体を傾けて通っていいことを示し、僕はベルベットのフラップを通ってかび臭いテントの中に入った。

そこは狭く、天井が低く、安物の香料の匂いで満ちていた。中央にテーブルがあり、けばけばしい色の布の上に水晶玉が置かれていた。水晶玉には落として傷がついたのかような亀裂が走っていた。その前には頼りなさそうなスツールがあり、僕はそこに座った。テーブルの向こうには人が一人いた。

影に隠れた曲線や、着ているローブ、そして心地よいアルトの声音からは、幻視者が女性なのか男性なのか、その両方なのか、さらに別の何者かなのか、判断するのは難しかった。後々わかってくるように、この注目すべき人物に対して、彼《he》とか彼女《she》という呼び方をするのは相応しくなかった。僕はその本来の姿を裏切るよりは英語文法を冒瀆する方を選び、代名詞を使う時には単数形で〝彼ら《they》〟を使いたい。

その人は僕の方を見た。とても若い顔に年を経た目をして、神秘的としか呼ぶことのできない、フルートのような声で話した。「我《われ》は秘密を見通す幻視者。あなたの名前は？」

「ロバート」

「ロバート。両手を出してください」幻視者はテーブルの上から両手を僕の方へ伸ばした。

このみすぼらしい装飾と人々の言い分が示すように幻視者が偽物ならば、金属片《カルトゥーシュ》への反応、というかその反応のなさで即時に明るみに出るだろう。僕は両手を出した。

幻視者は僕の手に一秒の欠片ほどの時間触れ、まるで焼けたものに触ったかのように離すと、恐怖の叫びをあげて僕から離れ、椅子から落ちた。

「何てこった」僕は安物のサテンと足がバタバタする混乱した様子をテーブル下から覗きながら言った。「大丈夫か？」

「一体今のクソッタレ地獄は何？」幻視者は先ほどに比べるとだいぶイーストエンド訛りの混じる口調で言った。「いや――」再びフルートのような声音が戻ったが、どうやら取り繕っても無駄だとすぐに悟ったようだった。「クッソ」

　僕は助け起こそうと右手を伸ばした。幻視者はいらないと身振りで示して立ち上がると、疲れた目で僕を見た。

「傷つけたりしない。座って」僕は再度両手を伸ばした。「何が見えた？　声音は作らなくていい」

　指先で僕の手に触れ、金属片を避けた。「ひっどいな。一体誰にやられたの？」

「君が心配する必要のない相手だ」

「そうは言ってもさ。神様、これは何？　どこまで……」幻視者は動きを止めた。テントの入り口のフラップと外を見つめた。そして言った。「彼にも入ってきてもらったら？」

「彼？」

「これがつながっている先。接続されている人」

「サイモン！」僕は呼んだ。サイモンは少ししてフラップから入ってきた。「サイモン、こちら秘密を見通す幻視者」

「ジョー」幻視者は少し恥ずかしそうに言った。「ただのジョー」

　サイモンは片手を差し出した。ジョーは目を細めた。その目は温かい金褐色だった。非常に注意深く細い指を差し出し、サイモンのそれに触れると顔を歪めてすぐに引っ込めた。

「なるほどね。あんたがロバートで、あんたがサイモン。あんたたちの周りは霊がいっぱい。

大した占い師じゃなくてもこれはわかって当然だよね？　こんちは、ミスター・サイモン・フェキシマル、何でここまでやってきたのさ、知らないふりをして聞くけど」

「僕らが来た理由は何だと思うんだ？」僕は訊ねた。

　ジョーは音を立ててテーブルに肘をついた。「我《われ》、また当てちゃってるんだ」とても若く、途方に暮れているように聞こえた。「他の皆と同じように作り事を言えばいいんだけど、無理なんだ、頑張ってはみたんだけど。本当に。水晶を見てかわいい恋人や金儲けについて話せば誰だって満足さ。でも……」その声は囁きのように低くなった。「それは本当のことじゃない。我に見えることじゃない」

　サイモンが片手をテーブルに置いた。「君に何が見えるか教えて欲しい。ロバートの書いたものからではわからないこと」そう追加した。今までも何度か僕の本の内容を暗唱されたことがあった。

「あんたの霊のどれか？」

「できれば」

　ジョーはサイモンの手に触れた。そのまぶたが閉じた。「マジでたくさんいるね？　ウナギ、臭い、ネズミ……ガラスの目？　死んだ男の指。溺れた指。銀。それから音、ドン・ドン・ドン、馬だ、黒い馬――い、この馬は！」最後の言葉は悲鳴に近かった。「何てこった！」

「どうやら決まりだな」サイモンが言った。

ジョーは青白くなっていた。「今のは――あの男は本当に――ああ神様、いやだ」

「同情は無用だ」僕は言った。「あの男に相応しい最期だった」

ジョーは無言で首を横に振った。僕らの後ろで音がして、店番の少年がジョーの許へ這い寄ってきた。警戒心で目を大きく見開いていた。

「大丈夫だよ、サム」ジョーは子供の肩に手を廻した。「だいじょぶ」

「君は自分を占い師と呼んでいる」サイモンは言った。「未来を見ることができるのか？」

ジョーは顔をしかめた。「皆、芝居を見ているように見るっていうけど、そうじゃないんだ。情景やイメージ、感情が浮かぶんだ、わかる？」

「わかる」僕は言った。

「うん」ジョーは僕に向けて眉をひそめた。「そうか、あんたにはわかるんだね？　あんたにも見えるんだ。でもあんたは……」少年サムが汚い指で警告するように幻視者の腕をつついた。

「何？」僕は訊いた。

「聞け」僕の声の上にかぶせるようにサイモンが言った。「俺たちは君が君の才能を使うことについて異論を持っている隣人に呼び出された。そこには正当性がある。君は闇をかき回している。君は自分の身を守ることなく、周りに与える影響を考えずに危険な力に手を伸ばしている。どんな物を呼び出してしまう可能性があるか、考えたことはあるか？　この世に放ってしまうかもしれない恐ろしい物のことを？」

ジョーは小さくなって後退りした。サムはその腕を摑み、サイモンを睨みつけた。

「考えたことはない」ジョーは細い声で言った。「まったくわからない。我はこんな風になりたいなんて思ったことはないし、今だって思っていないけど、仕方がないんだ。あんたの肌に触ったら見えてしまう。見たくないけど止められないしどうしてだかわからないし――我は悪者なの？」その言葉は突然、絶望的な性急さで吐き出された。

「何だって？」

「悪」ジョーは肩を丸めた。「皆そう言うんだ。悪魔の子、悪魔の仕業、皆そう思って――」

「オラは違う」サムがかん高い声で言った。

「サム以外はみんな」ジョーは少年に微笑みらしきものを見せた。「我は自分を悪だとは感じないし、そんなつもりもない。だけど、フェキシマルさん、これが悪魔の仕業じゃないなら、何なの？」

「もちろん君は悪なんかじゃない」サイモンはぶっきらぼうに言った。「いや、もしかしたらそうなのかもしれない、俺にはわからん。でももしそうだしても、それは君に見えることとは何の関係もない」

ジョーはこの言葉に安心した様子はなかった。僕は間に入った。「フェキシマルさんが言っているのは、悪というのは行いのことだという意味だ。君が行うことで、君そのものではない。君の質問がそれだとしたら、例えば僕は間違いなく、悪を為す人間ではない。まぁ、ごく稀な例外もあるけど。大聖堂について話してくれるか？」

ジョーはビクッとした。「あの話を聞いたんだ」

「隣人というのはおしゃべりなものだ。何が起きた？」

「教会に行こうとしたんだ」ジョーは囁いた。「大聖堂のクリスマスの日のミサ。聖歌が好きなんだ。それで……中に入ろうとしたとき……ああ、神様」おぞましさを思い出したように両手を口にやった。「扉にべったり血がついていた」

「見えたのか？」

「血。それから苦痛、悲鳴と……それに……昔の、大昔の絵を見たことがあるだろ、悪魔とその手下が罪人を拷問しているような？」ジョーは発作的に息を呑み込んだ。「見えたのはそれ。クリスマスの日に教会に行こうとして、地獄が待っていた」

長い沈黙があった。サムはジョーの腕を支えるように無言で抱きかかえ、まるで僕らが当然答えを用意しているかのようにこちらを見ていた。認めよう、何を言っていいかわからなかった。生半可な慰めの言葉をかけるには、僕は多くを見過ぎていた。

人生で一度も生半可な慰めを言ったことのないサイモンは、眉をしかめていた。「それより前に大聖堂に行ったことは？」

「ない」

「他の教会の中に入ったことは？　宗教行事が行われる場所や聖域に立ち入ったことは？」

「ある」

「何も見ることなく？」

「うん」ジョーは肯定を繰り返した。

「なるほど」サイモンは立ち上がった。「ここの教会の何が特別なのか見に行ってみようか」

「大聖堂の問題だと思うのか、本人のせいではなく――？」暗い道を歩いていく中、僕は後ろからついてくるジョーを振り返った。薄いコートで寒さに体を丸め、足元に例のおかしなローブの裾がまとわりついていた。幸運なことにもう巷は暗くなっていて、大きな注目を集めることはなかった。サムは小走りでついてきていた。

サイモンは肩をすくめた。「地獄への道を一直線に歩いているような男女に多数会っているが、聖域を歩くのに苦労をしているところなど見たことがない」

もっともらしい考えだった。ジョーの痩せて怯えた顔を見ると、それが正しいことを僕は願った。

ロチェスター大聖堂は見事なもので、灰色で巨大なゴシック建造物だった。この状況に相応しく不吉な雰囲気で空に向かってそびえていた。サイモンは扉への段を上るとためらうことなく中へ入った。

「さあ、来い」

ジョーは開かれた通路を見つめた。内側からのほのかな光が見えた。「もし……もし行けなかったら？　もしまた通れなくて、また見てしまって、今度は知ってしまったら？」

「何もわからないままだったらどうなる？」僕は訊いた。「残りの人生を地獄へ落ちるかもしれないと恐れて生きるのか？」

「知ってしまうよりはマシじゃない？」

「僕はそうは思わない」

ジョーは少し考えた。僕は元気づけるようにその肩をポンと叩いた。「フェキシマルさんに任せるがいい。待たせない方がいいぞ」

ジョーは頷くと、大きく息を吸って扉の方を向いた。思うにそれは、僕が人生の中で見た大層勇敢な行為の一つだった。四歩歩いて入り口を通り抜け、立ち止まった。

「どうだ？」サイモンが訊いた。「ジョー？」

「何もない」ジョーは振り返った。信じられないという笑みが浮かびつつあった。「何も」

サムがかん高い声で歓声を上げ、ジョーに抱きつくと、受け止めたジョーは少年を抱えてひょいと振り回した。僕もいくぶんか笑っていたかもしれない。「それはよかった。一体何が起きたんだ、サイモン？」

サイモンは入り口にまたがって立ち、片足に交互に体重をかけていた。「何とも言えない。

どの時点で幻視があったんだ、ジョー？　この入り口を通過した時か？」

「よくわからない」ジョーはサムを放した。「混んでいて、人がたくさんいた。我はこの辺りに立っていた」扉から数フィート離れた場所を示した。

「ちげぇよ、そこじゃない」サムが言った。「ここだよ」駆けて行って汚い素足を扉の横に置いた。「ちょうどここ。誰かに押されて扉にぶつかったんだ、覚えてない？」

「いや……」

「そしたら、そこで変な発作が起きたんだ」サムが指摘した。「オラは見てた」

「ジョーが扉に触るのを見たのか？」サイモンは繰り返した。「では──」

「失礼。助けが必要ですか？」

声をかけてきたのは堂守の黒い衣装を着た年配の男だった。僕らの奇妙な小さな集団に怪訝な視線を向けていた。まぁ当然と言えよう。

「この扉だが」サイモンが言った。「どんな歴史が？」

「ええと、とても古い扉でして──」

「血塗られた歴史だ」僕はサイモンが何を訊きだそうとしているかを察して提案した。「話したくないような恐ろしい歴史」

「私が話したくないような──というか、やたらに想像を刺激するのはよろしくないですからね」少々あわてた様子で堂守は言った。「扇情的な伝説で、それ以上のものではない」

「話してくれ」サイモンと僕はそろって言った。

堂守は僕らを見比べ、主にサイモンの方を見て、諦めた。「こうした扉の多くが昔は牛革で覆われていたことはご存じかと思います。伝説によれば――もちろん、ただの伝説ですよ――大昔、デンマークの侵略者が聖域を荒らしているところを地元の民に捕らえられ、世にもおぞましい刑罰を受けたというのです」

「皮を剝がされた」ジョーが囁いた。その体が少しふらついた。サムが慣れている風にその体重を支えた。「生きたまま皮を剝がしてそれを扉に釘で打ちつけた。そうでしょう？　我が見たのは地獄でも悪魔でもなかった。人のやったことだったんだ」

「僕の経験上もよくあることだ」僕は言った。「サイモン、何をしている？」

「皮膚の跡を探している」サイモンは扉を近くでじっと見ていた。「おそらく、ここに――」

「もう、頼むよ。寒いから行こう」僕は脅えた堂守から離れ、小さな集団を階段下に導いた。

「さ、ジョー。安心したかい？」

ジョーは頷いた。「まぁね。うん。本当のことを言うと、ちょっと自分がバカに思える」

「バカではない。情報不足だ」サイモンが言った。「君には強い幻視の力があるが、自分自身や他の人間を危険な目に遭わせないためには知識を蓄えないといけない。今のままではダメだ」

大聖堂の敷地を歩いていく中、ジョーは顔を背けた。「うん。わかってる。でも我とサムは二人きりだし、何とか食べて行かないといけない。他に何ができる？」

　サイモンは二人組を見た。その着古してつぎはぎだらけの服を見て、誰にも頼れず一緒に固まっていた別の二人の子供を思い浮かべたのかもしれない。サイモンは僕を一瞥した。僕は頷いた。

「ロンドンに来い」サイモンは言った。「君には指導者が必要だ、そして俺の同僚はおそらく今生きている中で最も優れた幻視者の一人だ。彼女がきっと君に教えてくれる。必ず方法を見つけてくれる」

　ジョーはガスランプの灯りの下で立ち止まった。「本当に？」

「俺が連れて行く。どうしたらいいか彼女が一番わかっている」

　ジョーの顔の表情は、希望と不安とがぶつかり合っていた。「フェキシマルさん、あんたの言っていることは理解したけど、悪くとらないで、我のできることを欲しがっている人はたくさんいる。それにサムのこともあるから、気をつけないといけない。だから、手を出して欲しい」

　サイモンは頷いて再度片手を差し出した。

「あんたも」ジョーは僕に言った。「右手」

「なぜ？」手を出しながら訊いた。

「あんたたちは繋がっているから」僕の手の甲を指先で軽く触れ、次にしっかりと手を置いた。

「わぁ。あ」

僕は集中した表情のサイモンの方を見て、この奇妙な若者が僕らの間に一体何を見るのだろうかと遅まきながら思った。

「見える……物語が見える、語られるのが。暗闇と……いや、影」ジョーの声はふわふわと抽象的に響き、まるで心がここにないかのようだった。「影の中で暮らし、影から光が放たれる」ジョーのまぶたは不思議にぴくぴくと動いた。「光の中に影、沈黙の言葉、でも彼らはやってくる。そして光がその後に来る。青の上に光。光あふれる時がきっと来る……でもまだ先の話だ。まずは長い夜が来る」

僕らはもう少しの間静けさの中に立ち、やがて幻視者は手を離し、僕らに悲しそうな半笑いを見せた。「今のがどういう意味だったのかは、あんたたちが我に教えて。でもあんたたちは信用できると思う。だから、あんたの同僚と話に行く――」サムが袖を引いた。「このサムと一緒に。我たちは一緒に行くから。それでどうなるか様子を見る。それでいい？」

「いい」サイモンは言った。「同僚が何と言うかは保証できないが、君たちの生業を奪うようなことはしないと約束する。何らかの方法で新しいスタートが切れる」

「新しい世紀に新しいスタート」僕は言い添えた。「古いものよりも明るく、よりよくありますように」

「うん」ジョーはゆっくりと言った。「だといいなぁ」

完全に納得したという様子ではなかった。

僕らは幻視者と少年をロチェスターに残した。新年にはフェター・レーンに訪ねてくるとの約束で、そのため多少の電車賃も置いてきた。ロンドンへの帰りの列車は延々と時間がかかったように思えた。都会に戻ると通りはお祭り騒ぎをする人々であふれていた。一緒にベッドに入ったのは真夜中に近かった。

「来ると思う？」念のために二人を一緒に連れてこようか悩んだのだ。

「疑いない」サイモンは言った。「ジョーの置かれた立場は不快なものだ。世界の下の世界との接触を持つのは心地悪いし、誰の援助も知識もなければなおさらだ。彼――彼女？――には指導者が必要だ」

「ミス・ケイはやると思うか？」

「あの才能だぞ？」サイモンは鼻を鳴らした。「導いて、守って、カーズウェルみたいな輩に手出しをさせるのを死んでも防ぐだろう」

その通りだろう。ジョーには庇護者が必要なのは明らかに思えた。僕たちの生きる硬直した規則だらけの世界は男性や女性といった決まった場所からはみ出ようとする人間にはやさしくなかった。

「彼――彼女――ええい、彼らと言うよ。彼らが言っていた光とは、何だと思う?」

サイモンは肩をすくめてその広い胸に僕を抱き寄せた。「わからん。俺がシオドーシアから学んだことがあるとすれば、予言に捉われて生きてはいけないということだ。ほとんどの場合、手ひどく裏切られる。いずれにせよ……」僕の額に唇をつけた。「未来の淡い保証など俺には必要ない。今ここでとてもいい気分だ」キスは僕の耳たぶまで下りてきた。「髪を青く染めると言ったか?」

「そんなところだ」

サイモンは困惑と笑いが混ざった息を吐いた。「それが新しいファッションなのか? どうしてもというのなら」

「反対しない?」

「君が本当にいいと思うのなら。青でも茶色でも、灰色でも、君が満足なら俺にとっては同じだ」

僕は体を転がしてサイモンの胸にまたがり、ルーン文字が僕の太ももの下で動く中、その顔を見つめた。「僕は満足だ。ものすごく。そうじゃない理由がある? さらに満足できる唯一の方法は、ミスター・フェキシマル、君が奮起して僕と一緒に新世紀を目撃してくれること」

サイモンは温かく力強い両手でしっかりと僕の腰を掴み、その無意識の所有の意思表示で僕の身体を震えが走った。「お役に立てると思うよ。君にも一つお願いしていいか?」

「大喜びで」

「髪は青く染めるな。灰色が好きだ。対照的なのがいい」

「何と？」

「君に重さを与えている、君はいつだって軽さの権化だから」

僕は目を細めて見つめた。「今のは冗談に聞こえたんだけど」

「あまり独創的ではないがな」それでも自分に満足しているように見えた。

「でも」僕はキスをしに体を屈めた。「時計の音にあわせるならそろそろ始めないと」

そして僕らはそうした。サイモンの腕が僕の首に回されて抱きかかえられ、僕がその体を抱きしめながら。二人で快楽にあえぎながら。二人の人間が近づける最大限、互いを抱きしめあい、小さな悲鳴と言葉にならない囁きと共に、二人で揺れた。

「これが新世紀の迎え方だ」サイモンは僕の耳に囁いた。「新しい世紀に向かってイクんだ」

僕らが愛し合っている中、外から大きな歓声が聞こえ、群衆が集う道なりに怒涛のように広がっていき、ロンドン中で鐘の音が鳴り始めた。


僕らはジョーをフェターー・レーンでの生活に招き入れた——大きな家だし、ミス・ケイはこの宝を失いたくはなかった。神出鬼没のサムも一緒で、少年は教育を受けながら、コーネリアの雑務を手伝った。ジョーは愉快で、大胆なところのある若者で、その才能はすぐに僕たちの仕事に必要不可欠なものとなった。サムはごく普通の、遠慮知らずのやかましい子供で、しょっちゅう暴れまわっては何の恐れもなくサイモンとミス・ケイに生意気な態度をとった（僕の意見ではこれは二人にとってとてもいいことだったと思う）。二人の若者たちの存在により、僕らの冷たい家は、かつては可能だと思えなかったほどにぎやかな場所になった。

これまで僕らの初期の数年についていろいろと書き記してきた。後年のことについては特に書き足すことがないように思う。僕らの仕事は劇的で危険に満ちたものであり続けたが、サイモンと僕の関係は、相互理解と安定した愛のある満足とのよい均衡に達していた。僕らは傷つき、髪は灰色で、たくさんの経験をしてきたが、どの経験も隣り合わせでいられたので、僕らは幸せだった。

ここで話を終わらせるべきなんだろうと思う。新世紀の鐘と共に訪れた希望に満ちた平和な未来の夜明けに。それが物語を紡ぐ喜びの一つだ。完璧な瞬間に物語を終わらせることで、それが読者の記憶の中で最後の場面として輝き続ける。

もしここで終われたのなら、すべては永遠によくあり続ける。

でもそれはできない。

第十章　終わりに

サイモンと僕の隠された人生の話を書き始めたのは一九一四年の九月で、世界は僕らの周りでカオスへと陥って行きつつある時期だった。あれから情勢は変わっていない。今これを書いている現在、ロシアでは暴動が起きていて、皇帝の軍が攻勢を強めている。アメリカが戦いに参入した。一体いつどうやって終わるのか、神のみぞ知る。

サイモンと僕は今や兵士、のようなものだ。僕らは徴兵されるには年を取り過ぎているから、君は驚くかもしれない――――サイモンはあと数週間で五十六になる。それまで僕たちが生きていればだが。髪は本物の灰色になり、力強い両肩は少し丸くなり始めた。言う必要もないと思うが、僕らは志願したわけではない。僕は愛国者ではありたいが、今のように若者たちを刈り取っていく英国には、愛を感じない。これは血の生贄に他ならず、英国のためであれドイツのためであれ、銃を担ぐ勇敢な若者たちはいずれも、ヘイグ将軍が銀のナイフを握る中、悪臭のする貯蔵庫で石の祭壇に縛られた被害者なのである。

君はなぜ僕とサイモンがこの戦いに加わったのか、疑問に思うことだろうが、こうとしか言えない。僕らは強要されたのだ。両陣営の大きな権力はそれぞれ触れるべきではない世界の影響力を利用しようとした。一九一四年のモンスでの召喚はほんの始まりに過ぎず、ヨーロッパのオカルティストたちは要請されたり強要されたりしながら、この世ならぬ場所からの力を呼び覚ますために総動員させられた。僕らも逃れることはできなかった。ホワイトホールからの使者たちが何度もサイモンを訪れ、最初は要望だった伝言がやがて命令へと変わっていった。サイモンはますますぶっきらぼうに断った。サー・ランジート・シン本人が気持ちを変えさせようとフェター・レーンまでやってきたが、失敗した。

「あなたにはもう独立という贅沢はないのですよ、ミスター・フェキシマル」サー・ランジートは警告した。「母国があなたの助けを求めている。ドイツはヴィッテンベルグにロンドンにいるすべてをあわせた以上の数のオカルティストを集めている。戦争が起きていて、あなたが必要とされている」

「俺は人間とは戦わない」サイモンは唸った。「ドイツは俺の敵ではない」

「今は敵だ」サー・ランジートは言った。「あなたが自ら選択できるうちに、考え直すべきだ」

サイモンは断固として拒否した。二日後、ホワイトホールの役人が僕らに会いに来た。この時はファット・マンが残していた記録にサー・ランジートが目を通したと知らされた。役人は複数の証言記録を持ってきていた。二人の情熱の発露が慎重さを凌駕してしまったとあるホテルから。もう二十年以上も足を踏み入れていないクラブから。最悪だったのは、十年ほど前に僕がサイモンへ書いた手紙だった（後からサイモンに、どうして二人を陥れかねない愛と欲望の言葉が書かれた手紙を取っておいたのかと訊ねた。賢明な男ならすぐにも焼き捨てていただろう。サイモンの答えは「君が俺に書いたものだったから」だった）。サイモンは手紙を保管し、誰かが僕らの家からそれを盗み、今度は屈辱と羞恥と投獄を伴うソドミーの罪で裁かれ得る脅迫材料として僕らの顔の前にかざされた。

サイモンは五十代だったがその右手には半分の年齢の若者と同等の力があった。サイモンの気持ちを多少和らげた以外、状況は変わらなかったが、ホワイトホールの役人は僕らの苦く不承不承の降伏と共に、ひどくへし折られた鼻の骨を持ち帰った。

僕らは早い時点でジョーを逃がしていた。僕らの勇敢で繊細な幻視者がどこかのまぬけな将軍の水晶玉のように使われるのは耐えられなかったので、ミス・ケイは戦争が始まる前にジョーを隠した。ジョーが戦争を予見していたことは言うまでもない。サー・ランジートはそのような力を英国から奪うことは反逆行為だと僕らに告げた。そうなのかもしれない。でも僕は反逆者であっても、後悔はない。

サムはジーン・ロビーと同じ戦艦に乗っている。このことは考えたくない。

というわけで今サイモンと僕は隠された戦争を戦っている。両陣営のオカルティストたちが互いに向けて力を使っている。世界に放たれた狂気がこれでもまだ足りていないかのように。どんなに脅威が迫ろうとも、サイモンはこの悪行に能動的に参加することを拒んだ。だから僕らは担架のかつぎ手となり、見えない戦争の最前線の良心的兵役拒否者として、理由を引き起こすことはなく、症状に対処した。昨年、ノルマンディーの塹壕を襲った無人地帯の悪鬼を退治した。僕らは塹壕を歩き、ネズミと鉄条網と泥の中を進み、周りには砲弾が落ちていく。亡霊たちは昼も夜もなく叫ぶ。サイモンの肌の状態は口に出せないほどひどい。僕の左手は四六時中冷たい痛さでずきずきして、使いものにならない。金属片《カルトゥーシュ》の繋がりを壊すのが怖いので、サイモンから二十ヤード（約一八メートル）以上離れたところには行かない。行きたくない。

僕は人生でたくさんの悲惨な光景を見てきたが、この戦争は今まで経験した中で一番地獄に近い。そして、全体的にみて、もう終わりなのだと思う。

僕らはこのキチガイじみた争いが終わるまで戦うか、僕らが先に終わるかだ。どちらにせよ、もう英国には戻らない。温暖な場所を夢見ている。青い空と平和、とりまく海、そして他人から遠く離れてぽつんと立つコテージ。どこか戦争に荒らされていない場所、そんな場所が果してヨーロッパにあるのなら。どこかホワイトホールに見つかることなく、死者の声が囁きにまで音量を落とし、年老いていく紳士二人が穏やかに一緒に暮らせる土地。死をもてあそび、愛を罪とする国の詮索の目と屈辱の脅しのない場所。

そういうわけだ。このボロボロの原稿を弁護士に送って君に届くように手配し、戦争の下の戦争へと戻ることにしよう。戦いが終わったら、僕とサイモンは死亡ないし行方不明と記録され、僕から君に連絡することはもうない。この原稿は法律が許す時が来たら出版をしてもいいし、破壊してもいいし、どう扱ってくれてもいい。もはやどうでもいい。

でも僕は書かずにはいられなかったんだ、ヘンリー。僕は誰かに伝えたかったんだ、自分が何者だったのか。サイモンの助手でも、伝記作家でも、貧しい物書きの友人でもなく、素晴らしい人生の素晴らしい愛の相手だったこと。その影で生きてはきたけれど、僕はいつだってサイモンの隣にいたのだと。僕は空気のように必要とされていたのだと。

サイモンは今夜キャンバス地のテントの中で隠れるように僕にキスをして、その後、静かに言った。「愛している」

「知っているかい」僕は言った。「二十三年経つけど、君は今までそれを言ったことがなかったって?」

「なかったか?」少しだけ驚いてサイモンは言った。「でも君は知っていた」

「もちろん、知っていたさ。いつだって知っていた」

「なら、問題はない」サイモンは少し怒ったように言って、僕の肩に腕を回した。

もし運命が僕らにさらに二十三年を、できれば心地よい引退生活をくれるのなら、それは大いに歓迎する。でももし今夜終わっても、二人一緒なら、僕はその運命に満足だ。

どちらにせよ、親愛なるヘンリー、君と一緒に仕事ができて光栄だったよ。君のオックスフォード・カンマへのしつこいこだわりを除いてはね。

変わらず君の友

ロバート・コールドウェル
パッシェンデール
一九一七年十月

編集者のメモ

サイモン・フェキシマルとロバート・コールドウェルは大戦の終わりの功労者名簿に行方不明と記載された。遺体はなく、とはいえ、多くの男たちが無名の墓や砲弾の穴で最期を迎え、泥の中に埋葬され、あるいは腐肉をあさる獣の腹の中に納まった。

記録によれば、一九二一年、ミス・シオドーシア・ケイはその相当な資産を売却し、財産の半分とフェター・レーンの所有地をジョーと呼ばれる人物に譲り渡し、ナポリ行きの蒸気船に乗った。そこで彼女は姿を消した。静かに、永久に。一人旅をする年配の女性だったので、盗人であふれる都市であえない最期を迎えたのかもしれない。あるいはイタリアの沿岸で、英国との関係を継続する必要性を感じず、孤独な引退生活を送ることを選んだのかもしれない。

あるいは、私は度々思う、というか夢想する。ミス・ケイは目的をもって姿をくらまし、とある場所を目指したのではないか。そこはもしかすると地中海沿岸の小さなコテージで、世界の注目からは遠く離れた場所だ。そこでは明るい色の目の紳士とその年上の連れ合いが、幽霊もいないほどの静けさの中で生き、海に降りそそぐ陽光を見て共に日々を過ごしているのだ。

ヘンリー・スコット　編集者

謝辞

この本が存在する理由の大部分はジョーダン・L・ホークと一緒に短編『レムナント』を書いたからなので、大いに感謝を捧げたい。その短編は『予見された運命』のすぐ後の設定で、サイモンとロバートはジョーダンの小説シリーズに登場するホワイボーンとグリフィンのコンビに遭遇し（互いにたじろぐことになるのだが）、ロバートはここで少々卑怯な手段を使ってサイモンの騎士道精神を刺激する。

『レムナント』は無償で公開されている（訳註：原語の英語版のみ。著者の公式サイトwww.kjcharleswriter.comで読むことができる）。

『秘密事件簿』はヴィクトリア朝のオカルトの伝統とそこから生み出されたパルプ・フィクション（大衆娯楽小説）への愛すべきオマージュとして書かれた。以下の作品はすべてProject Gutenbergで見つけることができる（再び訳注：原語の英語版のみ。ほぼ全作品、過去に和訳出版されている）。

『予見された運命』に不謹慎にも私の都合で登場してもらったカーズウェル氏は、M.R.ジェームズ著『人を呪わば』（Casting the Runes）の悪役である。今すぐ一読をお勧めする。

トーマス・カーナッキとサーマー儀式はウィリアム・ホープ・ホジソンの『幽霊狩人カーナッキの事件簿』(Carnacki the Ghost Finder)内の創造物で、ロバートは同意しないかもしれないが、かなり面白い作品である。

ジョン・サイレンス博士はアルジャーノン・ブラックウッドの作品群に登場する。

邪悪なニコラ博士はガイ・ブースビーの小説三作品で活躍する。

ダイオジニズ・クラブとそこに所属するファット・マンはサー・アーサー・コナン・ドイルの創造物である。


幾つかの話は英国の伝承に基づいている。

ピーター・デ・ロッシュとアーサー王の伝説(『幻の蝶』)はとても古い話である。ピーターは実在し、ウィンチェスター大聖堂でその墓を見学できる。子供向けの楽しい話として紹介してくれたジル・ヴィッカリーに感謝すると共に、台無しにしてごめんなさい。

ヴォーティガンの館の話(『リメンバー、リメンバー』)はウェールズのマーリンにまつわる古い伝説の一部である。ヨーロッパではたくさんの橋や宮殿が血で塗り固められていると言われている。

ダンドーとその犬たち(『騎乗の悪魔』)の声は今もコーンウォールの聖ジャーマンズの空で聞くことができる。おそらくは雁の群れだ。

ネズミの女王《ラットクイーン》（『目には目を』）はロンドン特有のゴミ集め商《トシャー》の伝承で、ヴィクトリア朝のトシャー、ジェリー・スウィートリーがその死の床で語ったという。氏には本当に目の色が片方ずつ違う娘と孫娘がいたそうだ。私の都合で物語を変えたが、オリジナル版はジェニファー・ウエストウッドとジャクリーヌ・シンプソン共著『The Lore of the Land: A Guide to England's Legends』で読むことができる。イギリスの民俗学に興味のある人にとっては素晴らしい参考書である。

ケントとエセックスの教会の幾つかでは、その扉に通常の牛革ではなくデンマークからの侵略者の皮を剥いで貼ったと言われている（『時代は変わる』）。サミュエル・ペピスは一六六一年にロチェスター大聖堂を訪れてこの伝説を記録している。

サイモン・フェキシマルの秘密事件簿

2021年12月25日　初版発行

著者　KJ・チャールズ［KJ Charles］
訳者　鶯谷祐実
発行　株式会社新書館
〒113-0024 東京都文京区西片2-19-18
電話：03-3811-2631
［営業］
〒174-0043 東京都板橋区坂下1-22-14
電話：03-5970-3840
FAX：03-5970-3847
https://www.shinshokan.com/comic

印刷・製本　株式会社光邦

Printed in Japan　ISBN 978-4-403-56048-4

NOW ON SALE

叛獄の王子シリーズ

叛獄の王子1

「叛獄の王子」

C・S・パキャット 〈翻訳〉冬斗亜紀　〈イラスト〉倉花千夏

享楽の園、ヴェーレの宮廷で日々繰り広げられる饗宴。隣国アキエロスの世継ぎの王子デイメンは、腹違いの兄に陥れられ、ヴェーレの王子ローレントの前に奴隷として差し出された。宮廷内で蠢く陰謀と愛憎。ふたりの王子の戦いが、幕を開ける。

叛獄の王子2

「高貴なる賭け」

C・S・パキャット 〈翻訳〉冬斗亜紀　〈イラスト〉倉花千夏

国境警備へと執政の命を受けて向かうローレントの部隊は、統率を欠いた三流の兵の寄せ集めだった。だがその部隊をローレントはデイメンとともに鍛え上げる。幾重にも襲う執政の罠。そして、裏切りの影。もはや絶望的とも見える状況の中、生き延びるために力をあわせる二人の間にいつしか信頼が芽生えていく――。強く誇り高き王子たちの物語、第二弾。

叛獄の王子3

「王たちの蹶起」

C・S・パキャット 〈翻訳〉冬斗亜紀　〈イラスト〉倉花千夏

約束の場所、シャルシーにローレントは現れなかった。その頃ローレントはグイオンの手に落ち、地下牢に囚われていたのだ。そして目の前には彼を憎むゴヴァートの姿が――。ヴェーレとアキエロスの戦力をたばね、王子たちは執政の企みから母国を守ることができるのか。そしてふたりの思いと運命の行方は――!?　叛獄の王子三部作、ついに完結！

叛獄の王子外伝

「夏の離宮」

C・S・パキャット 〈翻訳〉冬斗亜紀　〈イラスト〉倉花千夏

運命を決したキングスミートでの裁判、カストールとの最後の戦いの後、瀕死の傷を負ったデイメンの傷もようやく癒えてきた。イオスの「夏の離宮」で二人だけの時間を過ごすローレントとデイメン。ローレントは戸惑いながらもいつもより素直な表情をデイメンに見せる――。表題作ほか三作を収録した、「叛獄の王子」外伝。